The Gorlos Iron-willed
Commando

郭尔罗斯铁血队

王永奇　何光占◎著

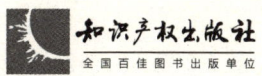

图书在版编目（CIP）数据

郭尔罗斯铁血队／王永奇，何光占著．—北京：知识产权出版社，2016.1
ISBN 978－7－5130－3824－9

Ⅰ．①郭… Ⅱ．①王… ②何… Ⅲ．①长篇小说—中国—当代
Ⅳ．①I247.5

中国版本图书馆 CIP 数据核字（2015）第 232105 号

内容提要

1939 年东北抗日联军进入了最困难时期，蒙古族战士哈斯巴根率领五名同志回到郭尔罗斯，建立抗日铁血队，筹集给养，扰乱日军后方。铁血队队长哈斯巴根与指导员田秀秀不负众望，巧妙地迷惑了日军机关长山本四郎等人，团结并改造了义匪柳八爷父子，秘密发动群众，多次在处于劣势的情况下，狠狠地打击了日、伪军，演绎出了一幕幕感人肺腑的同志情、鱼水情、父子情和爱情。

本小说在一定的史实基础上，将间谍战、特工战和游击战巧妙地结合起来，有力地弘扬了蒙汉两族人民之间的深厚情谊，充满战争智慧，极具看点。

责任编辑：蔡　虹　　　　　　　　　　责任校对：谷　洋
执行编辑：陈晶晶　　　　　　　　　　责任出版：孙婷婷

郭尔罗斯铁血队

王永奇　何光占　著

出版发行：知识产权出版社有限责任公司	网　　址：http：//www.ipph.cn
社　　址：北京市海淀区马甸南村 1 号	天猫旗舰店：http：//zscqcbs.tmall.com
责编电话：010－82000860 转 8391	责编邮箱：shiny-chjj@163.com
发行电话：010－82000860 转 8101/8102	发行传真：010－82000893/82005070/82000270
印　　刷：北京科信印刷有限公司	经　　销：各大网上书店、新华书店及相关专业书店
开　　本：720mm×1000mm　1/16	印　　张：14.75
版　　次：2016 年 1 月第 1 版	印　　次：2016 年 1 月第 1 次印刷
字　　数：227 千字	定　　价：28.00 元

ISBN 978－7－5130－3824－9

出版权专有　侵权必究
如有印装质量问题，本社负责调换。

目录 CONTENTS

第一章　围　杀／1

第二章　隐　藏／21

第三章　破　局／45

第四章　药　马／65

第五章　火　烧／87

第六章　风　袭／113

第七章　木　炮／141

第八章　营　救／167

第九章　囚　战／195

第一章 围杀

哈斯巴根正向前迈着大步子，连头也不回一下，上身更像僵硬了一样。田秀秀知道他在赌气呢。

"根儿，根儿，你等等我！"她想笑，笑自己怎么会突然想到这么个叫法。

哈斯巴根停下了脚步，不情愿地回头看了看田秀秀，问："你叫我什么？"

田秀秀睇着两只大眼睛，一扬略尖的下巴，回答："我叫你根儿，没听见吗？"……

01

哈斯巴根正向前迈着大步子,连头也不回一下,上身更像僵硬了一样。田秀秀知道他在赌气。

"根儿,根儿,你等等我!"她想笑,笑自己怎么会突然想到这么个叫法。

哈斯巴根停下了脚步,不情愿地回头看了看田秀秀,问:"你叫我什么?"

田秀秀睁着两只大眼睛,一扬略尖的下巴,回答:"我叫你根儿,没听见吗?"

哈斯巴根噗哧两声,还是笑了出来,直至笑弯了腰。

田秀秀朝哈斯巴根的屁股踢了一脚,说:"笑啥呀,这么叫不亲热吗?不对劲吗?"

哈斯巴根止住了笑声,看了看一里之外的一辆马车,那马车似乎不比他步行快多少。他转过身,目光跃过田秀秀的额头,说:"亲热,肯定亲热,这要是让那两位听见了,还真以为咱俩是两口子呢,哪来的对劲呀?你还有个指导员的样儿吗?"

田秀秀看了看马车,说:"他们听不见,我问你,谁让咱们两个是两口子的?"

哈斯巴根一挥臂膀,说:"你少跟我提这事,我一想这事心里就不痛快!现在正是小鬼子围山到处有战斗的时候,正是我有用武之地的时候,凭啥稀里糊涂地派我回郭尔罗斯?"

"你看你那德行,你怎么不敢和团长当面锣对面鼓地说说呢?半路上跟我阴阳怪气的,算什么本事?"田秀秀说。

哈斯巴根不吱声了。他确实没有与团长问清楚的勇气,十分简单,他敬佩团长。他在团长面前永远像一个孩子。

"好吧,我现在跟你说清楚了,说清楚之后你再这个德行,别怪我不客气。"田秀秀又说。

哈斯巴根看着田秀秀,她有一种说不出来的英武之气,与她给兄弟们唱小曲、小调时很不一样。

"自从1937年小鬼子大举南下,吞掉中国的野心已经暴露无疑,东北三省成了他们的战略后方基地,我们的活动已经威胁到了他们后方的安全,从去年开始小鬼子加大了对我们的围攻力度,而今年进攻的力度更是有增无减,现在我们的活动多难啊,你没感觉到吗?"

哈斯巴根当然感觉到了,天天没饭吃没地方住,天天在行军打仗,天天有兄弟死去。寒冬腊月里,冻死、饿死是常有的事。想到这些,他的血仿佛燃烧了起来。

"咱们的一些根据地多次遭到鬼子破坏,给养越来越难,所以团长计划选派一些人员到小鬼子后方去,想办法筹集弹药、粮食、棉衣,若再能整出一些动静来那就更好了,这样也能调走鬼子的一部分兵力,减少鬼子对山上的讨伐力度,可这个计划刚刚拟订出来,就被隐藏在咱们内部的特务知道了,幸好那个特务在发报时被发现了,被及时干掉了,团长怕夜长梦多,所以就选定咱们六人下山了。"

哈斯巴根长出了一口气说:"原来是这样啊!"

田秀秀白了哈斯巴根一眼,又接着说:"你经常自诩白天是郭尔罗斯雄鹰,夜里是郭尔罗斯饿狼,郭尔罗斯现在正在成为小鬼子的粮仓、油料基地,你不觉得那里更需要你,那里同样有你的用武之地吗?"

哈斯巴根笑了笑,说:"我光顾着行军打仗了,没关心这些事情,我说嘛,团长选我下山肯定有他的理由,好钢一定会用在刀刃上……"

田秀秀打断了哈斯巴根的话,说:"行了,行了,别在这儿肉麻了,团长他听不见的,我问你,你在沈阳上过学,那一定见过城里年轻人谈恋爱喽?"

哈斯巴根一下子愣住了,他不知道田秀秀突然这么问要干什么,想了想,说:"我倒是见过时髦的年轻人谈恋爱,可咋谈的我也不知道。"

田秀秀侧头笑看着哈斯巴根,哈斯巴根急得直跺脚,说:"我真不知道,我没必要骗你。"

"看你这样是真不知道,听说你家里有一个相好的格格,既有地位又漂亮,还很善良,你当然没心思在外面谈恋爱了。"

"那相当于汉族人的娃娃亲,当不得真的!"

田秀秀走到哈斯巴根近前,哈斯巴根后退了两步,说:"你、你要干什么?"

田秀秀拿出一块怀表打开看了看,又看了一下哈斯巴根,说:"一刻钟,一刻钟咱们俩得谈好恋爱。"

"你说啥玩意儿?"

"别废话,我命令你,一刻钟之内自愿与我谈完恋爱,然后边追马车边结婚。"田秀秀理了理秀发，说："你看着我！"

哈斯巴根想看田秀秀又不敢看，但眼角余光还是扫向了田秀秀。

"哎，在山上时你又不是没看过我，别假惺惺的好不好？"田秀秀说。

哈斯巴根转过身来，站在道中间，猛然抬头看向了田秀秀，田秀秀的目光像两团烈火，一下子塞满了他的心间，烧得他全身发烫，直喘粗气。

"现在你放下你蒙古族王爷贝勒的出身，你是一名战士，服从组织需要的战士，根据男女平等原则，你说我俊不俊？"

"俊、俊……俊！"

"你喜不喜欢我？"

哈斯巴根睁大了双眼，浓密的眉毛直往上挑，不知道说啥好了。

"说话，你喜欢不喜欢我？"

"喜——欢！喜——欢！"

"是因为我长得俊才喜欢我的？"

"不是，是、是因为我们是同志战友，是因为我们都想打跑小鬼子，是……"

"还是什么？"田秀秀见哈斯巴根低下了头，偷偷地笑了一下，又怕哈斯巴根看见，便用帽子掩住了大半个脸。

"还是因为，要、要完成团长交给我们的任务？"

"你心甘情愿吗？"

哈斯巴根又抬起头来，坚定地看着田秀秀说："心甘情愿！"

田秀秀戴好了帽子，拿出怀表看了一下，说："还不错，没用上一刻钟，现在恋爱谈完了，该结婚了！"

哈斯巴根迷糊了，问："咋结婚哪，在这荒山野岭上结、结婚？"

田秀秀推了哈斯巴根一下，说："你想啥呢？啊？我还没看上你呢，就算看上你了也不能这么便宜了你。"

"不是，我真让你给说糊涂了，我真不知道咋结婚。"哈斯巴根脸红脖子粗地说。

田秀秀走过来说："你看你那德行，我能白给你呀？我是说婚礼就免了，咱们直接来结婚以后的，我挎着你的胳膊追上马车。"她真的挎上了哈斯巴根的胳膊，往前迈一步险些把哈斯巴根带个趔趄。

"走哇，你想背我吗？"

哈斯巴根脑袋里一片空白，眼前更是一片白，偶尔听见一两声喜鹊的叫声,也不知道咋走到马车跟前儿的。

马打响鼻了,哈斯巴根觉得要撞到马车上了,他猛地停住,发现马车上的两个爷们儿正在笑呢,快笑岔气了。他再看看田秀秀,田秀秀正得意地朝马车上笑呢。

他要甩掉田秀秀的胳膊,可她拽得还挺紧。田秀秀瞪了他一眼,说:"别害羞,哎,你看嘎力根都笑成那样了,这表明咱们俩还不像夫妻,还要努力嘛。"

嘎力根很快笑过去了,脸上的表情又像石刻的一样,冰冷梆硬的,赶车的长鞭子一直握在他手里,他似乎在感受着长鞭子。

田秀秀松开了哈斯巴根,走到刚停住笑声的中年男人近前,问:"老刘,前面是什么地方?"

老刘长叹了一口气,激动了起来,说:"前面是林石县,以前我曾经在那里活动过,现在是敌占区,我们得小心点,千万不能出事。"

哈斯巴根见老刘拿出烟袋来要抽烟,便试探地问:"老刘,你是不是担心巴特尔和查力图?"

老刘点着烟丝,抽了两口,说:"嗯,查力图我倒不担心,他鬼点子多,我就怕巴特尔闹出事情来,他想事情简单哪。"

"应该不会有事情的,出发时我再三叮嘱巴特尔不要管闲事,对了,我让查力图与他近一些,方便照应一下,放心吧,只要咱们过了林石县就安全了。"

老刘把烟袋锅里的烟灰磕了出去,收好,说:"最好是不出事,可咱们怎么过林石县也得研究一下,千万不能大意,特别是你们装夫妻一定要像,不像的话最容易出问题。"

田秀秀不愿意了,说:"哎,老刘,这怎么能不像呢?你信不信我现在就敢亲他一下?"

哈斯巴根直往后躲,老刘看着哈斯巴根的窘样,说:"我信,我信,总行了吧?"

哈斯巴根噌地蹿上了车,说:"先上车,一边走一边琢磨法子吧。"

田秀秀挨着哈斯巴根坐着,看了他一眼。他把车上的棉被给田秀秀披上了,田秀秀满意地点了点头。

马车很快就成了一个黑点,直至不见了。

02

进林石县城时已经中午了，街上仅有的几个行人低着头，皱着眉，一脸菜色，很像被寒风吹倒的黄草，腰都直不起来。

好不容易找了一个小饭馆，老刘朝哈斯巴根使了个眼色，哈斯巴根扶起一直躺着的田秀秀。

田秀秀慢腾腾地下了马车，脚下似乎没了根，晃晃悠悠地走进了小饭馆，几绺长发从额前耷拉下来。哈斯巴根扶她坐下，小伙计已经来到了近前。

哈斯巴根看了一眼店内，太冷清了，喊道："给我——媳妇来碗热面条，我们三个来六个大饼子，炖豆腐来一碗吧。"

小伙计吧嗒了一下嘴，说："大饼子有，热面条没有。"

哈斯巴根似乎下了好大决心，说："兄弟，我们有钱，给一碗面条吧，她病好几天了，啥也吃不下呀。"

"大哥，现在粮食实行管制，哪来的白面呀？"小伙计看了一眼趴在桌子上的田秀秀，"疙瘩汤，要不要？"

老刘和嘎力根进来了。

哈斯巴根叹了一口气，说："那就一碗疙瘩汤吧，来点酱。"

风卷残云一样，哈斯巴根吃完了，田秀秀还在慢慢地吃着炖豆腐，喝了几口疙瘩汤，看了哈斯巴根一眼。哈斯巴根在兜里抠索了一会儿，拿出几张纸币来，说："伙计，再来八个大饼子，算账。"

哈斯巴根扶着田秀秀上了马车，嘎力根一手提着大鞭子一手牵着马缰绳，朝林石县北门走去。老刘抽着烟袋，哈斯巴根的脸抽抽得像冬天里裂开的杨树皮。

马车走到城门口时，几个鬼子和汉奸正在注视着来往行人。

一个汉奸看见了马车，走过来喊道："站住，站住，你们干啥的？"

老刘急忙下车，拿出一盒烟来，说："您抽抽，我们是去乌京给病人看病的。"

汉奸接过烟去，已经走到车边了，看了一眼嘎力根，被他刀一样的眼神吓得一哆嗦。老刘推了哈斯巴根一把，说："一边去，让管事的看看病人。"

哈斯巴根跳下马车，汉奸揭开被子，往后退了一步，只见田秀秀头发乱乱的，脸上有酱紫色的疙瘩，嘴角还有白色流水，"这是得了啥病呀？"

哈斯巴根一边挠着脸一边慢声拉语地说："也不知道啥病呀，找了几个郎中都治不好，眼看着就不行了。"

老刘往后拉了拉汉奸，说："您往后点，这可能是瘟疫吧，您没看又长臭疙瘩又吐沫子吗？"

"把良民证拿出来，我看看！"汉奸真往后躲了。

老刘拿出四个良民证，说："您看看吧！"

汉奸看了看良民证，又看了看三个男子，塞给老刘后，说："走吧，走吧，快走吧！"转身他点头哈腰地拿着烟孝敬鬼子去了。

老刘和哈斯巴根跳上马车，刚赶到城门洞，在朝后坐着的哈斯巴根看见了朝他比划了一下子的查力图。哈斯巴根后仰了一下，小声说道："坏了，巴特尔不见了。"

躺着的田秀秀一动，老刘咳嗽了一声，马车很快走出了林石县城。

田秀秀露出头来，问："你怎么知道巴特尔出事了？"

哈斯巴根看了看城门口，说："我刚才看见了查力图，没看见巴特尔，这肯定是出事了。"

田秀秀伸手捅了一下老刘，说："调头回去，老刘快想应对的法子。"

老刘跳下马车，顺着原道边走边低头寻找着什么，马车在身后跟了上来，脚步、车轱辘都很快。

那个汉奸刚把烟扔了，见马车又回来了，很是诧异。老刘过来朝他猫了猫腰，说："麻烦您，跟太君说说，我们的钱落在了饭馆里，那是救命钱哪！"

汉奸看着老刘一脸的笑，很不耐烦地说："去去去，快滚！"

老刘接过嘎力根手里的缰绳，小跑着进了背街里。瘦小的查力图双手抄进袖子里跟了上来。

哈斯巴根小声地问："巴特尔呢？"

查力图抽出双手，向上掀了掀帽子，露出刀条小脸，说："巴特尔被抓走了。我和巴特尔在吃饭，突然来了几个鬼子和汉奸，刺刀顶着巴特尔的后背就给押走了。"

田秀秀侧着脸问："因为啥呀？你怎么跑出来的？"

"我好几天没吃正经饭了，没忍住多喝了几口汤，冷风冒热气的，上了一趟茅房，回来正好看见巴特尔被抓……"查力图越说声音越小。

"快说因为啥。"

查力图看着一言不发的老刘，苦了一下脸，说："我听那个饭馆的伙计说，汉奸说巴特尔长得像蒙古族人，就、就搜，结果在他的大麻袋里搜出了一副弓箭。"

哈斯巴根看了看田秀秀，说："巴特尔长得五大三粗的，太显眼了，有那弓箭等于不打自招了。"

查力图轻笑了一下，说："不光长得显眼，那饭量也显眼，大饼子吃了五个，一看就是好几天没正经吃饭的主，啥样人好几天吃不上饭，用脚后跟想也知道是抗联的人。"

田秀秀突然坐了起来，说："坏了，鬼子知道咱们组建蒙古铁血队的事了，不然不能目标如此明确地抓蒙古族人。"

"好在他们不知道我们这几个人长什么样，叫什么名字，查力图，鬼子朝哪儿走了？"哈斯巴根咬了咬牙。

查力图一指街南面，回答："鬼子的宪兵队。"

老刘转过身来，说："不要着急，我觉得秀秀和哈斯巴根说的都对，鬼子肯定知道了咱们的计划，目前最大的问题是，鬼子知道了之后会怎么处理巴特尔。"

短暂的无声之后，哈斯巴根说道："既然知道我们筹建蒙古族铁血队，那鬼子就得找蒙古族聚居的地方，而郭尔罗斯是最容易被想到的，那里是鬼子的重要给养基地，很怕被破坏，郭尔罗斯离此地很远，在此地纠缠蒙古族铁血队的事情意义不大。"

老刘"嗯"了一声。田秀秀急了，说："林石县城没多大，来去用不了多长时间，我们必须马上出城，要不然时间长了鬼子会怀疑咱们，来个全城大搜捕就更麻烦了，巴特尔到底怎么营救，现在只想这一个问题吧。"

哈斯巴根赞许地看了一眼田秀秀说："既然鬼子对铁血队的事情所知不多，就不可能马上杀了巴特尔，这是其一；其二，鬼子应该知道铁血队不会建立在林石地区，所以他们一定会把巴特尔押走，或押往乌京或押到郭尔罗斯，所以我们马上出城，找一个绝佳时机再动手。"

老刘上了车说："查力图你留在城里，盯住鬼子的宪兵队，咱们和小鬼子打一个心理战，我们就是按兵不动，麻痹一下小鬼子，引他们出城。"

"事不宜迟，快出城！"田秀秀又重新把头盖上。

嘎力根打马动了起来，一路向北门赶去。

到了城门，老刘向那个汉奸点了点头，那个汉奸不耐烦地向老刘摆了摆手，那意思是快滚蛋。

03

夜里，倒扣着的瓦盆下冒着一点火光，田秀秀披着被与哈斯巴根等人烤着火，还是被背后的冷风吹得直哆嗦。

突然林石县城内传来枪响，一连几枪，接着枪声密集起来。

哈斯巴根站起来看了看，说："坏了，查力图动手了。"

嘎力根跑到马车前卸下马套包，又到马车底下找出一个包袱，来到瓦盆前，扔到了地上，说："咱们进城！"

老刘看着城内，听了听，枪声时远时近，说："稳当一点，不要慌！"

哈斯巴根急得直跺脚，田秀秀想了想，说："听，枪声没了。"

老刘笑了一下，又坐下来。哈斯巴根也坐了下来，说："如果是查力图动手了，那是吓唬小鬼子早点送巴特尔出城；如果不是他，也能吸引小鬼子的注意力，也算帮了咱们的忙。"

"一定是查力图开的枪，过会儿他就来了。"田秀秀说得很肯定。

哈斯巴根马上明白过来，说："嗯，吸引鬼子注意力，伺机出城，别说这小子有点鬼点子。"

四人迷迷糊糊的时候，听见有脚步声传来，哈斯巴根看见一个小黑影在不远处模模糊糊地晃。

"查力图，查力图！"哈斯巴根注视着那个黑点喊道。

黑点几步蹿到近前，正是跑得呼哧带喘的查力图。田秀秀扔掉棉被说："查力图，巴特尔怎么样？"

查力图喘了几下，说："问题不大，让鬼子打了几耳光，鬼子明天要送巴特尔去乌京，这条道是必经之地，怎么办？"

哈斯巴根把马套包划开，哗啦一下淌出一些子弹，他一边压着子弹一边问："他们怎么押送巴特尔？"

查力图想了想，说："应该是用汽车，宪兵队院里有两辆汽车，还有挎斗摩托。"

田秀秀从衣服里边找出一张小纸，看了看说："你们看，这里离林石县城不远，肯定不能动手，咱们定在这里，这里地处林石双河中间，还有小山包可以利用。"

哈斯巴根把枪收好,说:"咱们三匹马,留下两匹,我和查力图在后,老刘和秀秀现在就起身,在前面等着小鬼子,咱们夹击小鬼子,老刘,你觉得怎么样?"

老刘狠抽了两口烟,说:"不行,我们得做最坏的打算。我和查力图在后面,成了最好,如果不成你和秀秀马上前往郭尔罗斯。"

"不行,我是队长,听我的。"哈斯巴根断然否定了老刘。

老刘笑了笑,说:"你是队长不假,可你更应该知道咱们的目的,秀秀,你说呢?"

"老刘说得对,这次听老刘的,到了郭尔罗斯后才能听你的。"田秀秀捡起棉被走向了马车。

查力图向马车方向推了几下哈斯巴根,说:"抓紧走吧,天都快亮了,信不过我和老刘,还是……"

哈斯巴根笑了一下,说:"不是信不过,是和她一起别扭。"

老刘哈哈笑了起来。嘎力根三下两下灭掉了火堆,扒拉出来几个烧得有些糊的大饼子递给了老刘说:"给,别饿着!"

马车在夜色里跑远了,天边的星星渐渐隐去。

清脆的马铃声灌进田秀秀的耳朵里,她忽地坐起来,天已经大亮了。哈斯巴根正在看着后面的路上,什么都没有。

田秀秀向四周看了看,说:"停下,就在这儿吧,根儿,你找个地方隐蔽起来。"

哈斯巴根迅速地下车,朝一个小山包走去。嘎力根从怀里拿出一个大饼子对哈斯巴根说:"拿着!"

哈斯巴根又折回来,拿着大饼子,一边吃一边跑到小山包后面藏了起来。

田秀秀在车上押满子弹,说:"嘎力根,把马车横到道中间,把车轱辘卸下来,装作修车。"

嘎力根把马车横在道中间,又把马拉出车套,卸下车轱辘就开始吃大饼子。田秀秀倚在马车上,看着后面。

远处传来摩托车声音,田秀秀看了看,是一辆摩托车,上面坐着三个鬼子,没架机枪,有说有笑地开过来了。

嘎力根刚站起来,田秀秀低声道:"别动!"

摩托车带着一股冷风,带着一股轻蔑的笑夹杂着听不懂的话语开过去了,很快不见了。

第一章 围杀

太阳升到树头时,摩托车和汽车声同时传过来。

田秀秀看了看小山包,哈斯巴根没露出身影,汽车后面也不见老刘和查力图。摩托车来到近前,停下,一个鬼子军官比划着叫道:"哎,滚开!"

田秀秀抽出双枪,滚身到马车上,马车放到地上,后低前高,前面支在地上,正适合射击。枪响,鬼子军官中枪倒地。摩托上的鬼子抽枪准备还击,早已蹿出去的嘎力根抡起大鞭子,皮子做的鞭绳抽掉了两把手枪,鬼子疼得直叫唤,没等鬼子下摩托,嘎力根挥动鞭杆已经戳穿了他们的胸膛。

田秀秀击毙了摩托上的另一个鬼子,又提醒道:"嘎力根,小心车上!"

嘎力根一个侧滚,滚到路边的沟里,车上的枪声响起,他身后留下一溜子弹击起的土沫子。

山包上响起了枪声,车头里的两个鬼子应枪死去。铁皮做的车厢里响起了机关枪的声音。哈斯巴根被压制在山包上抬不起头来,田秀秀的子弹不断打进车头,根本不起作用。

嘎力根从沟底运动到车尾,突然蹿出,用鞭杆捅破了车厢的小玻璃窗,鞭杆直接捅进车厢,车厢里传来惨叫声。

嘎力根的鞭子抽不出来,小窗口伸出两支手枪来,嘎力根不得不就地趴到车下。后面传来马蹄声,老刘双枪齐射,封住了小窗口。查力图单手出枪,连续扣动扳机,子弹从小窗口打进去。

查力图拍马加速,马到汽车近前,只见他跃身而起,直接到车顶上。老刘打出的子弹封住了小窗口,不断打出小火花来。

田秀秀猫腰跑到车头前,又跑到机关枪扫射的那面,可车厢是铁的,她无可奈何。

查力图轻手轻脚地走到机关枪射击的位置,探头看了看,趴在车顶,一手猛地拽住露出来的枪管,一手顺着小窟窿眼射击,机关枪马上耷拉下来,里边没动静了。

老刘朝查力图、田秀秀摆摆手,车内确实没动静了,他连开几枪,打碎锁头。嘎力根打开门,往里一看,死了六个鬼子,可是没有巴特尔。

田秀秀看了看远处,没看见其他鬼子的车,什么都没有。

嘎力根抽出大鞭子,他那一鞭杆子戳穿了一个小鬼子。查力图懵了,说:"这、这,没有巴特尔呀!"

老刘一拍车厢,说:"坏了,打差了,巴特尔被从另外的路押走了。"

哈斯巴根到了车前看了看,铁青着脸,突然说道:"你们看,这不是鬼子，你们看鬼子的军装里边。"

田秀秀这时才注意，那几个人的黄色军装里边是东北土布做的棉袄，她急忙说："我们中计了，快走！"

哈斯巴根拉着田秀秀跑到摩托前，说："你快上马，我和查力图断后，快！"查力图抱着机枪蹿到挎斗上，老刘翻身上马，打马向前跑去。

老刘、嘎力根、田秀秀策马刚跑开，哈斯巴根就发动摩托车在后面跟了上来。

顿时，三面响起了爆豆般的枪声，子弹嗖嗖地打过来。

哈斯巴根回头看了一眼，说："查力图！干掉那个背步话机的鬼子，还有那个鬼子军官，快！"

查力图压住机枪，两个点射，然后蜷缩在挎斗里说："队长，完活！"他得意地笑了笑，捡起一个小本子来，哈斯巴根问："这是啥玩意儿？"

哈斯巴根一手接过去，打开看了一眼，甩手扔了。

前方老刘等人俯身贴着马脖子趴在了马背上，马没命地跑起来，后面子弹渐渐打不到近前了。

04

不大的双河城出现了，田秀秀勒住了马，喊道："停下，等一下队长！"

哈斯巴根到近前停摩托，田秀秀一指双河说："队长，第一辆摩托早到双河了，所以双河一定有鬼子把守，怎么办？"

哈斯巴根想了一下，说："我现在是鬼子便衣军官，你们是我找来的胡子响马，明白吗？"老刘点点头说："明白，都知道胡子是啥德行吧？"

"知道！"

哈斯巴根重新发动摩托，说："都跟在我后面，不要慌！"

摩托车与马队几乎是同时到双河城门口的，果然有一队鬼子在把守，正在检查来往行人。

哈斯巴根下了摩托车，看了一眼查力图，查力图把枪口对准了那队小鬼子。

哈斯巴根到军曹近前行了个军礼，用日语说道："我要进双河，去乌京，请让开！"

围杀 第一章

军曹看了看哈斯巴根，又看了看老刘等人，老刘梗梗着脖子，一脸寒气。"请拿出证件！"军曹说。

哈斯巴根"啪啪"打了军曹两耳光，"新岛工作班听说过吗？你看这两耳光子能不能当证件？"田秀秀眯着眼看着眼前的一切，嘴角一咧，没笑出来。

军曹摸了摸脸，答道："听说过，那是专门对付抗联的。"

"知道就好，你没权利检查特高科，明白吗？听你口音是北海道的农民吧？"

"嗨，我是北海道农民，请问您是？"

哈斯巴根心里直念长生天保佑，嘴上却说："我是大阪人，曾经去过北海道，你的口音没怎么变。"

军曹朝哈斯巴根行军礼，说："请！"

哈斯巴根一挥手，田秀秀三人骑马大摇大摆地进了双河。哈斯巴根的口气缓和了一些说："我们正在侦查一伙蒙古族人，具体情况不能告诉你，对了，有没有看见宪兵队抓到的一个蒙古族人？"

"没有！"军曹一个立正说，"耽误您的时间，请多多原谅！"

哈斯巴根上了摩托，朝双河里面开去。

查力图要回头，哈斯巴根低声说道："别回头！"

摩托车很快追上田秀秀三人，哈斯巴根笑了一下，说："跟在我后面！"

五个人刚走出一段路程，后面响起了鬼子的叫喊声。田秀秀拔出双枪，说："坏了，鬼子追上来了！"

哈斯巴根停下说："别慌，再走一段，接近北门，然后查力图上房射击，其他人隐蔽好，我上城墙。"

田秀秀朝天放了两枪，人群马上炸窝了，他们急忙打马向北跑去。

哈斯巴根下了摩托车，向城门跑去，边跑边用日语喊："关门！关门！"

鬼子关上了门，哈斯巴根已经跑到近前，说："我是三木将军领导的新岛工作班的，谁负责守城？"

城上一个鬼子军官道："请上来说话！"

哈斯巴根一口气上了城墙，快步走到那个军官面前，行了个标准军礼，说："我是新岛工作班的，前方有抗联分子，准备射杀！"

那个鬼子军官笑了笑，说："几个拿着破烂的抗联，不至于把大日本皇军吓成这样吧？"

"你这是在诬蔑新岛工作班，你知道吗？你要是出一点差错，我就向将军汇报。"哈斯巴根的脸都变形了。那军官不敢开玩笑了,转身命令道:"准备射击!"

哈斯巴根见那个军官目视前方,便在城上来回踱起步来,眼角余光扫向了那三门迫击炮及炮弹。远方响起机关枪的哒哒哒声,驳壳枪的点射声。

哈斯巴根气急败坏地说道:"开炮,非得等他们靠近吗?"

三门迫击炮准备填弹,哈斯巴根看准一个鬼子腰间的手榴弹,抢下来一磕,就在那个鬼子愣神的时候,已经扔进了迫击炮炮弹箱里,鬼子立马炸群了。接连不断的爆炸声响起,鬼子眨眼间死伤殆尽。那个军官刚站起来,哈斯巴根冲到重击枪近前,调转枪口就开火,几个正在挣扎的鬼子中弹身亡。

城下的鬼子被坍塌下的城墙埋了一大半,余下的全做了哈斯巴根的枪下亡魂。

田秀秀三人骑着马跑过来,顺着塌下来的城墙豁口跑了出去。哈斯巴根喊起来:"快走,快走,查力图快走!"

查力图箭步如飞,跑上了城墙,喊:"队长,快走!"

"把鬼子的手榴弹收集起来,把城门炸了,不让汽车出城,快!"哈斯巴根对查力图说。

查力图把机枪交给哈斯巴根,反身折下城墙,收集了一些手榴弹,跑上城墙一磕扔到城门下方,急忙跳下城墙,向北猛跑下来。

远远地看见城墙在浓烟中倒了下去,哈斯巴根兴奋地出了一口气,喊:"上马,快走!"

哈斯巴根上了田秀秀的马,田秀秀伸手抱住哈斯巴根,说:"不愧马背上长大的,身手矫健!"

哈斯巴根打马跑了起来,说:"秀,我还像个队长吧?"

田秀秀用额头磕了一下哈斯巴根的后背,说:"行,有队长的样,有勇有谋,就是不知道到了郭尔罗斯后怎么配合我?"

哈斯巴根笑了起来,三匹快马一溜烟似的跑起来。

跑过去一辆胶皮轱辘马车时,田秀秀拍了一下哈斯巴根,说:"停下,停下,把那辆马车买下来。"

哈斯巴根下了马,拦住那辆马车,问:"大爷,你这要干什么去呀?"

"我给东家送完洋面,正往家走呢。"

"大爷,你这马车值多少钱哪?我想买下来。"

"这可是胶皮大车,得五块大洋,这胶皮轱辘车跑起来快呀,出个门啥的

第一章 围杀

方便呐。"

哈斯马根拿出十块大洋来，说："大爷，这有十块大洋你拿着，车呢归我们了，你别怕，我们不是歹人。"

大爷懵了，他看哈斯巴根腰间的匣子枪了，不敢伸手拿，也不敢说不同意，戳在那儿了。

哈斯巴根把大洋塞进大爷手里，说："大爷，再给你添五块大洋，你的马仍然归你，我们只要车，你回去跟你们东家说，就说被胡子抢了，马怎么处理是你的事了，快骑马回家吧！"

嘎力根已经把马卸完套，牵给了大爷。老刘已经把自己的马套好了，说："大爷，回家吧，你不亏，可别乱说话呀！"

把子弹枪支藏好后，几个人上了马车，胶皮马车是跑得快。

田秀秀突然问哈斯巴根："你对那个鬼子又打又横的，你说的是什么玩意儿呀？"

"我学医时幸好学过日语，勉强能对付一下。有一次我们抓到过一个特务，他说新岛工作班归三木直接领导，而三木又是咱们的死对头，我就拿出来吓唬一下鬼子的下级军官，没想到挺管用的，更牛的是我蒙对了那个军官是日本北海道的农民，要不然咱们也不可能顺利地进了双河，我还上了城墙。"哈斯巴根回想起来，心底直冒凉气。

田秀秀白了一眼哈斯巴根，说："上学是好啊，可惜我只念过中学而且还没念完，哎，你受了蒙古族王爷的好，回去你怎么办？"

哈斯巴根叹了一口气，突然说道："我问了守双河南门的鬼子军官了，他说他没见过巴特尔，我特意说出巴特尔是蒙古族人了。"

田秀秀也想不明白了。老刘抽了一口烟说："小鬼子还能绕道押走了巴特尔？"

"不太可能吧，我估摸着小鬼子也知道咱们没几个人，能怕咱们怕到这种地步吗？"哈斯巴根看着西边快要落下去的太阳，脑袋里也在想着巴特尔。

后面响起了马铃声，一个男子赶着一辆马车，车上装着一些东西。哈斯巴根看了一眼，没再理会。

05

天黑下来时，哈斯巴根等人赶着马车来到一个大车店前，大车店周围没有几户人家。

哈斯巴根对迎上来的伙计说："哎，伙计，把我车卸了，把马喂好，预备两间房。"

伙计痛快地应下了，接过马车拐向了马棚子，田秀秀紧跟着哈斯巴根，老刘看了看院里，转身也进屋了。

伙计端些大饼子、烀土豆和大葱进来说："我店小，招待不周的地方请多包涵，你们将就着吃点吧。"

哈斯巴根拿出一些纸票子塞给伙计说："兄弟你多心了，这年月兵荒马乱的，这就行了，忙你的去吧。"

伙计出去了，嘎力根刚拿起大饼子，查力图抓住嘎力根的手说："别吃，这是黑店！"

哈斯巴根把窗子推开露出一条缝向外看去，刚才在后面的马车也赶进院里来了，那个伙计招待了那位男子，不过马棚里的马挤满了，只好在另外的木桩子上把马拴好。

"你怎么看出来的？"哈斯巴根没看出外面有什么不对劲的地方来。

查力图不好意思地笑了笑，说："我在江湖上穷混时，有个外号——'小时迁'，不过我没干过缺德的事，刚才我无意中碰了伙计一下，他身上有枪。"

田秀秀对站着的哈斯巴根说："当家的，吃完饭就睡吧，明天还要动身去乌京呢。"

查力图把大饼子、土豆包起来一些，向众人比划了一下说："你们睡吧，我找人耍几把去。"

老刘笑了笑，他知道查力图出去放哨去了。

嘎力根拿着大鞭子站在门口，把窗子捅了个小眼，一直向外看着。

哈斯巴根坐在桌子旁边，吹灭了灯，对着田秀秀说："秀，明天咱们进不进乌京？"

"别问我，我实在想不明白巴特尔被押送到哪儿了，这一路上能有鬼子屯兵的地方也就林石和双河，照我们之前分析的，巴特尔不应该被留在林石，我们一路打过来,鬼子应该知道巴特尔留在林石是不会起到什么作用了。"

老刘笑了一下:"秀说的有道理,巴特尔离我们越近鬼子越容易找到我们,他们知道我们不会见死不救的,可他就是一点消息也没有,小鬼子会不会押着巴特尔在后面跟着我们呢?"

哈斯巴根不想分析这个问题,还是再问:"先说进不进乌京吧?"

田秀秀想了想,说:"不进,今天晚上收拾了这个黑店,然后绕道去郭尔罗斯。"

"行,这里离乌京不远,一旦枪声大作,后面的鬼子就会追上来,到时我们从乌京东侧绕道走,不管巴特尔了。"哈斯巴根似乎下了决心。

"你……"

哈斯巴根拉起田秀秀的手说:"走吧,媳妇,跟我睡觉去!"

老刘也没弄明白哈斯巴根为啥要放弃营救巴特尔,但哈斯巴根拉田秀秀,还是把他逗笑了。

到里屋田秀秀掐了一下哈斯巴根说:"你干什么,有没有队长的样儿了?"

哈斯巴根贴近田秀秀,田秀秀没躲。哈斯巴根低声说:"不是团长让你当我媳妇的吗?昨天不是还满心着急吗,这一天就变卦了?"

"那是工作,那是让你尽快适应,谁让你和我一个屋里睡觉了?"

哈斯巴根往炕上一躺,嘴里一个劲地嘶吆:"热炕头,真得劲,上来呀,不好好歇歇明天看你咋跑?"

田秀秀摸索着到了炕边,又摸索着离哈斯巴根远点。她刚躺好,哈斯巴根凑了过来,田秀秀伸手打了他一下,说:"你干什么?"

哈斯巴根抓住田秀秀的手,嘴就落了下来,田秀秀急了,翻身要起来。哈斯巴根低声道:"巴特尔就在外面!"

田秀秀愣住了,问:"你说什么,你再说一遍?"

"巴特尔就在外面的马车上!"

田秀秀一下子坐了起来,哈斯巴根拉住她,说:"别动,假装不知道,这小伙子愣头愣脑的,不借这个机会惩罚他一下,回郭尔罗斯指不定还得惹多少事呢。"

田秀秀笑了一下,说:"你怎么看出来的?我看过后面的马车,我怎么没看出破绽来?"

"那个车老板是个鬼子,应该是个东北通,但有些细节他掌握得还不够,他在后面总是抬头看咱们,天越黑他抬头的时候越多,照理说,一条大直道有什么可看的呀，况且老马识途，他应该经常闭目养神才对，还有，他不太会赶马车，你听见他吆喝过吗？"

田秀秀还在想，哈斯巴根又说："双河城墙都塌了，他从哪儿出来的呢，如果他只是一个农民？"

田秀秀使劲擂了哈斯巴根一下说："这下好了，终于可以一起去郭尔罗斯了。"

哈斯巴根叹息了一声，说："你别高兴过头了，鬼子就在我们身边，这又是一家黑店，恐怕后半夜得有一场恶战，抓紧休息一会儿吧！"他翻身重新躺下说："对了，不许脱衣服！"

田秀秀踢了哈斯巴根一脚后，迷糊起来，实在是太累了。

不知过了多长时间，听得房外"咣当"一声，查力图大声说道："我没赢也没输，不过呢和哥几个玩得挺高兴，桌子上的钱你们买酒喝吧。"他一边说一边往回走，好像被什么绊了一下，一下趴到了窗子上，两间房内的人都醒了。

哈斯巴根和田秀秀下了炕，来到外屋，查力图正好进来。查力图低声道："有鬼子，那间房里有一个鬼子，这是他的王八匣子。"

老刘坐了起来：说"队长，现在动手吧，杀了小鬼子，趁天刚放亮时绕过乌京。"

哈斯巴根把窗子捅了个小眼，看了看，说："嗯，查力图，干掉那个小鬼子！"

查力图像小猫一样，贴着门缝一闪身出去了。嘎力根提着大鞭子跟出去，翻身上了房。哈斯巴根随后跟了出去。

田秀秀听见了几声枪响，其他店房里住店的人"呜嗷"喊叫起来。老刘破窗而出，田秀秀双手持枪躲在屋里。

店主点着气死风灯，提着枪出来叫道："吆喝，有人来黑我的店来了，敢问是哪路神仙哪？"

查力图已经出来了，店主刚要抬手，屋上的嘎力根一鞭子打掉了他的枪，疼得他"哎呀"一声惨叫。查力图顶住他说："我问你一句，你回一句，有半句不老实就打飞你的头。"

"好汉爷有话请问！"

"你是开黑店呢，还是与小鬼子有勾结？"

"好汉，你可想好了，我要是和小鬼子有勾结，还犯得着干这营生吗？我劫财不假，但没害过命！"

第一章 围杀

这时有的屋内亮起了灯，正当查力图要往哈斯巴根近前推店主时，一排子弹打过来，店主身中三弹，气绝身亡了。

查力图喊了一声："不要乱动，鬼子来了！"

哈斯巴根跑到马车下方取出驳壳枪，扣动板机朝外点射。老刘边跑边射击，跑到哈斯巴根近前说："队长，我们被包围了！"

哈斯巴根一边射击一边说："在乌京附近闹出大动静来，然后绕道，这我早就想好了。"

田秀秀出来，钻进另外的屋子里，问："谁是这店里的？"

那几个伙计掏出枪来，喊道："兄弟们，小鬼子逼咱们不干人事，这回都出去，和小鬼子拼了！"

田秀秀拦住了他们几个人，说："不能瞎拼，不长脑子吗？"

那个伙计看了看田秀秀，他看出来眼前的女子不是一般人了，说："你说咋个动脑子法？"

田秀秀笑了一下，说："躲到院子里打黑枪你会吧？"

"那会，也叫近战，这个我们都会，兄弟们出去打黑枪！"田秀秀出来，那几个人躲了起来。

田秀秀到了哈斯巴根近前，说："放小鬼子进来，打黑枪！"

哈斯巴根一挑大指，说："见多识广，查力图拿机枪上房，鬼子跑时给我猛打！"

查力图取下机枪，两下子就上了房说："嘎力根，你下去帮把手。"嘎力根跳了下来。

子弹封住了院子，哈斯巴根等人真就不还击了，果然有鬼子挑破篱笆进了院子。哈斯巴根猛地出来射击，枪声不断，鬼子不断地倒下去。其他几处也响起了枪声，鬼子果然又往院子外跑去。房上的查力图朝房后的小鬼子一通猛扫。

老刘牵出马来，哈斯巴根笑了一下，说："与我们无关的人快去店主房里，找生路去吧！"

店里的伙计和住店的人都出来挤进了店主的房里，开黑店的都有逃生的暗道。哈斯巴根见查力图压制住了鬼子，喊道："老刘、嘎力根、秀秀快上马，冲出去，方向东北！快！"

哈斯巴根来到那辆马车前，扔掉了上面的东西，露出了一个五大三粗的汉子。那汉子嘴里塞着毛巾，塞得紧紧的，身上绑了十几道绳子，根本动弹

19

不得。

哈斯巴根拔出短刀来，割断了绳子，巴特尔这才翻身下地，摔了一个跟头说："队长，给我枪，他妈的，我要杀光小鬼子！"

哈斯巴根呵斥道："还这么鲁莽，不长记性，快上马冲出去！"

巴特尔明白过来，上马俯下身去，捡了一把长枪，随刚上马的田秀秀冲了出去。哈斯巴根转身击毙了几名又冲进院子里的小鬼子，翻身上马，向查力图喊道："查力图，跳下来！"

哈斯巴根的马刚过房子东北角，查力图准确地跳下来，与哈斯巴根背对背地骑在了马背上。冲出院子，冲到外面，东北角的鬼子已经没有几个了，查力图又近距离一通猛扫，那几个鬼子也都死光光了。

查力图的枪一直没断过火，当后面的小鬼子重新聚集在一起时，五匹马已经跑远了，气得小鬼子一通怪叫！

……

第二章 隐藏

哈斯巴根听见了重力图您扬婉转的长啃声,望去,看见了山上的敖包,敖包上彩布迎风飘动,哈斯巴根边打马奔过去边高声喊着:「回郭尔罗斯了!」

田秀秀追了过去,她看见一望无际的草原上青草一直铺到了天边,不禁感叹道:「郭尔罗斯太美了!」哈斯巴根笑了,拽过田秀秀的马缰绳说:「这是我们的郭尔罗斯,这是我们的家,回家!」

01

哈斯巴根听见了查力图悠扬婉转的长哨声,望去,看见了山上的敖包,敖包上彩布迎风飘动,哈斯巴根边打马奔过去边高声喊着:"回郭尔罗斯了!"

敖　包　　　　　　　　　　王胜臣摄

田秀秀追了过去,她看见一望无际的草原上青草一直铺到了天边,不禁感叹道:"郭尔罗斯太美了!"

哈斯巴根笑了,拽过田秀秀的马缰绳说:"这是我们的郭尔罗斯,这是我们的家,回家!"

几匹马奔下山头,来到了草原上。哈斯巴根一脸的兴奋,说:"秀、老刘,你们下马抓一把这里的土,保你们指缝流油啊!"

几匹马又跑出了一段路程,田秀秀突然勒住了马,说:"根儿,根儿,停下,快点停下!"

"怎么了,这就是郭尔罗斯!"哈斯巴根有些不解地看着田秀秀。

田秀秀正色地说:"你忘了巴特尔是怎么找到的吗?"

"嗯,我们遇到了一个可怕的对手,要不是那个鬼子不熟悉赶马车的细节，我们就被骗了。"哈斯巴根喊了起来："查力图、嘎力根！"

嘎力根和查力图策马跑到了近前，查力图手里摆弄着一个相机。哈斯巴根看了看田秀秀说："查力图，你从哪儿弄到的相机？"

查力图得意地举了举相机说："劫小鬼子的汽车时我顺手拿回来的，哎，队长，咱们几人是不是得照一张啊？我可不会照啊！"

哈斯巴根拿过相机，摆弄了几下说："查力图，幸亏你小子拿回来了，原来小鬼子的那辆车就是用那几个汉奸当诱饵，引我们出来，万一围剿不成，就用拍下的照片到处缉拿我们了，真险哪！"

巴特尔抢过相机拍了两下说："就这么个破玩意儿就能把我们都装进去？这不胡说吗？"

哈斯巴根又抢过来说："现在我以队长的身份命令你们，老刘带队，查力图带路，去胡家店以干长工为掩护隐藏起来，查力图负责与我联系，巴特尔！"

巴特尔知道要说到自己了，连忙答应着。

"巴特尔，你太显眼了，又性情鲁莽，这次因为你差点没出大事，你要记住了，不管什么情况下都要听老刘的，不管出了什么事都不要莽撞行事，明白吗？"

"明白！"

"记住了？"

"记住了！"

哈斯巴根见巴特尔脸红了，笑着拍了拍他的肩头，说："你们走吧！"

查力图打马跑了出去，巴特尔、老刘跟了过去。田秀秀拿过相机，喊："老刘！"

老刘等四人同时回过头来，马却没停下，田秀秀照了一张，说："老刘，多费心吧！"

老刘一扬手，向查力图他们追了过去。

田秀秀放好了相机，抬头见哈斯巴根正在看着自己，脸色有些微红，问："你看我干什么，接下来咱们怎么行动？"

哈斯巴根轻笑了一下，说："我在想怎么收拾你一下？"

田秀秀没说话，看着哈斯巴根。哈斯巴根想了想，说："下山时你以团长的命令为名，把我整得灰头土脸的，在他们几个面前丢尽了人，那咱们接着就以夫妻名义回家。"

"哎，你知道点羞耻好不好？团长是说路上做夫妻掩护一下，他可没说来到郭尔罗斯还做夫妻，臭美！"

哈斯巴根急了，说："这怎么是臭美呢？我没有个合理的说头，就领回一个如花似玉的姑娘，我怎么和我额吉（母亲）和阿兀（父亲）说呢？没有合理的说法，他们会怀疑我在外面学坏了，那你也不是啥好人了……"

田秀秀笑了说："行了，可算是来到你们家了，听你的，不过不是夫妻，是未婚妻兼助手！"

"哎，你不是挺勇敢的吗？未婚妻和妻子也不差太多吧，还是妻子吧！"

田秀秀猛地拍了一下哈斯巴根的马屁股，那匹马跑了出去，田秀秀说："我是考虑你那指腹为婚的格格，要不然你以为我不敢和你做夫妻吗？"

街上人来人往，哈斯巴根不时地与人群中的某些人打着招呼，但那些人的目光放在了田秀秀身上。

转了几条小街，哈斯巴根与田秀秀下了马。

哈斯巴根走到门前，和门卫说："通报一声，哈斯巴根前来拜见齐默吉王爷！"

田秀秀看了一下眼前的王爷府，红墙高大，典雅庄严，炮楼齐备，问："这是你家？"

王爷府　　　　　　　　　　　　王胜臣 摄

"不是，这是郭尔罗斯最高王爷府，我回来不第一个拜见他老人家就是失礼。"哈斯巴根见进去的人出来，走上前去问："怎么样，王爷召见吗？"

那人一弯腰说："王爷近几天身体有所不适，但还是召见哈斯巴根贝勒！"

哈斯巴根向田秀秀招了招手，田秀秀跟着哈斯巴根进了齐王府。田秀秀从来没见过这么气派奢华的宅子，感觉眼睛已经不够用了。

哈斯巴根走进一间金碧辉煌的房间，头也没抬，单腿跪了下去，说："哈斯巴根给王爷请安！"

宽大绵软的座位上半躺半卧着一个病样的威严老者。老者咳嗽了几声，才转过脸来看了看，目光落在了田秀秀脸上，嘴上却说："起来吧，哈斯巴根，你是郭尔罗斯的雄鹰，总算飞回来了。"

哈斯巴根回头向田秀秀比划了一下，说："过来，给王爷请安！"

田秀秀微微朝齐王低下了头，说："见过王爷！"

齐王又咳嗽了几声，问哈斯巴根："她是什么人，汉人吗？"

"是，王爷，她是我的助手，听王爷咳嗽应该是偶感风寒，你给王爷瞧瞧！"哈斯巴根示意田秀秀过去。

田秀秀笑了一下，说："王爷，我学的是东洋医术，得试试体温，您……"

"那个物件叫体温计吧，哈哈……拿过来吧，我去乌京时曾用过一次。"齐王接过田秀秀递过去的体温计，塞入腋下。

齐王坐起来，下人送来热奶茶，说："你们坐吧，哈斯巴根，这几年你在外面做什么呢？"

哈斯巴根喝了一口奶茶，闭目赞叹："真香，还是郭尔罗斯的奶茶好啊！"他走到齐王身侧，"王爷，我出去后先是学了医，接着又当了几天军队不是军队、马匪不是马匪的兵，后来又当回了医生，这不想着回来开个医院，想为郭尔罗斯草原上的子民做些事情。"

"你是贝勒，怎么可以做那些下贱的事情呢？我看哪，你还是到我这里谋个差事吧，将来也能真像雄鹰一样翱翔。"齐王说得不咸不淡。

哈斯巴根低了一下头，说："感谢王爷美意，哈斯巴根有句话不知当讲不当讲？"

"讲吧！"

"王爷，现在不是老祖宗成吉思汗、哈布图哈萨尔四处争伐的时代了，长生天赐给我们的勇猛可以在我们的身体里燃烧，但我们应该睁开鹰一样的双眼看看草原之外的世界，如今弹丸之地的日本都可以征服我们，我们得穷则思变了，只有我们蒙古族强大了，才不愧对长生天对我们的恩赐。"哈斯巴根说得激动了起来。

齐王叹息了一声，又咳嗽了几声，说："直接说你的医院吧。"

"如今战乱不断，马匪横行，开家医院治红伤，肯定既造福草原子民，又有丰厚收入，所以我想以王爷名义开家医院，收入嘛六四开，王爷六成，不知您……"

齐王大笑，突然咳嗽了几声，停住后笑骂道："你这个小混蛋，越来越精明了，但愿你别让钱味洗得像绵羊一样，你说得有些道理，我看可以。"

这时，又有下人来报："王爷，额尔尼王爷和他的珊丹格格求见！"

"哟，你指腹为婚的珊丹来了，这太巧了，让他们去客厅等候一下。"齐王看了看田秀秀，拿出体温计。

田秀秀快步走过去，接过体温计看了看，说："王爷有些高烧，外加伤风，问题不大，我给您留些药片，不出两天就可以好了。"

哈斯巴根接过药片，拿出四片，喊了声："来人，拿杯热水来！"

哈斯巴根接过热水，送到齐王面前，说："王爷，您先服下，过会儿您还要和额尔尼王爷商量要事呢。"

齐王的精神好了不少，接过水和药片吃了下去，说："没什么要事，咱们王族我很喜欢你和珊丹，原本今天他们是过来问安的，现在看来我得搭上一顿丰盛的晚宴喽！"

02

田秀秀、哈斯巴根随齐王走进客厅，齐王笑了起来。

"哈斯巴根？你怎么在这里？"像风一样跑过来一个满身蒙古族装束的姑娘，脸上布满惊喜，两只清澈的眼睛围着哈斯巴根转个不停。田秀秀知道她就是珊丹——额尔尼王爷的格格。

"没有规矩！先见过王爷！"中等个头、中等胖瘦的中年男人呵斥住珊丹，"王爷康复了吧？"

齐王伸手示意额尔尼坐下，说："好不少了，特别是看见我们的小马驹回来，又吃了他的药，真的好不少。"

珊丹吐了一下舌头，哈斯巴根笑了一下，朝额尔尼鞠躬，说："额尔尼王爷您好，好长时间没问候您了。"

额尔尼站起来走到哈斯巴根近前，双手拍了拍哈斯巴根健壮的臂膀，说："嗯，这小马驹长得很壮实，还越来越精明了，前日我还问你阿兀你什么时候回来呢。"

哈斯巴根，回道："王爷，外面的生意不好做，加之我想念郭尔罗斯，我都快忘了奶茶的香味了，这不就回来了嘛。"

齐王很高兴地说道："哈斯巴根的药很灵啊，我确实好多了，珊丹你陪着这位姑娘去找格日乐吧，我们要大吃一通！"

珊丹满脸笑意，说："王爷、阿兀我们先出去了，哈斯巴根我会替你招待好客人的，走吧！"

额尔尼笑了起来，眼神却一直在看着哈斯巴根。齐王满意地点点头说："嗯，来人哪，准备招待额尔尼王爷和哈斯巴根贝勒！"

额尔尼突然低声说道："王爷，听说关东军又派来一位什么山本四郎机关长，确有其事吗？"

"哎，确有此事，我还没见过这个人呢，不知道日本人又要闹什么鬼呀。"齐王的神情一下子凝重了起来。

"机关长是什么玩意儿，和宫本队长相比怎么样？"额尔尼专注地看着齐王。齐王站起来走到窗前推开窗子，时下已是春季，可他却哆嗦了一下说："我去乌京时，听说过此人，他很受器重，可见要有大事发生了，但愿长生天保佑草原子民吧！"

额尔尼"噢"了一声，似乎在思虑着什么，突然又说："那咱们是不是应该拜见一下这个山本机关长呢？"

齐王看了看哈斯巴根，说："我正有此意，我同哈斯巴根的阿兀商量过此事，可他说什么也不去，我正为难呢。"

哈斯巴根笑了一下，说："我阿兀太顽固，拜见一下有何不妥呢？咱们不讨好日本人，可也没必要得罪他们。"

"哎，还是年轻人脑筋灵活，这与我不谋而合。"齐王很高兴，说："额尔尼王爷，改天不如你我还有哈斯巴根一同拜见山本机关长，如何？"

下人着急忙慌地进来，齐王一愣，问："怎么了？"

"回王爷，宫本队长领着一个叫山本机关长的，求见您！"

齐王想了想，说："我要换上王服，先请他们到贵客厅。"

下人急忙出去，齐王进了另一间屋子，片刻便换好了王服。

齐王出来照了照镜子，说："额尔尼、哈斯巴根，我们一同去见山本机关长，快！"

齐王风风火火地走进客厅，他的病似乎好了。一个个头与额尔尼差不多的日军军官站起来，说："齐王您好，我来介绍一下，这位是大日本帝国的精英，山本四郎机关长！"

精壮的山本四郎立马站起来，向齐王敬了一个标准的军礼，说："齐王您好，我初来郭尔罗斯，请多关照！"

齐王满脸笑，客气道："噢，噢，山本机关长请坐！宫本队长您也坐，我这昨天还想着去拜见山本机关长呢，可不巧伤风了。"

山本四郎笑了笑说："齐王不必客气，我来拜访您也是一样的，这并不妨碍我们的友谊。"

宫本拍了拍额尔尼的肩头说："机关长，这位是我们的老朋友额尔尼王爷！"

额尔尼满脸堆笑，说："我是额尔尼，山本机关长您请坐。"山本给额尔尼也敬了一个军礼。

宫本看了看哈斯巴根，问："这位是……"齐王走了过来，说："哦，宫本队长还不知道吧，他是索纳朋格王爷家的哈斯巴根贝勒，刚从奉天学医回来。"

哈斯巴根伸手与宫本、山本各握了一下手，说："我在奉天学的是大日本帝国的医学知识，后又学了一些中医，刚到郭尔罗斯两个小时不到，还请宫本先生、山本先生多多关照！"他向宫本、山本各回了礼。

山本四郎上下打量着哈斯巴根，说："哈斯巴根，你不像学医的，倒像一名军人。"

"山本先生好眼力，我确实在东北军里当过兵，恕我直言，贵军在奉天与东北军发生冲突后，我曾随东北军辗转各处，请不要见笑，我们军不军匪不匪的，也只好另寻出路了，反复思考后我才决定回来开医院的，尽可能把先前上学时从贵国北泽辉先生处学的医学知识发扬光大。"

"哦，看来我此次来郭尔罗斯会有知音的，宫本君你觉得呢？"

宫本请山本坐下，接着说："山本君视成吉思汗为心中英雄，哈斯巴根少王爷能文能武，你们自然可以成为知音喽。"

齐王一边示意二人喝茶一边说道："哈斯巴根可不同于他的阿兀，你们一定会成为知音的，宫本队长、山本机关长，今晚我们共用晚餐如何？"

山本四郎笑道："好哇，我正饥肠辘辘呢！"

齐王朝管家吩咐道："告诉厨房，先前准备的宴席赐给下人，重新准备，用我们蒙古族最高礼节欢迎山本机关长。"

在格日乐的房间里，格日乐正吃着，头也不抬。珊丹给田秀秀拿了一块白色的东西，说："这是奶酪，你尝尝。"

田秀秀接过来，轻轻地咬了一口说："嗯，好吃好吃，还真没吃过呢。"

"你叫什么名字，和、和哈斯巴根是怎么回事？"珊丹很认真。田秀秀把那块奶酪一口气吃完，说："我叫田秀秀，我是哈斯巴根的助手，我会治病。"

"你们认识多长时间了？"

"三年了，他人不错，我挺喜欢他的。"田秀秀喝了一口奶茶说。

"啊？你喜欢他？你不能喜欢他，我们可是指腹为婚的！"

田秀秀自己拿了一块奶酪，吃了一口说："你是个小心眼的格格，喜欢可以分很多种，我喜欢他的人品，你怕什么呀？"

珊丹拍了拍自己的胸口说："我的天哪，吓死我了，格日乐，你看看我和她谁漂亮？"

格日乐头都没抬，答道："都漂亮，你们的事别问我，抓紧吃吧。"

珊丹白了格日乐一眼，盯着田秀秀说："你挺有意思，我一见到你就喜欢你，我们做姐妹吧？"

田秀秀抓住珊丹的手说："好啊，好啊，我愿意，我天天到你家吃好吃的，你肯定亏了。"

珊丹呵呵地笑起来说："你直爽，我喜欢，你不是说我小心眼吗，那你就天天到我家来做客，我天天招待你。"

一阵马头琴声响起，格日乐离开桌子推开门问："哎，谁在拉马头琴？"

使女过来答道："格格，来了两个日本人，王爷正在招待他们。"

格日乐又坐到桌旁气愤地说："混蛋的日本人，他们怎么来了，土地、牛羊给他们的还少吗？一伙贪心不足的家伙。"

"格日乐，咱们吃咱们的，不管他们。"

格日乐听了珊丹的话掉下脸子说："我们家能不管吗？阿兀惹不起他们，你阿兀不是和日本人挺好的吗，将来你还是嫁给日本人好了。"

珊丹的脸先红后白，一推面前的盘子，说："我阿兀是我阿兀，我是我，你阿兀是郭尔罗斯主事王爷，你们惹不起，我们怎么惹得起？"

田秀秀推了推珊丹，说："我们姑娘家就不要管这些事情了，吃好穿好也就行了，两位格格不必因为这种事生气。"

格日乐这才正眼看了一下田秀秀。

03

　　齐王、额尔尼王和哈斯巴根送宫本和山本四郎走出王府，来到大门前，外面站着几个汉奸和小鬼子。

　　齐王醉意渐露地说："宫本先生、山本先生，招待不周，请多多原谅！"额尔尼跟着一脸讪笑。

　　晚风吹得宫本和山本脖子上的哈达在夜色里飘动，山本四郎理了理，说："两位王爷不必客气，来日方长，请回吧！"

　　哈斯巴根和宫本握了握手，当他走到山本四郎面前，伸出手来时，有四个人蹿出来，出枪就射击，打落了王府的一盏灯，打倒一个汉奸。哈斯巴根急忙拽过山本四郎，往王府里推，身体一直护在山本前面。汉奸和鬼子举枪还击，子弹不时打在附近。

　　那四个人没有恋战，打了几枪后潜到夜色中跑了。

　　齐王哆嗦着看了看宫本、山本四郎，问道："两位太君没伤着吧？"

　　宫本冲出去喊道："跟我来，追上他们。"一群人跑远了。

　　山本四郎拍了拍手，笑着看了看齐王，转身看见哈斯巴根的胳膊上在流血，问："哈斯巴根，你为我受伤了？"

　　哈斯巴根咧了咧嘴，说："没、没关系，山本先生可不能在王爷府上出事，我们、我们担当不起啊。"他解开衣服，抽出胳膊，血染红了袖子。

　　山本四郎撕开哈斯巴根的袖子，看了看他的伤口，说："从血流来看，还好没伤到主血管，这回你可以有展示技术的机会了。"

　　"山本先生，自己的刀砍不了自己的刀柄，还是到大日本帝国军医处处理一下吧？"

　　宫本领人已经跑回来了，山本四郎一挥手，说："回去，给哈斯巴根处理一下伤口。"

　　这时田秀秀跑了出来，山本四郎一愣，哈斯巴根动了动胳膊，说："秀秀，跟我去宪兵队军医处一下。"

　　田秀秀怯怯地看了看山本等人，哈斯巴根表情痛苦地说："哦，这两位是宫本队长和山本四郎机关长，我们已经是朋友了。"

　　"秀秀小姐请！"山本四郎伸手请田秀秀上车，田秀秀看了看哈斯巴根，哈斯巴根微笑着示意她上车。

上了车，山本四郎见田秀秀在给哈斯巴根包扎，问道："秀秀小姐会做手术吗？"

田秀秀声音不大，回道："山本先生，我只粗懂一点，小病还能应对，你所说的手术我只能当当助手。"

"山本先生，郭尔罗斯的治安很不好吗？"哈斯巴根一只手托着受伤的胳膊，问道。

山本四郎"啧"了一声："我刚来不熟悉，不过据宫本君讲，本地治安较好，大日本帝国移民与本地人相处得也十分融洽，所以被袭之事让我有些糊涂。"

车到宪兵队，山本四郎领着哈斯巴根走进了军医处。

"哈斯巴根先生，此地驻兵不多，所以军医处没有另选地方成立医院，你只能将就一下。"山本四郎又对一个中年人说："长谷君，你给这位先生做个手术，把子弹取出来。"

长谷做手势请哈斯巴根躺下，举起胳膊。山本笑道："长谷君，哈斯巴根先生也精通医道，你没必要画蛇添足。"

长谷朝哈斯巴根点点头，哈斯巴根用日语说："伤势不重，直接用麻醉剂清洗伤口，不必注射，直接取子弹就可。"

山本看了看田秀秀说："秀秀小姐，护士都下班了，请你临时帮一下忙吧！"

田秀秀放下药箱，找了几样手术用得着的东西，装在白色盘子里，端到长谷面前。长谷用麻醉剂清洗完伤口，直接取子弹。

"秀秀，把盘子放下，拿相机拍一张！"哈斯巴根略微咬咬牙说。

田秀秀拍了一张照，长谷很快手术完毕，开始包扎。山本走到床前，问："怎么样，哈斯巴根先生？"

"没问题，多少有些疼，秀秀给我照了一张相，山本先生可以办一张报，刊登上去，印量不必大，发到郭尔罗斯各处，这样能起到一定的影响，以减少不必要的反抗。"哈斯巴根边说边穿好衣服。

山本击掌赞叹道："好主意，好主意，看来我们真的能成为知音。"

哈斯巴根见田秀秀装好了相机，对山本说："山本先生，折腾了半个晚上，我得回家了，我要在郭尔罗斯开家医院，到时还想请山本先生去关照一下。"

山本边送哈斯巴根和田秀秀边说："没问题，你确实与众不同，我到时一定到场，如果你有什么难处尽管跟我开口。"

来到外面，哈斯巴根看了看星空，说："山本先生，早点休息吧，我回去了。"

"请上车，专车送你回去。"山本到车前打开车门。

"多谢山本先生，改天见！"哈斯巴根坐上车。

山本摆摆手，田秀秀朝山本也摆摆手，小车开出了宪兵队。

山本四郎回到办公室，拿起电话，说："我是山本，竹下君你过来一下。"

"长官！"一会儿响起了敲门声，竹下光治走了进来。

"嗯，索纳朋格一直不肯与我们大日本皇军合作，可今天我意外地遇见了他的儿子，这个人很有意思，你派人盯住他们家。"

"是，长官！"

"那个蒙古人被救走了，这让我很失望，他们不过几个人而已，你们连特高科再加特务队，再加两个小队，都控制不住他们，很让大日本帝国没颜面！"

竹下光治一个立正，说："长官，我们大意了！那几个人也确实不好对付，其中肯定有人心思缜密，不然也不会知道那个蒙古人就在马车上。"

山本四郎点了点头，说："我原以为在林石双河就可以解决这件事，没想到，确实没想到。郭尔罗斯对帝国事业很重要，我们要给司令一个满意的交代！"

"嗨！"竹下光治一脸愧色。

"还有，抓紧筹备成立满蒙协会，只要铁血队的人来到郭尔罗斯就会对协会进行破坏，那样我们就可以有迹可循，一定要及早打掉铁血队，以防他们破坏其他大事！"

"嗨！"

"出去吧！"山本四郎的脑海里还在想着哈斯巴根和田秀秀。

哈斯巴根下了车，朝车上摆了摆手，又笑着看了看田秀秀，说："怎么样，这就是我的家。"

田秀秀目测了一下说："比齐王府小了很多，并且离齐王府挺远，可以看出你父亲不愿与齐王为伍。"

这时门打开了，出来一位下人，说："少爷，您回来了？"没等哈斯巴根说什么，他便朝府里喊了起来："少爷回来了，少爷回来了！"

府里很快通明一片，人们纷纷出来。一个年逾五旬身着便装的男人快步走了出来，哈斯巴根急忙上前来问候道："阿兀，你还好吧？"

第二章 隐藏

田秀秀仔细打量了索纳朋格王爷，感觉他确有一身正气。

索王上下看了看哈斯巴根，用有力的大手拍了拍哈斯巴根，哈斯巴根一咧嘴说："阿兀（父亲），我胳膊受伤了，里边说吧！"

索王看见了田秀秀，问哈斯巴根："她是……"

"阿兀，她是我的助手，汉族人，田秀秀！"哈斯巴根贴着索王耳边说，又大声地朝田秀秀介绍道："秀秀，这是我父亲！"

"索王爷您好！"田秀秀迎着索王不解的目光，大方地问好。

"好，好，里边请！"索王却自己走进了王府。哈斯巴根和下人们亲热地打着招呼，偶尔和男子还抱一抱。

进到屋里后，哈斯巴根与迎上来的索王福晋拥抱了一下。福晋没等说话，先流下了眼泪。哈斯巴根急忙说："额吉，我回来了，你再也不用惦记我了。"

福晋要坐下时才看到田秀秀，连忙问："她是？"

"我的助手，汉族人，田秀秀，怎么样，额吉，她是不是很漂亮？"哈斯巴根一句话逗得福晋开心起来。福晋走到田秀秀近前，田秀秀微笑着看着福晋："您好！"

福晋拉着田秀秀坐下，似乎看不够了，田秀秀就让她看着。

索王不满地看了一眼福晋，说："你呀，一见漂亮姑娘就看个没完，真不知你在想什么呢，儿子才回来！"

福晋不好意思地笑了笑，说："我知道儿子刚回来，我们不能慢待了儿子的客人不是？"她突然看见哈斯巴根受伤的胳膊了，"这是怎么了？"

"阿兀、额吉，我先到齐王那里和他商量在郭尔罗斯开医院的事情，正好碰上额尔尼王爷和珊丹去看望他，后来宫本队长和新来的山本机关长也去了，吃完晚饭出来时，突然有几个人朝我们开枪，我替山本机关长挡了一枪。"

"严重不严重，疼……"福晋还没问完，索王一拍桌子，怒骂："你真是个混蛋，你怎么能替日本人挡子弹呢？你嫌他们作恶不多吗？他们就是草原上来的恶棍、恶狼！"

哈斯巴根赶紧说："阿兀，我知道他们为恶极多，但就目前来讲，还不是和他们翻脸的时候，我们是成吉思汗的后人，我们要学学他征讨天下的韬略。"

"成吉思汗"这四个字起了作用，索王的气很快下去了不少，但还是愤愤不平，说："齐王和额尔尼已经被富贵泡酥了骨头，我真是咽不下日本人的气，我真想与他们杀个你死我活！"

"阿兀，你可不能乱来，草原上还有许多子民需要您呢！阿兀，我在郭尔罗斯开家医院，您同意吧？"哈斯巴根小心翼翼地问。

索王的语气缓和下来，说："我不懂你的玩意儿，但只要对草原有好处你就干吧，你时刻不要忘了，你身上有蒙古人的英雄血就行了。"

04

哈斯巴根刚服下田秀秀递过来的药片，下人扎里木跑进来喊道："少爷，少爷，王爷和你说的那个山本吵起来了。"

哈斯巴根急忙走出去，走进客厅。索王的脸因愤怒而紫红，山本四郎像被罚的学生一样规矩地站在那儿。听见脚步声，见是哈斯巴根，他说："哈斯巴根先生，你好些了吗？"

"破皮小伤，刚吃过消炎药，山本先生刚刚驾到吧？"哈斯巴根伸手请山本坐下。

山本四郎微微一笑，答道："刚来，刚和索王说请他出任满蒙协会会长一事，他就大发雷霆了，你看？"

哈斯巴根略略沉吟了一下说："我送您出去，也许我能给您一个意想不到的建议。"

山本四郎起身给索王行一个标准鞠躬礼，转身走了出去。索王不是好眼神地瞪了一眼哈斯巴根。

哈斯巴根转身出来追上山本四郎，说："山本先生，您可以请额尔尼王爷出任满蒙协会会长，我出任副会长，您明白吗？"

"好，好！就这么定！"山本四郎想了想，露出满意的笑容来。

山本四郎大步走向车子，哈斯巴根叫住他说："山本先生，满蒙协会成立大会完全可以和我的医院开门营业典礼结合起来，当然这只是我个人的想法。"

山本四郎朝哈斯巴根一挑大拇指，钻进了小车，小车调头绝尘而去。

哈斯巴根再回到客厅时，索王气得呼哧带喘。

哈斯巴根笑了说："阿兀，您说过郭尔罗斯的男人，白天就是翱翔天空的雄鹰，夜晚才是无所畏惧的野狼，现在可是白天哪！"

"你少拿我的话堵我的嘴！长生天赐给你健壮的体魄和出色的智慧，你都献给日本人吗？你就是我亲手养大的奴才！"

福晋急忙出来说:"孩子才回来,你朝他嚷什么?郭尔罗斯最大的王爷是齐王,他都没办法,你让孩子怎么办?"

哈斯巴根拍了拍脑门说:"阿兀,郭尔罗斯街里的几间房子我要用来开医院,您和下人们说一声,替我打扫一下。"

索王一指哈斯巴根批评道:"开医院?那是蒙古男人该干的事情吗?放马驰骋,纵情骑射,这才是蒙古男人该做的事!你看你,你看你现在是什么样子?"

"阿兀,开医院的事情昨天晚上你还答应了呢,这怎么说反悔就反悔了?这可不像蒙古王爷该做的事。"哈斯巴根见索王在成吉思汗画像前闭目凝思连忙说道。

索王没有转身,只是摆了摆手说:"滚,滚!"

哈斯巴根刚回到自己房内,田秀秀见门外没有人走动,拿出一张纸条说:"看看吧!"

哈斯巴根打开纸条,上面写道:务必破坏满蒙协会。

一指长的小纸条被哈斯巴根撕了个粉碎,田秀秀明显地感觉出来不对劲了,急忙问:"怎么的,不执行?"

"这是不是太急了?尤其是在对我们的怀疑还没有完全被解除之前哪!再说了,你我不能动,剩下的只有老刘他们四个人,四个人中巴特尔又不能露面,只剩三个人,三个人能对付得了山本的特务队、警察署,还有宪兵队吗?"

"你说得有道理,可党组织交给的任务一定要完成,要让小鬼子知道他们到哪里哪里就有反抗,更要让郭尔罗斯人民知道反抗,所以不管困难多大也要完成!"

"你听我说,即使破坏了满蒙协会成立大会,可山本还是会下达任命书的,而其中副会长就是我。"哈斯巴根看着田秀秀。

田秀秀笑了,说:"你出任副会长是好事,我知道你是为了隐藏。眼下我们还是想想办法破坏大会,在郭尔罗斯这块土地上产生影响吧!"

哈斯巴根坐下琢磨了,觉得哪里不对劲,于是问:"秀,你怎么这么快就接到了党的指示?"

"这个暂时不需要你知道,哎,你敢打敢冲的劲儿哪去了,怎么婆婆妈妈了?"田秀秀回答道。

"这里不比山上,那里需要敢打敢冲,这里需要冷静。当我意识到巴特尔就在那辆马车上时,我就感觉到了对手的可怕,见到山本四郎后,这种感觉就更强烈了,所以每一步棋都不能走错。"哈斯巴根笑了一下。

"嗯，山本四郎确实可怕，咬人的狗不露齿，这我承认！"田秀秀说道。

"那破坏满蒙协会的事能不能往后延迟一下？"哈斯巴根盯着田秀秀的大眼睛，有些低气地问。田秀秀很肯定地说："不行！"

第二日时近傍晚，额尔尼带着珊丹来到索王府。额尔尼满面红光，一脸得意，走路有些摇晃。

索王一脸敌意，看着珊丹时才缓下来一些说："珊丹，好长时间没来了，这次来有事吗？"

珊丹有些羞涩，福晋拉着她坐下，说："额王，你也请坐！"

额尔尼有些不好意思，刚要坐下，索王大声地说："额尔尼，你坐下后我的椅子可就脏了！"

额尔尼立马站了起来，站起来后又坐下说："索王不要这样说话嘛，我们毕竟是兄弟，此次前来是想和你商量一下珊丹和哈斯巴根的婚事，你怎么能这样说话呢？"

福晋走到索王面前，捅了索王一下，转身吩咐："给额尔尼王爷、珊丹格格上茶！"

珊丹朝门外看了看，问："怎么不见哈斯巴根呢？昨晚他受伤了，严重吗？"福晋笑盈盈地坐到她跟前，答道："还好，不严重，他去县城了，快回来了！"

额尔尼讨好地说："不要紧，我们等他回来。索王在郭尔罗斯子民中威望很高，这我知道，我也知道你不肯与日本人合作，我们的胡须都沾满了寒霜，不为自己想想，也得为哈斯巴根他们想想吧？二十万东北军都不能挡住日本人，我们只有几百人的卫队，拿着破铜烂铁，根本无法与日军对抗的，所以……"

"好了，以后再来我这里不要提日本人，只说郭尔罗斯，要不然别怪我不客气！"索王叹了一口气。

额尔尼忙说："好，好，我不提日本人。"

哈斯巴根领着田秀秀回来，看见了额尔尼和珊丹。

"额王的卫队的装备换了，真有气势！"哈斯巴根边进来边说，他并没有在意索王的脸色。珊丹站起来，看着哈斯巴根关切地问："你的伤不打紧吧？"

"没事，没伤到筋骨，昨天走得急，我还有东西忘送你了。"哈斯巴根从上衣兜里拿出一个精致的盒子，"你打开看看。"

"这么漂亮的链子！"珊丹打开盒子，开心地笑着。

福晋看着珊丹不断地点着头，索王和额尔尼却偷偷地看了一眼田秀秀。

田秀秀放下药箱，从自己兜里拿出一个很小的盒子，递给珊丹说："珊丹格格，这个也送给你。"珊丹拧开，闻了闻，说："太香了！你们真好！"

"他们两个都是大人了，我看哪，选良辰择吉日，让他们完婚吧？"额尔尼在征求索王。

索王深深地叹了口气："我看行，找人给看一下，就这么定了。"

额尔尼等不及了一样，忙说："我已经找过了，五天之后是黄道吉日，索王，你看怎么样？"

"太好了，我早盼着这一天了，王爷，就这么定吧？"福晋的眼睛还在珊丹身上转，珊丹拿着两个盒子，羞得深深地低下了头。

"额王，这也太着急了吧？我的医院恰好也在五天后开门营业，况且山本先生有意满蒙协会的成立与我医院开张营业放在一天，这确实不合适。"

索王一拍桌子，吼道："少提山本那个混蛋！为了日本人婚都不结了吗？"福晋刚要说话，索王突然又说道："你不会答应日本人出任那个狗屁满蒙协会的职务吧？"

"阿兀，我确实答应了做副会长，但我不管实际工作……"

索王暴怒："就定五天后完婚，婚姻是终身大事，我看日本人能怎么着？"

索王起身离开了客厅，哈斯巴根一时也想不到什么主意了，田秀秀拿起药箱，转身撞了他一下，他"哎呀"了一声。"额王、珊丹，我的胳膊还没好呢，怎么结婚呢？"哈斯巴根咧着嘴。

田秀秀急忙问："怎么样，没撞严重吧？"

"没有，没有，你忙你的去！"哈斯巴根见田秀秀走了出去，走到福晋跟前说："额吉，你跟阿兀说一声，怎么也得等我的伤口好了吧？"

福晋看了看额尔尼和珊丹。珊丹心疼地看了看哈斯巴根说："就等你伤口好了吧。阿兀，你说呢？"

额尔尼搓了搓手掌，想了想说："还是问索王吧，我们要尊重他的想法！"

05

哈斯巴根换了一身西装，带着田秀秀来到即将开张的医院，旁边就是满蒙协会的会址。

田秀秀见哈斯巴根一脸的无奈，笑了一下说："哎，院长、副会长、新郎倌儿，你高兴点行不？别跟欠了别人债似的。"

"你就拿我开心吧，我的心里都快着起漫天大火了，你……"哈斯巴根也不知道怎么说好了。

田秀秀眨着明亮的眼睛，走到哈斯巴根面前，哈斯巴根往哪儿躲，她就往哪儿堵着看他。哈斯巴根往后退了两步，说："你是不是成心看我笑话呀？你别忘了，这可涉及能否完成任务。"

"嗯，英俊、威武，还带点儒雅，还是王族贝勒，我都相中了！"田秀秀还在端详着哈斯巴根。

哈斯巴根突然明白了，田秀秀一定有稳妥的主意了，不然她不会在此时还拿他说笑。他看了看外面，行人还不是很多，问："秀秀，我问你，你把消息送出去了吗？"

"嗯，查力图已经来过了，时间差不多了，去见山本四郎吧。"田秀秀见好就收。

哈斯巴根带着田秀秀走出医院，下人们直朝哈斯巴根点头，哈斯巴根不断地叮嘱他们干这干那的。

哈斯巴根走进满蒙协会会馆，见到了山本四郎，问道："山本先生，这个会馆还满意吗？"

"我很满意，没想到离你的医院如此之近，正好开业庆典和协会成立大会可以同时召开。"山本四郎一摆手，一个便衣送来一个细长的盒子说："你今天三喜临门，我略表心意，请笑纳。"

哈斯巴根双手接过盒子，打开一看，禁不住疑惑地说："战刀？和服娃娃？"

山本四郎笑了笑，说："这不是战刀，是武士刀，我们大日本帝国素来尚武，这与蒙古族的尚勇异曲同工，哈斯巴根先生，商场如战场，希望你能日进斗金嘛。至于和服娃娃，我觉得与珊丹格格很相配，对了，你是不是得请我喝你的喜酒哇？"

"多谢山本先生，喜酒在此地喝也一样，您知道我父亲……"哈斯巴根有些为难了。

山本四郎拍了拍哈斯巴根的肩头，笑了，说："好吧，我不为难你了，索王对大日本帝国还有成见，我想只要我表现出诚心来，我们肯定能如沐春风的。"

这时齐王坐车来到，山本和哈斯巴根前去迎接，几个拿着相机的人围上去，一通拍。

齐王看了看会馆，又看了看众人说："好哇，好哇！有了满蒙协会，郭尔罗斯的发展会很顺利的。"

"齐王请，等额尔尼王爷一到，典礼就开始。"山本四郎彬彬有礼地请齐王前面走，齐王也没客气。齐王叹道："我年纪大了一点，身体又不好，不然会长一职轮不到额尔尼的。"

转过头，齐王对哈斯巴根说："哈斯巴根，一会儿我要到你的医院看看，然后去你家与你阿兀喝几杯。"

"当然，当然，到时还请您给说几句，那一定是锦上添花。"哈斯巴根扶着齐王的胳膊。

额尔尼骑在马上，看着前面卫队扛着的崭新快枪，心里很得劲，闭着眼睛拍了拍腰间的日本短枪。他睁开眼睛问："道尔吉，珊丹婚礼应用之物都准备妥当了吗？"

"阿兀，你放心吧，我妹妹的婚礼我肯定用心啦。"道尔吉见一行人走到一处山包之下，说："阿兀，那夜在齐王家门口开枪的人抓到了吗？我这心里总是打鼓。"

额尔尼笑了笑："那自有宫本队长负责，你不必焦虑，现在东北三省都是大日本帝国的了，我是满蒙协会会长，你妹夫是副会长，加之索王，我们足以与齐王相提并论了。"

"可索王一直不肯与日本人合作，这能不能……"

"索王不过是不想放下野狼的架子罢了，他敢真刀真枪地和日本人干吗？笑话！也有可能他想提高和日本人合作的筹码。"额尔尼大笑了起来。

道尔吉似乎明白了，喊道："跑起来，打马跑起来！"

马队跑了起来，搅起了一阵阵尘土。

额尔尼正扬鞭打马，突然一支冷箭从身后射来。冷箭带着风声划破了额尔尼的脖子后，正射中他的胳膊。额尔尼"哎呀"一声，栽于马下。接着，他身边的卫队四五人被一波子弹击中，纷纷落马。道尔吉边拔枪朝山上开火，边喊道："冲过去，杀光狗娘养的！"

马队朝山上冲去，可被接连不断的子弹打了回来，一下子落马二十来人。一匹快马刚冲上山头，空中"啪"的一声响，马上的人的脖子上留下一道深红的印迹，倒下马来。道尔吉拿枪的手臂也被一支冷箭射中，栽于马下。

额尔尼高声道："快，快，保护贝勒！"

山上的枪声停了，冷箭也不射了。卫队抢回了道尔吉。道尔吉额头上冒出冷汗来，说："阿兀，快做决定，是回去，还是去协会现场。"

"回去，再去就没命了，有人在和大日本皇军作对！"额尔尼也疼得直咧嘴。

道尔吉扶额尔尼上马。额尔尼刚骑到马背上，后腰又中了一枪，他咬牙打马向前奔去，卫队紧随其后，留下一道烟尘。

山头上，巴特尔把弓箭扔在地上，上去踩了两脚，说："什么破玩意儿，太不顺手了，不然我就要了额尔尼的命。"

"你趴下，趴下，别暴露了。"查力图像猴子一样跳上石头去拽巴特尔。

巴特尔不情愿地一屁股坐在草地上，说："不过瘾，这也太不过瘾了，再有任务机枪得给我用。"

老刘收起枪来，把旁边的一捆柴火打开，查力图把机枪放进去重新捆好，说了声："快撤！"

老刘带头撤下来，巴特尔站起来看了看弓箭，拿起来一使劲，折断，扔了。

齐王已经打一会儿瞌睡了，突然间醒了，揉了揉眼睛，山本四郎有些坐不住了。哈斯巴根看了看屋子里渐渐议论纷纷的理事、会员们，问了声："额尔尼王爷怎么还没来呢？他不会喝多了忘了吧？"

"这种大事他是不会忘的，是不是在准备你们结婚应用之物，忙得还没出门呢？"齐王像是自言自语，余光扫了一下山本四郎。

山本四郎强压下火气，说："马代，你去额王府上看看，赵吉庆你带人去路上迎接一下，也许他在路上呢。"

马代和赵吉庆小步跑了出去。

田秀秀进来，走到哈斯巴根身边，问："院长，医院开业要用的物品准备妥当了，鞭炮买多了，要不要拿过来一些？"

哈斯巴根看了看山本四郎，山本四郎平静地说："田小姐，可能用不上了，典礼用不完，还可以留着过年用。"

"山本先生对中国风俗很了解，那就先留着，要用随时可以去拿。"田秀秀理了理耳边的秀发。

又过了一会儿，竹下光治走了进来，趴在山本四郎耳边小声嘀咕了几句。山本四郎的脸色很不好看，转身看了看又要睡着的齐王，说："额尔尼王爷在路上遇袭，受了伤回王府了，可咱们的协会还是要召开的，这样吧，哈斯巴根先生，你代替额尔尼王爷说几句话，然后就回去准备迎娶珊丹格格吧！"

山本四郎率先走出了会馆，众人随后走出。

来到外面，阳光大好，日本鬼子一直站到街边上。看热闹的人已经没几个了，山本四郎的脸色阴了下来。

宫本的脸上一阵青一阵白，朝翻译一挥手。那个矮胖的翻译朝几个特务一挥手说："去，让街上的人过来捧个场子。"

不一会儿，几十个百姓战战兢兢地过来了。

山本四郎朝齐王摆了摆手。齐王走到众人面前清了清嗓子，说道："郭尔罗斯的子民们，今天是满蒙协会成立的大好日子，这要由衷地感谢大日本皇军的鼎力支持，我相信在满蒙协会的率领下，王道乐土已经指日可待了，下面请山本四郎机关长讲话。"

齐王身后响起了掌声，可齐王身前的老百姓们不明所以，定定地看着。

山本四郎瞪了一眼宫本，宫本直咬牙。

山本四郎讲了一通东亚共荣圈、王道乐土之类的话，虽然他的语气平静，但还是草草地结束了。哈斯巴根在被齐王介绍为满蒙协会副会长之后，人群里有了一阵议论，不时还有人对哈斯巴根指指点点。

鞭炮还是放了，在鞭炮的响声中哈斯巴根与山本四郎举着写有"满蒙协会"字样的牌子走到会馆门旁，向上挂了几次都没挂上，人群里一阵哄笑。山本四郎的脸红成了猪肝色，哈斯巴根见挂牌子的钉子被钉进墙里去了，只露出一个小钉子头。他踮起脚来，伸出三根手指抠住钉子头，用力向外拔，钉子渐渐地露了出来，只见血也流了下来。哈斯巴根向山本四郎示意，牌子终于挂上了。

鞭炮放完了，齐王和宫本等人走进了会馆准备开宴。

马代和赵吉庆回来了，山本四郎一连赏了他们四个耳光，坐上车回宪兵队了。

这时，医院那面响起了震天动地的鞭炮声，哈斯巴根朝躲开鞭炮的田秀秀笑了笑，大步走进了满蒙协会会馆。

06

山本四郎大步走进额尔尼王爷内室时，哈斯巴根正给额尔尼王爷取子弹，田秀秀在一旁递着手术刀剪之类的东西。

缝完针，上好药，缠好药布，哈斯巴根长出了一口气，田秀秀递上手巾，说："山本先生来了。"

哈斯巴根擦着头上的汗，转身看了看山本四郎。山本四郎一身的尘土。

"山本先生，您怎么来了？"哈斯巴根摘下手套，脱下外衣，露出那身西装。

山本四郎走到门口，轻轻地拍打着身上的尘土，说："我去了袭击额尔尼王爷的地点，不想与一伙人相遇，结果我被打了个措手不及，只好撤了回来，突然想到今天哈斯巴根先生应该三喜临门，还差一喜呢，所以……"

哈斯巴根伸手请山本四郎走出去，说："王爷的麻醉药还没过劲，一直不清醒，请！"

走到院子里，珊丹抓住哈斯巴根问："我阿兀怎么样了？"

"他没事了，虽然身中两枪，可都不是要害，只是流的血有点多，多准备些补品，用不了多长时间他就会康复，放心吧！"哈斯巴根轻轻地拍了拍珊丹的手。

哈斯巴根随着山本四郎走到额王府外。

"山本先生，可以说我是自小习武，虽然不是名师高人传授，但也略懂点，我能看出来您是一位素养极高的军人，什么样的人能在突然之间把您……"

山本四郎平静地说道："胜败乃兵家常事，但这伙人确实不一般，我是指他们手中的武器，有手榴弹、机关枪，这不是普通马匪的装备，铁血队真的来到郭尔罗斯了。"

"铁血队？什么铁血队？"哈斯巴根追问道。

"抗联的一支小分队，据可靠的情报，他们是几个人的小分队，从他们袭击额尔尼王爷，特别是与皇军对抗来看，他们训练有素，不可小看。"山本四郎马上转了话题，"哈斯巴根先生，你的婚礼还要举行！"

哈斯巴根苦笑了一下，说："王爷府内外都沾了血迹，额尔尼王爷还没醒过来，怎么举行婚礼呢？"

山本四郎想了想，说："满蒙协会没有额尔尼王爷照样成立了，婚礼为什么就不行呢？"

"山本先生，这不是一回事，我们有我们的风俗习惯，这个你就不要勉强我了，这不是满蒙协会的事，更不涉及大日本帝国什么事。"哈斯巴根坚决地说。

"好吧，你不要误会，我只想尽心而已，那我回去了。"山本四郎给哈斯巴根深深地鞠了一躬，转身上车走了。

哈斯巴根也走出额尔尼王爷府。

车上竹下光治一脸歉意地说:"山本君,我向你请罪!"

"竹下君,你不必这样,你我从开始就小看了铁血队,不能全怪你,我们与他们的较量才刚刚开始。"山本四郎看着车窗外,似乎在欣赏车外的风景。

"接下来怎么办?"

山本四郎笑了笑,说:"我们不是也有收获吗?那把折了的弓箭,一定是附近人家的!"

"哈斯巴根似乎很懂我们,也很顺从我们,我觉得他大有来头。"

山本四郎想了想,说道:"目前还看不出什么来,不过他的医术确实精湛,继续暗中监视他!"

田秀秀背着药箱在想着什么,哈斯巴根看周围没人,问道:"你怎么安排老刘他们袭击山本呢?"

"不是我安排的,有老刘在,查力图他们不会轻举妄动的,所以我想不明白什么人敢对山本四郎下手。"田秀秀答道。

哈斯巴根停下脚步,想了想,笑道:"这事有意思了,不过也好,有那伙人存在我们的压力会小不少的。"

"你装得很到家,山本不会怀疑你了吧?"田秀秀瞧着哈斯巴根。哈斯巴根掏出烟来,又放进兜里说:"好医生是不会抽烟的。那倒未必,山本这小子是个阴角色,我们还得小心一些。"

田秀秀看着哈斯巴根插在兜里的手没抽出来,笑了,说:"你能如此,我很满意,不过有个大问题咱们得好好想想。"

哈斯巴根看着田秀秀,不知道她要说什么。田秀秀一指道边的草地,说:"你看,这里是草原,没有什么险要可以据守,这是一;二是咱们离满蒙协会太近,怎么行动?"

哈斯巴根拍了拍脑袋,叫道:"坏事了,坏事了,我忘了这个问题了,这可怎么办呢?"

"你不必着急,我也是刚刚想到这个问题,总会有办法的。"田秀秀见哈斯巴根认真了,说:"行了,行了,这要是急坏了,过两个月怎么当新郎官儿呀?"

哈斯巴根拍了拍脑门,说:"对,对,咱们回我家,先把这个事解决了,这怎么什么事都赶到一块了呢?"

田秀秀把身上的药箱摘下,推给了哈斯巴根,哈斯巴根什么也没说,翻身上了马，打马向前跑去。田秀秀笑着白了一眼哈斯巴根的背影。

到了索王府，家人们还在眼巴巴地等着哈斯巴根。

哈斯巴根跑进索王房间，索王正着急呢，福晋也正坐卧不安。

"你干什么去了，不知道今天结婚吗？"索王有些怒了。

哈斯巴根放下药箱，喝了一口水，说："阿兀，你没听说额尔尼王爷在去县城途中被打伤了吗？我去给他治伤了，婚今天是结不成了。"

"这、这，我都盼好几年了，这又结不成了。"福晋生气地坐在椅子上。

索王怒气冲冲的脸上突然像开花一样，只见他吼道："好哇，好哇，我就不信郭尔罗斯草原上没有像狼一样的子孙，额尔尼呀额尔尼，这回你不狂了吧！"

福晋一下子就走到索王身边，说道："你这是什么话呀？儿子结不成婚了，你倒高兴了。"

索王走到门口，"咣当"一下推开门，大声喊道："今天贝勒不结婚了，所有宴席赏给你们了！"

田秀秀走到门口，问道："王爷您好，哈斯巴根在吗？"

索王没吱声，转过身来对着哈斯巴根说了声："找你的！"

哈斯巴根朝福晋笑了一下，走了出去。索王一拍桌子，生气地说道："这算怎么回事？是未婚妻吗？不是！是姘头吗？不是……"

福晋急忙上前捂住索王的嘴，说："小点声，哈斯巴根不是那样的人，我看这姑娘也挺好的，她也不像那样的人。"

索王推开福晋，说："整天出双入对的，伤风败俗！我看早晚要出事的。"

"出什么事？只要人好就行，我儿子可以娶两个老婆嘛！"福晋越说越幸福，好像她儿子真的娶了珊丹又娶了田秀秀一样。

索王瞪了她一眼。

哈斯巴根见田秀秀一脸急色，忙问道："刚回来，你这是怎么了？"

"交通员小罗被鬼子抓了，他一定有重大任务才来的，快想办法！"

"这里只有你我二人认识小罗，他又是第一次来郭尔罗斯执行任务，怎么可能被抓呢？没弄错吧？"哈斯巴根确实不相信。

田秀秀拿出一张小纸条，这回哈斯巴根不得不信了。

第三章 破局

哈斯巴根和田秀秀来到医院，从家里派来负责打更的伊德尔已经把里里外外打扫干净了。

"兄弟，去买些纸来，有些事情得写到纸上，让看病的人明白。"哈斯巴根拿些钱给伊德尔，伊德尔收好钱出去了。

"你在这儿待着，我先出去看看，一会儿商量一下。"

哈斯巴根夹着包走了出去。

田秀秀起身整理起药品来。

01

哈斯巴根和田秀秀来到医院,从家里派来负责打更的伊德尔已经把里里外外打扫干净了。

"兄弟,去买些纸来,有些事情得写到纸上,让看病的人明白。"哈斯巴根拿些钱给伊德尔,伊德尔收好钱出去了。

"你在这儿待着,我先出去看看,一会儿商量一下。"哈斯巴根夹着包走了出去。田秀秀起身整理起药品来。

哈斯巴根来到宪兵队,顺利地进了宪兵队院子。

"太君,我是满蒙协会副会长哈斯巴根,要见山本机关长。"哈斯巴根用日语对卫兵说。

那鬼子打量了一下哈斯巴根,说:"山本机关长出去了。"

"那我不打搅了,他回来时请转告一声。"哈斯巴根又走出了宪兵队。

在街上哈斯巴根看见伊德尔夹着纸,随着人群向一处院落跑去。人群边跑边议论纷纷,一定发生了什么事情。

哈斯巴根跟了过去,那院子是特务队的院子,周围零散地站着端刺刀的鬼子,汉奸人数倒是不少。他看明白了,院子中绑着十几个人,小罗,小罗也被绑在那儿呢。

特务队队长赵吉庆仰着胖脸看了看围观的百姓,喊道:"你们看好喽,这些人是反满反皇军的嫌疑犯,今天让你们看看他们的下场,然后呢回家自己好好寻思,别不知道好歹,动手!"

两个特务从第一个打起,一鞭子下去就是一道血迹,被打的人没命地叫唤起来,旁边的几个人气得扯着脖子骂。小罗低着头,偶尔抬头时,目光一直在人群中搜索。他看见哈斯巴根了。

第一个被打的人已经浑身上下布满了血迹,人群中的许多人已经不忍心看了。

小罗挣扎了两下,吐口唾沫:"我有话说,我有话说,我有话说……"他的声音越来越大。

赵吉庆笑了笑:"吆喝,你有话说?说吧,我听听。"

"我不就是想抢点火药上山打猎吗？可这也不犯死罪吧，你们不能这么稀里糊涂地把我抓到这儿来，山上还有人等我拿火药回去打猎呢。"

"你他妈抢啥不好，非得抢火药？我让你抢、抢！"赵吉庆打了小罗两耳光。

"你凭啥打我？我只是想，不是还没抢吗？再说了，我又没抢你的，我要抢那些大户，我要抢那些王八蛋大户人家。"小罗在给自己说理。

哈斯巴根略微一想，转身走出人群，直奔医院而来。

哈斯巴根进了医院才看见正在买药的老刘和另外一个男人。田秀秀见哈斯巴根进来了，介绍道："哈斯巴根，铁血队队长；这位是唐老板，本地党的负责人。"

哈斯巴根与唐老板握了握手。

哈斯巴根把包放在柜台上，说："你们说说情况。"

唐老板看了看窗外，到门口听了听，转身回来说："鬼子是误抓了小罗，还不知道他的身份，一时半会儿他不会有太大的危险。"

老刘一直在沉思着，似乎没在听老唐的话。田秀秀轻轻地拍了拍柜台，老刘才转过神来，说道："这里面大有说道，县城外出现了大量的鬼子，正在挨个村子搜查。"

"这就对了，我找过山本，可他不在宪兵队，宫本也不知道去哪儿了，事情不简单了。"哈斯巴根突然问道："巴特尔、嘎力根在哪儿？"

"进草原了，我发现了鬼子就让他们走了。"

"嗯，额尔尼和山本都受到了袭击，他们应该是在查找袭击他们的人，他们两个走了就好办了。"哈斯巴根的心放下来了，"对了，小罗就被关在特务队的院子里，他狂喊要抢火药送上山打猎，这应该是一种暗示。"

外面传来警察署长马代的怒骂声："这是哪个混蛋干的，啊？胆大包天哪，我抓住他非扒了他的皮。"

田秀秀给唐老板一包草药，说："每服药熬三次，早饭前晚饭后吃，治伤风的。"唐老板拿起药说："我想办法找找赵吉庆身边的人，我先走了。"

哈斯巴根装着给老刘摸脉的样子，田秀秀出去了。

田秀秀转身回来，笑着说："一定是查力图把满蒙协会的牌子偷走了。"

老刘点了点头说："小罗是暗示我们抢夺鬼子的军火，送上山去。"

"是这个意思，山上近来弹药消耗很大，抢哪儿的军火呢？"田秀秀问哈斯巴根。哈斯巴根想了想说:"摸摸情况再定,要配合老唐救小罗出来。"

老刘出去,哈斯巴根随着也出去了。

"没啥大病,按时吃药就行了。"哈斯巴根招呼老刘走,老刘点点头说:"好的,一定按时吃药。"

老刘走远了,哈斯巴根朝还在吵吵嚷嚷的马代走了过去。

"马署长,你吵吵什么玩意儿呢?"哈斯巴根递给马代一根烟,点着了。

马代眯着小眼睛,连喷烟带堆笑地,说:"副会长,有人敢大白天的偷走了协会的牌子,这不是找死吗?"

哈斯巴根假装惊讶地说:"呀,牌子是不见了,这种小事也让你操心?你得像赵队长那样,干点大事才好。"

"我哪能和赵队长比呀,人家赵队长现在可是山本机关长的红人,还有一个能管钱的相好的,里外都称心如意嘛,我可和人家比不了。"

哈斯巴根指了指马代,什么也没说,走回了医院。

下午田秀秀回了医院,见哈斯巴根和伊德尔正在裁纸。哈斯巴根见田秀秀脸色不好,对伊德尔说:"哎呀,兄弟,墨,有墨吗?我好歹也是索王家的少爷吧,这怎么要啥没啥呢?"

伊德尔给了自己一记小耳光,说:"我就会打打杀杀的,写字啥的我也不懂啊,我去买。"

田秀秀见伊德尔被支出去了,忙说:"不好了,山本搜查各村子是假,找留住巴特尔的地方是真,已经把留巴特尔的那户人家抓起来了。"

哈斯巴根忽地站起来,又坐下了,说道:"这个狼崽子,果真阴险,这下时间可太紧了,要处理的事情太多了。"

田秀秀也急得团团转,顾哪一头呢?

这时,查力图进来了。

"老唐打听到赵吉庆相好的住处了,去求那个贪财的货了,那娘们儿能答应,估计救小罗出来是没问题的。"查力图像崩豆一样说了出来。

哈斯巴根突然笑了,田秀秀急了,说:"你还有心思笑啊,这都什么时候了?"

"秀秀,你听我说,如果咱们让这些事情牵着走,那可能全完了,山本不是一般的鬼子,所以我们得转被动为主动,牵着他走才有可能把所有问题都解决了。"哈斯巴根拿出烟来,又放进兜里,说:"我想了一个中午,查力图,你出去打探一下，宪兵队、特务队、警察署，哪里的枪支弹药多，容易下手，然后咱们再做商量。"

查力图转身出去。哈斯巴根按田秀秀坐下，说："你我是主心骨，你要是乱了阵脚，我可一个帮手都没有了。"

哈斯巴根又来到宪兵队，正好碰见山本四郎拿着那副折了的弓箭下了摩托。

山本四郎满面春风，扬手扔了弓箭，问："副会长先生，有事情吗？"

哈斯巴根努了一下嘴，答道："有，就是不知道当讲不当讲？"

山本四郎看着哈斯巴根。哈斯巴根终于说了出来："山本先生，我开医院不能光经营中草药吧，西药多少也得弄点，特别是治红伤的药，可这药是皇军严控的，您看……"

"嗯，药品必须严控，特别是你所说的红伤，那其实就是枪伤刀伤，不过你我一见如故，我可以特批你一点麻醉药、一点消炎药，日常用药可以多一点……"

哈斯巴根很是感激，说："非常感谢山本先生，你喜欢弓箭吗？"

"嗯，还算喜欢，副会长怎么突然问起这个了？"山本四郎示意哈斯巴根进办公室讲话。哈斯巴根一指地上的弓箭，说："这不是山本先生刚扔的吗？这种劣质弓箭代表不了我们蒙古族的精雕大弓，改天我给你送一副来，供山本先生把玩。"

山本四郎笑了一下，说："你有所不知，那天我赶到额尔尼王爷被袭击的地方也被打晕了，等赶走了那些马匪，我发现了这副折了的弓箭。我虽然不懂弓箭，可也看得出这是普通人用的，那么只要找出弓箭的主人也就找到了对抗皇军的人，所以我才带着的，里面请！"

02

竹下光治敲门进来，趴在山本四郎耳边嘀咕了几句。山本四郎喝了一口茶，说："哈斯巴根先生，你有没有兴趣随我去一趟特务队？"

哈斯巴根收好特批令站了起来，答道："那是你们军人的事情，我不掺和了。"

山本四郎笑了起来，说："此话差矣，不是掺和，是参观一下，你毕竟是满蒙协会的副会长嘛，就算陪我一下吧！"

哈斯巴根笑了一下，应道："好吧，我就陪山本先生一下。"

坐车到了特务队，山本四郎快步走进特务队，直接走向了监狱。哈斯巴根紧跟着，竹下光治在前面带路。

监狱里气味难闻，哈斯巴根不时地堵堵鼻子。

拐了一个弯，见尽头站着几个人，走近看，哈斯巴根认出来了，是特务队队长赵吉庆、唐老板，还有一个妖艳的女人。

赵吉庆看见了山本四郎，忙上前说："山、山本机关长，您怎么来了？"

"我刚忙完搜查，与哈斯巴根先生喝了一会儿茶，突然想起来，这里抓了一些嫌疑犯，不知道赵队长审训审得怎么样了？"

赵吉庆苦了一下脸，说："机关长，这就是一群穷人，为了活命干点不是人的事，也没什么呀。"

山本四郎盯着那个女人看了一下，问："她是？"

"我老婆，我老婆，小红快见过山本机关长。"赵吉庆的汗流了下来。

叫小红的女人不知道说啥好了，哆里哆嗦地张嘴说了句："机、机、机关长……"

哈斯巴根笑了起来，山本四郎笑着看了看哈斯巴根。哈斯巴根停下来，说："赵队长，你别整那些客套的了，直接说什么事吧，这都吓成什么样了！"

赵吉庆哈着腰，说道："机关长，她是我没过门的老婆，所以她家的亲属我也不认识呀，一下子误抓进来了，这不家里托我来领回去，就这么一个事。"

山本四郎朝小红微笑了一下，说："小红小姐，你的亲属领回去不行，不过你可以过去和他说几句话，等我们确认你的亲属肯定不是反满抗日的铁血队员，再送他回去，怎么样？你过去吧！"

小红战战兢兢地往牢房里走。山本四郎突然回头问哈斯巴根："这样处理还行吧？"

"行，既给了赵队长面子，又保险。"哈斯巴根笑着说，同时看了一下小红。

小红可算是走到牢房的铁栅栏前了，抓住栅栏喘了几口气，又换了两处地点，她突然懵了，她不认识小罗。

第三章 破局

小罗穿着带血的破衣服,一下子扑到栅栏上,哭号着:"表姐,表姐,我在这儿呢,快求姐夫放我出去吧,我受不了了。"

小红的眼泪流了下来,可算是心落地了,说:"太、太君说了,过几天就放你出去,啥都要听太君的,听、听见没有?"

"表姐,我没反抗皇军,我就是想整火药,山上打猎要用猎枪呀,不打猎我吃啥喝啥呀?我真没和皇军作对。"

山本四郎走了出去,赵吉庆和哈斯巴根急忙跟了出去。

山本四郎看了看天上的火烧云,说:"赵队长,你这个亲属不必再上刑了,你果然对皇军忠心耿耿,我放心了。"

赵吉庆点头直哈腰,直说谢。

"哈斯巴根先生,你所需要的药我会尽快安排好,到时你自己去领一下就行了。"

哈斯巴根一低头,说:"谢山本先生,我回去了。"

哈斯巴根进了医院,伊德尔正在吃饭,像往嗓子眼里倒饭一样。

"伊德尔,吃完饭到门外看着点,我要算算今天的收入,清查一下钱数。"

伊德尔放下碗筷,边往外走边说:"好的,钱财不见外人嘛。"

哈斯巴根走进里屋,田秀秀站了起来,问:"怎么样?"

"情况糟糕透了,山本这只狐狸,老唐他们去监狱正好被他碰上了,现在小罗被他认出来了,老唐也有暴露的可能,查力图呢?"

查力图开门进来了,说:"我早就来了,我等着你呢。"

"哪里的军火容易弄一些?"田秀秀迫不及待了。

"警察署,他们今天有一批武器运到县里来,按路程算来,他们必定要在王府镇吃晚饭,这是个大好机会。"查力图一边说一边在田秀秀拿出来的草图上比划着。

"秀秀,你说说你的想法。"哈斯巴根笑着看着田秀秀。

"咱们肯定要两线作战了,警察署的武器肯定要抢,以此引出山本救援,然后另一伙借机混入牢中救出小罗,我觉得你就是这样谋划的。"田秀秀说。

哈斯巴根笑了,一挑大拇指,朝查力图说:"咱们的指导员不光漂亮,战术也堪大用。"查力图刚要锦上添花说些好话,哈斯巴根又说:"不过还是略逊一筹呀!"

田秀秀很吃惊地问："怎么，你不是这样计划的？"

"大部分还是一样的，不过我突然想到是谁在咱们袭击了额尔尼王爷后又袭击了山本，如果我们能调动那伙人，在你说的基础上还可以狠狠打击山本一下。"

"借刀杀人？"查力图一下子就想到了。

"借谁的刀呢？咱们一共就六个人。"田秀秀的注意力一下子集中到了狠狠打击山本上，没计较略逊一筹的事。

"柳八爷！"哈斯巴根的语气很肯定了。查力图还是有些怀疑，说："那个土匪柳八爷？他怎么可能帮我们呢？"

"你们想想，能突然把山本打晕，那表明人数不少，而且装备必定错不了，在这一带有这个能力的除了三位王爷外，也就属他了。"

田秀秀知道哈斯巴根的想法已经成熟，说："查力图问得对，人家怎么可能帮咱们呢？"

哈斯巴根笑了起来。

田秀秀也激动了，说："你笑就表示你能请动他们，快去借兵吧！"

"走前我还得交代一下，查力图，你找老刘、老唐、嘎力根、巴特尔去王府镇等着，伺机夺取武器，然后按咱们的交通线直接运上山。"哈斯巴根嘱咐道。

"明白！"查力图点头道。

"秀秀，你在家里坐镇，我去借来几个生面孔，然后合到一处救出小罗。"哈斯巴根又补充道。

田秀秀白了哈斯巴根一眼，又憋不住笑出声来。

03

哈斯巴根脸色极为难看地回来了。田秀秀知道借兵是这次计划成败的关键，看他脸色，兵肯定是没借到。

"啪啪"两声响，哈斯巴根抽了自己两个嘴巴。

"柳八爷不肯出手？"明知道是这么回事，但还要问，田秀秀还抱着一份希望。

哈斯巴根冷静了一下，说："是压根就没找到柳八爷，这是我应该早想到的，他袭击了山本四郎，怎么可能不换山头呢？"

田秀秀拍了拍额头，她也恍然大悟。

"接下来怎么办？"

哈斯巴根叹了一口气，说"两害相比取其轻，现在只能去王府镇抢了军火，然后再谋划救小罗的事情"。

"嗯，铁血队的事情没处理完，小罗还不会有生命危险，现在就去王府镇！"田秀秀拿出短枪别好正准备往外走。

"等等，药箱背上！你先走！"哈斯巴根拿过药箱对田秀秀说。

田秀秀背上药箱出去了，哈斯巴根吹灭了灯，悄悄出来，锁上门，快步跟上了田秀秀。

竹下光治敲门走进山本四郎办公室，看见两个中国装束的人站在山本四郎面前。山本四郎静静地看着竹下光治。

竹下光治不明所以地问："机关长，这是……"

"你们自我介绍一下吧，不然我们的竹下君会糊涂的。"山本四郎的嘴角动了一下。

高个子不利索地朝竹下光治敬了个军礼，介绍说："竹下君，我是小野雄三郎，负责押运装备来到郭尔罗斯。"另一个略矮，却一脸横肉，也介绍说："我是大岛裕田。"

竹下光治又糊涂了，说："我刚刚接到报告，装备在王府镇呢，怎么突然就到县里了？"

"那批装备里多数是枪支，可枪栓却单独绕道乔装送到了这里。"山本四郎静静地看着竹下光治。竹下光治一脸的崇拜，行了个军礼，说："机关长不愧是机关长，可监狱里……"

山本四郎"嘘"了一声，说："不要说出来，否则就不够意味深长了，你说呢竹下君？"

电话响起了，山本四郎拿起电话，他听了一会儿，说："对，就是如此，争取一举歼灭铁血队。"

放下电话，山本四郎挎上战刀说："你们随我来！"

查力图等人到了王府镇就散开了。他在街上溜达来溜达去的，不时地与街边小贩逗几句。

　　街上没几个人的时候，几辆军车开进了王府镇，他尾随了上去。军车开进了警察分局的院子里，鬼子很快布满了警戒哨，还有几个汉奸在院子外晃荡。

　　院内灯火通明，厨房内白汽蒸腾，人来人往，香气很快飘了出来。

　　查力图与老刘等人在角落里会合到一起。

　　"鬼子把守严密，靠近不了哇！"查力图急得上蹿下跳。

　　老刘拿出烟袋来，点着了狠抽了两口，抬头看了看分局的院子。巴特尔拍了拍胸膛，说："我打头阵，我去把小鬼子引开，再弄死，你们趁乱杀进去不就完了嘛，这是干啥呢，跟作贼似的。"

　　老唐拽住要走出的巴特尔，说："你冷静点，别坏了大事。"

　　巴特尔很不情愿地又退了回来。

　　"硬冲肯定不行，这附近还有齐王的卫队，万一有枪响咱们一个都跑不掉，咱们只能智取了。"老刘看着查力图说。查力图没明白老刘的意思，说："老刘，怎么个智取法，你就说吧。"

　　"你不是小时迁吗，你说怎么智取？"老刘在启发着查力图。查力图想了想说："我进院子里倒不是难事，可问题是怎么能一下子弄倒这么多人啊？"

　　"你没看见人家正在做饭吗？你不住过黑店吗？"老刘笑着看着查力图。

　　查力图狠拍了一下自己的脑袋，一转身不见人影了。

　　片刻之功，老刘看见查力图上了分局的房顶，可就是找不到下去的机会，院子里的人实在是有点多，急得查力图在房上直换藏身地点。

　　"嘎力根，你和巴特尔出去，在分局院子门口打一架，要像真的一样，明白吗？"老刘怕夜长梦多，出此下策。

　　"明白！"

　　巴特尔就要往出走，老唐拽住了他，说："小心鬼子开枪，提防着点！"

　　"知道了！"巴特尔从腰间拿出一袋子马奶酒就开始喝上了。嘎力根绕过分局，去了相反方向。

　　巴特尔摇晃着出去，向分局门口走去，快走过分局门口时，嘎力根急急忙忙地走过来。

　　巴特尔总是堵住嘎力根的道，脚下直打趔趄。嘎力根不干了，说："滚开，好狗不挡道！"

巴特尔扔了马奶酒，抓住嘎力根的胸口，一转身一个大背，把嘎力根重重地摔在了地上，吼道："你再骂我一句，我就弄死你！"

嘎力根在地上拱了拱，强站了起来，突然跑上前去，抱住巴特尔的腰就不松手了。他在巴特尔魁梧的身躯衬托下，有些力不从心。巴特尔得意地让嘎力根摇晃。

几个汉奸走到门口，笑嘻嘻地看着，看着嘎力根被巴特尔轻而易举地摔倒，看着嘎力根使出吃奶的劲也摔不动巴特尔，很有意思。

嘎力根突然松开巴特尔，挥舞大鞭子抽得巴特尔左闪右挡，号叫起来。这下有意思了，谁也没想到高大的巴特尔这么快就熊下来了。

巴特尔的叫声太响亮了，院内厨房里的人都不知道怎么回事，有几个也跑出来看。

老刘一看差不多了，马上走出来劝架。有个汉奸不愿意了，说："哎，滚他妈一边去，这有你什么事呀？"

汉奸刚说完就挨了一枪托子，回头一看是个日本兵，日本兵一脸严肃，说："死啦死啦的！"

老刘低声说道："别打了，快走！"

嘎力根听到了，巴特尔没在意，还在咋呼着，那个鬼子举枪就瞄准。老刘扇了巴特尔一耳光，说："快走！"

嘎力根蹿到门口近处，抽了鬼子一鞭子，枪被打到地上，他撒腿就跑。这时巴特尔才明白过来，往相反的方向跑去。

鬼子挨鞭子一叫唤，其他鬼子不干了，鬼子一咋呼，出来看热闹的人更多了。一个鬼子军官呵斥住要开枪的鬼子，这才算完事了。

马代开着摩托，带着一队警察来到。

马代进了院子朝鬼子点头，拿出烟来还没等送到鬼子军官面前，就被鬼子官军打掉了。马代满面带笑地说："太君，我地明白，我地明白！"

走到厨房门口，马代来精神了，高声说："太君们很辛苦，鱼呀肉呀可劲上，还有酒，酒也不能少了！"

一会儿的工夫，厨房里的人小跑着端着还冒着热气的硬菜走进了一栋房子，来往几次菜就上得差不多了。

"太君，您请用饭！"马代请刚才的鬼子军官进去吃饭。那个军官一点马代胸膛说："你地，外面地干活！你的人，一半外面地干活，一半地米西。"马代连连点头说："我地明白，我地明白！"

鬼子军官比比划划地留下一半鬼子在外面，另一半进屋吃饭。

马代想了想，还是走进屋内，鬼子和警察们都在低头吃饭，没人喝酒。

"太君，这么可口的饭菜，怎么能不喝几口呢？"马代看出来鬼子的眼神有点冷。

"运送军火，喝酒地不要。"鬼子军官答道。

"太君说得是，我估计你们在乌京喝的都是白酒，这可是为太君们准备的蒙古马奶酒，好喝得很，一人只喝一小碗，怎么样？"马代继续劝说着。

马代倒了一小碗，端到了鬼子军官面前，说："您看看，这酒都是乳白色的，您只喝一小碗，尝尝，要是好喝，回去时我给太君们多准备一些，怎么样？"

军官笑了，接过去喝了一口，接着又喝了几口，接着将一碗喝光了，说："嗯，不错，一人一小碗吧！"

整个屋子欢腾了！

04

查力图像猫一样回到了老刘身边，说："妥啦，他们全喝了，还挺乖，一人只喝一小碗，妥啦！"

老刘看着院子内，很快第一拨儿吃完出来换第二拨儿。第一拨儿人刚站了一小会儿就有人站不稳了，呜哩哇啦地叫几声就倒下了，倒下来又站起来了。

"坏了，药量不够！"查力图急得直跳脚。老刘也想到了这个问题，说："不是药量不够，是鬼子喝得不多，这不是你的错。"

第二拨儿人刚走出来，看着眼前的人像风吹倒的草，倒了起来，起来再倒下，不知不觉中也站不住倒了下去。

那名军官单腿跪着拄着战刀，喊道："八嘎，良心大大地坏了。"他拿出短枪就往厨房走去。

"都蒙面，快！嘎力根，打掉他的手枪，千万不能开枪！"老刘命令道，"跳进院子，徒手格斗！"

嘎力根的大鞭子一撞地面，他人已经借力跳过院子墙，一抢大鞭子，"啪"的一声，鬼子军官的手枪被抽到地上，只见那军官"嗷"的一声叫。他再挥鞭子时，鞭杆已经戳进鬼子军官体内。

巴特尔推倒一面墙，拿起两块砖头，扔出去砸倒两个鬼子，然后空手像摔小鸡一样摔死几个。有两个鬼子抱住了巴特尔的大腿，像酒鬼一样，死死不松开。老刘一翻墙头，跳到巴特尔身后，两刀捅死了鬼子。查力图看着嘎力根站在院子中央，甩动鞭绳，哪个鬼子站起来他就来一下，好像鬼子是不听话的绵羊。一鞭子一个，快、准、狠。

查力图进屋子里搬出一坛子酒，拿一个大碗，逼着汉奸们一人一碗，汉奸们巴不得有酒喝呢，个个喝得不省人事。

马代哆嗦着推开窗子，头像被水洗过一样，短枪伸了出来。一个砖头正砸在他的手腕上，他一声惨叫，老刘这才发现是马代，甩手一刀，正中马代腹部。

再回过头一看，老刘发现哈斯巴根和田秀秀已经到了。哈斯巴根朝老刘摆手，示意他检查一下快走。

几个人走到院子中，查力图翻上汽车，打开箱子一看，全是崭新的枪支，跳下来喊道："得手了，可以走了，上山！"

几个人上车，发动车子，就开出了院子。后面跑出来几个人拿着菜刀、铲子，咋咋呼呼地喊，可就是没人敢上前来。

车子开出王府镇，直上哈达山。

过了好一会儿，只见车子停下，几个人走下车来。

"快，把枪支弹药搬到马车上，快！"哈斯巴根看了看四周，没啥动静。

巴特尔等人打开车箱，往下搬，搬完绑好。田秀秀走到哈斯巴根面前说："山本能出来吗？"

"应该能出来，我们必须尽快回去，准备迎救小罗和那户牧民。"哈斯巴根转身看了看老刘几个人，又说："巴特尔和老唐跟我们回县城，老刘、查力图、嘎力根送军火，注意，一定要走事先定好的路线。"

老刘也挺激动，说："放心吧队长，天亮之前就送到了，咱们走！"

老刘三人刚上车，嘎力根牵着缰绳刚调转方向，他们发现一群人拿着枪围住了他们。

查力图迅速伏到装枪支的箱子上，打开机枪的保险，准备开火。哈斯巴根拍了一下查力图，然后走到那群人面前，喊道："敢问是柳八爷的兄弟们吗？"

一个大高个从人群后面走了过来，答道："啊，我就是柳八爷，兄弟，看这意思你发财了，赏给兄弟一些塞塞牙缝呗？"

"请柳八爷过来搜一下身！"哈斯巴根举起了双手，转头又喊他们几个，"你们都举起手来！"

柳八爷笑出声来了，他走到哈斯巴根近前，搜了一下，问："你什么意思？"

哈斯巴根还在举着手，回答说："我想请柳八爷和令公子到那边聊几句，不知八爷……"

柳八爷又爽朗地笑了笑，说："你有这个意思，我好像也有，请吧！"

哈斯巴根举着手向不远处的树下走去，柳八爷吧嗒了一下嘴，也跟了过去。柳八爷身后走出来一个年轻人，身材不低于柳八爷。

不知道哈斯巴根他们三个人在那里说了什么，也看不清他们的表情，比划了几下，三个人转身走了回来。

"给他们留下两箱快枪，五千发子弹！"哈斯巴根朝查力图命令道。

查力图不情愿地搬下三个箱子。柳八爷打开箱子，拿出一支新枪，伸手想拉枪栓，结果拉了个空："这枪怎么没有枪栓啊？"

哈斯巴根快步走到车前，也打开一个箱子，拿出一支长枪，也没找到枪栓，急忙说："给柳八爷留下一万发子弹和手榴弹，快！"

田秀秀也觉得事情不妙了，快步走出来，问："怎么办？"

"柳八爷，我们上当了，你快领兄弟们拿着这些家伙冲上山头。"他转身一指老唐，说："你，负责与柳八爷阻击小鬼子，然后带他们下山，千万要保证柳八爷的安全，快！"

柳八爷身边的年轻人一挥手，说："兄弟们，上山！"

哈斯巴根催促老刘，说："你们快走！"

嘎力根没命地打马，马车跑了起来。哈斯巴根翻身上马一挥手，领着田秀秀、巴特尔从一条小路跑了出去。

跑出去五里多，就听见山上山下响起了激烈的枪声和爆炸声。

从小道进了县城里，哈斯巴根与田秀秀三人伏在宪兵队远处的房顶上，观察着院里的动静，与往常无异。

"山本四郎一定在监狱里等着我们呢，所以得先把他调出来，然后缠住他，这样才有机会救出小罗。"哈斯巴根的脑海里在飞速地转。

田秀秀紧锁双眉，问："怎么调他出来，我们只有三个人？"

哈斯巴根笑了一下，又严肃起来，说道："秀秀，到了郭尔罗斯就得听我的，对吧？"

"对呀，你是队长。"

"好，咱们这样分配任务。"哈斯巴根一指宪兵队院里的楼顶，接着说，"一会儿我把手榴弹扔进院里，同时巴特尔把飞爪系好，另一头扔到宪兵队楼顶，然后我先过去干掉外面的哨兵，我想竹下光治和山本四郎肯定要出来一个，然后你就像打活兔子一样射杀鬼子，我进去引走山本四郎，然后你与巴特尔再进去，千万小心，别慌张，我绕晕了山本四郎就回来！"

哈斯巴根拿出两颗手榴弹，被田秀秀拦住，说："万一引不出来竹下光治或山本四郎呢？"

"你看见楼旁的平房了吗？那是鬼子的油库，巴特尔可以将手榴弹扔进去，那动静足以引他们当中的一个出来了。"

这时，一个黑东西飞进了宪兵队的院子里，虽然飞得不高，却来回高低不同地飘动着。

"这是你找的帮手？"

哈斯巴根整理了一下狼头面具，问道："你能猜得到是什么吗？黑纸风筝！"

院子里的鬼子看见了那只风筝，纷纷聚集在一起，呜哩哇啦地指着说着日本话。哈斯巴根站起来，巴特尔已经把飞爪绑好了，开始摇动飞爪的绳子。

哈斯巴根扔出第一颗手榴弹，准确地落在了院子里鬼子们的中间，一声巨响，鬼子飞出去四五人。巴特尔扔出飞爪时，哈斯巴根扔出了第二颗手榴弹。手榴弹响后,哈斯巴根双手握住绳子上的竹筒,滑行过去了。

鬼子跑出来一群,盲目地朝四周射击。

田秀秀抽出双枪,不断抠动扳机,鬼子应声倒地。

鬼子不断地往出跑,田秀秀换了藏身地点,子弹不时地打在她周围。

巴特尔见哈斯巴根进去了,拿出一颗手榴弹拉弦,一转身扔向了鬼子的油库。鬼子没想到有这手,爆炸声传出来时,近处的鬼子像树叶一样飘上了天。爆炸声不断,火光冲天。

果然,竹下光治跑了出来,他也傻眼了。愣了片刻,他拔枪领着鬼子冲了出来。田秀秀朝巴特尔挥手,示意他过去。

田秀秀与巴特尔下房,跑出一段后折身进了宪兵队。

哈斯巴根拐进监狱一路上干掉了几个站岗哨兵,走到了关押小罗的牢房前。他突然转身,借助两侧的铁栅栏起身,落下时踢倒了山本四郎身边的两个鬼子。就在山本四郎躲开时,他落到了山本四郎身后。

山本四郎平静地笑了笑,抽出战刀。

哈斯巴根随手抽出了一根鞭绳,抖了抖,突然抽向了山本四郎。山本四郎举刀相迎,鞭绳卷在刀身上,他挣脱不了。哈斯巴根顺着山本四郎往回挣刀的劲,一连踢中山本四郎三脚,山本四郎倒在地上。倒地的同时,他抽刀,抽刀时割断了鞭绳。

哈斯巴根转身向外跑,山本四郎追了出去。

田秀秀和巴特尔戴着面具进来。田秀秀边跑边小声地喊:"小罗,小罗!"

小罗站起来,听了听,回答:"我在这儿呢,我在这儿呢!"

田秀秀跑到近前,连开几枪打碎锁头,打开牢门,小罗钻了出来,里边的犯人也跟着出来了。

在向外走时,田秀秀走在前面,巴特尔与小罗并行,小罗另一侧还有一个人。小罗眼角余光发现身边的那人已经掏出枪来,只好扑到那人身上,说:"他是鬼子!"

枪响,击中小罗胳膊,小罗同时给了那人一拳,巴特尔一枪将那人击毙。

田秀秀见那人倒下时才明白发生了什么,忙喊道:"其他人靠后,小罗快走!"她背对着小罗,举枪看着后面的犯人,见拉开了距离才跟了上去。

刚到门口,田秀秀见有几个人正在院内朝外面射击,挡住了竹下光治。

05

田秀秀和巴特尔扶着小罗刚翻墙而出,迎面碰见跑回来的山本四郎。山本四郎举枪射击,打中了巴特尔的小腿部。

田秀秀推小罗躲进角落里,连续射击,打中了几个鬼子,一时压制住了山本四郎。

山本四郎打手势示意身边的鬼子包抄过去,那几个鬼子刚转身,一颗手榴弹飞了过来,将山本四郎等人掀翻。

田秀秀领着小罗跑向了黑暗的街里。

山本四郎满脸黑,眼泪哗哗地往下流,揉了揉双眼,四周一片黑暗,只是宪兵队的院子里还有火光。

山本四郎敲开医院的门,走进来时,田秀秀迷迷糊糊地打着哈欠走了出来。

"山本先生,这么晚有事吗?"田秀秀定定地看着山本四郎,一脸的糊涂样。

山本四郎的脸色有些僵硬,他身后的狼狗在屋内转了转,田秀秀急忙躲开。她好像明白了,问:"山本先生,您是要搜查吗?"

"刚才你没听见满城的枪声吗?"

"睡得迷糊了,好像是有枪声,我还以为是谁家放爆竹呢,这几天进药,摆药,还要出诊,实在是太乏了。"田秀秀也没有理她的乱发,又打了一个哈欠。

几个鬼子跑到了山本四郎身边,一个朝他耳语了几句。山本四郎的脸色似乎好了一些,问道:"哈斯巴根先生呢?"

"他去寺里了,对,你找他吧,这医院也不是我的,万一出了什么事我不好跟他交代。"田秀秀似乎突然明白了,这些事情得找哈斯巴根,她不过是助手,她不需要承担任何责任。

山本四郎轻笑了一下,说:"田小姐能不能带我去找哈斯巴根先生呢?"

田秀秀点了点头,说:"山本先生,请你们到外面等一下,我换上衣服就出来。"

山本四郎转身出来，田秀秀很快就出来了。

上了车，田秀秀精神多了，说："山本先生，一会儿就你我进寺里去，你的下属还是站在庙外吧！"

山本四郎似乎情绪上来了，答道："一定，一定。"

车出县城，很快到了寺庙，上空的星星有些淡了，夜色也淡了。

慈云寺　　　　　　　　　　　　　　　　　王胜臣 摄

叩开庙门，田秀秀对僧人说："我是哈斯巴根贝勒的助手，这位山本机关长要见哈斯巴根贝勒，请你带路。"

山本四郎随着田秀秀走向了哈斯巴根的歇息之处。竹下光治带着几个鬼子和狼狗也进了庙里，四处搜查开来。

僧人敲了敲哈斯巴根的房门，说："哈斯巴根贝勒，您有访客。"

房里传来穿衣服的声音，哈斯巴根开了房门，转身又点着灯，打了一个哈欠，说："山本先生，你怎么深夜到访呢？这都快天亮了。"

"哈斯巴根会长，你不要误会，刚才竟然有人攻入宪兵队的监狱，救走了你白天看见的那个女人的亲属。"

哈斯巴根想了想，说道："那你应该全城戒严，搜查呀，到这里来还是让我有些糊涂。"

"你没必要糊涂，与你没关系，我想不明白，一向平静的郭尔罗斯怎么会突然有人胆大包天了呢？竟然敢攻打宪兵队，而且心思缜密得可怕，我觉得在这里我只有你一个知音，所以想与你谈谈。"

哈斯巴根请山本四郎坐下，倒了一杯茶端给他，山本四郎喝了口茶，说："据你所知，附近还有什么武装力量？"

哈斯巴根笑了，山本四郎盯着他看。

"柳八爷！我家以前的长工，此人后来落草为寇，胆大无比，这附近也只有他才有这种胆量和能力。"哈斯巴根似乎在想象着柳八爷，"如果我没说错，上次袭击额尔尼王爷的也是他。"

山本四郎放下茶碗，站起身来，说："这样，改天你给我好好讲讲这柳八爷，我先告辞，你做你的功课吧。"

山本四郎走了出来，田秀秀也跟了出来，问道："山本先生，我能搭车回去吗？"

山本四郎伸手做请势，说："当然可以！"

哈斯巴根回到医院时，已经近上午十点了，悠哉地走回来时，在门口与满蒙协会的人说着不咸不淡的闲话。

伊德尔别有内容地看着哈斯巴根，哈斯巴根没理他，快走进内屋时突然出肘撞得伊德尔呲牙咧嘴的，都快抽搐了。

田秀秀指着哈斯巴根，说："你，黑心贝勒一个！"

"你不懂的，我和伊德尔小时候经常睡一个被窝，他都是半夜偷偷地跑来，我给他留门，为了这事他没少挨揍，揍完了还来，哈哈……"哈斯巴根往外看了看，接着说，"一身臭肉，那饭量，把我的好吃的都吃了。"

哈斯巴根见伊德尔到外面抻胳膊踢腿的，才问田秀秀："人和枪栓呢？"

"枪栓包好后扔进茅房了，人呢？"田秀秀指了指地下。

"你怎么敢让他们留在医院呢？考虑得不够周到。"

"小罗和巴特尔都受伤了，能跑多远？能出城？医院里的药水味道大，山本的狼狗不管用了。"田秀秀走到药架前整理起草药来，"留巴特尔他们的牧民怎么办？"

哈斯巴根叹了一口气，说："我想了一夜也想不出办法来，山本肯定把他们关在了一个秘密的地方，我们没有能力找到那一家人，也没有能力再攻击一次宪兵队了。"

"可不救出那一家人来，我们就是对不住他们呀，他们是无辜的。"田秀秀低声中有些焦急。

"你不必担心他们，山本手上的王牌只剩下那一家人了，我敢肯定他不会杀了他们的，只是我不知道他会如何利用这一家人。"哈斯巴根在琢磨山本四郎，他也是一个有趣的家伙，只不过很可怕。

哈斯巴根看见竹下光治坐摩托车来了，出去相迎，说："竹下先生，是需要我帮忙吗？"

"是的，昨天夜里皇军有一些士兵伤亡，我们的军医不够用，所以山本机关长让我来请你帮忙了。"竹下光治一脸阴沉，比死了爹娘还难受。

哈斯巴根从外面打开窗子，喊道："秀秀，拿上手术用具，跟我去宪兵队。"

到了宪兵队，哈斯巴根看见几个鬼子押着一群人向后院走去，然后急忙走进了宪兵队的军医处。军医处里宫本低着头不知道在想什么。

山本四郎走了过来，很平静地说："拜托了，哈斯巴根先生、田小姐！"

"没什么，山本先生，只是尽我所能而已，医生以救死救伤为天职！"哈斯巴根与田秀秀换上了工作服。

第四章

药马

> 看着窗外的葱葱绿色,山本四郎心情好极了。竹下光治亲手端来茶具,说:『宫本君,请!』
>
> 宫本倒了三杯茶,伸手示意竹下光治自己饮用,他本人拿起一杯饮了一小口,满意地点点头。
>
> 竹下光治端起茶杯送到山本四郎面前,山本四郎看了看,没接,说:『为什么不喝奶茶呢?』

01

看着窗外的葱葱绿色，山本四郎心情好极了。竹下光治亲手端来茶具，说："宫本君，请！"

宫本倒了三杯茶，伸手示意竹下光治自己饮用，他本人拿起一杯饮了一小口，满意地点点头。竹下光治端起茶杯送到山本四郎面前，山本四郎看了看，没接，说："为什么不喝奶茶呢？"

"机关长，这是我们大和民族的饮法，奶茶不适合吧？"竹下光治还端着。

山本四郎拍了拍竹下光治，说道："竹下君，你忘了我们在哪里了吗？所谓入乡随俗嘛，否则你永远是外人，外人怎么可能统治这里呢？"

"山本君高见，莫不是你对此次征集蒙古战马胸有成竹了？"宫本问道。

"这是司令的意思，这批战马对围剿抗联有着至关重要的作用，所以我们必须保质保量地完成，眼下就要召开蒙古族那达慕大会了，赛马就是重要的内容之一，你不觉得这是个好机会吗？"

竹下光治两眼放光，说："嗯，我没想到，我没想到。"

宫本微笑着看着山本四郎，山本四郎喝了一小口茶，闭着眼像是在品味，说："你不是外人吗？我是本地人！"

三人笑了起来。

"山本君，最近铁血队没有什么举动，很不对劲，哈斯巴根不是铁血队的头儿吗？"宫本看着山本四郎。

山本四郎一指宫本的腿，说："宫本君，你的腿不是他治好的吗？我们征集土地，他没拿出他们家大片的土地吗？原来我也怀疑他，并怀疑了很长一段时间，可我发现他总去寺庙，所以我们还有必要把目光放在他身上吗？"

宫本点了点头，山本四郎又说："上次夜里纠缠你的是号称柳八爷的一伙悍匪，我了解过了，柳八爷原是哈斯巴根家的长工，因为放丢了两匹马被索王一顿毒打，才落草为寇的，从这个情况看，柳八爷不可能帮哈斯巴根。当然了，其前提是哈斯巴根是铁血队的头头。"

"哈斯巴根确实帮了我们很多，他远比额尔尼有能力，有思想。"宫本顺着山本四郎的话往下说。

山本四郎突然问竹下光治："竹下君，那家蒙古人可在我们的视野范围内？"

"按照机关长的意思已经办妥了,并且另一个人也快到位了。"竹下光治满脸崇拜之情地看着山本四郎。

一个鬼子上楼来报告:"机关长、宫本队长,他们来了!"

山本四郎快步下楼来,看见额尔尼王爷,说道:"额王红光满面,看来是康复了。"

额尔尼转动了一下肥胖的身躯,应道:"嗯,我已经康复了,又如一匹健壮的马了。"

"很好,很好,珊丹格格与哈斯巴根贝勒又可以成婚喽。"山本四郎笑意盈盈地看着额尔尼。额尔尼红着脸说:"机关长有所不知,他们能不能结婚还得索王爷同意,我们曾是兄弟,可他近来顽固得很。"

山本四郎走近额尔尼低声说道:"额王,你可要小心田小姐,她与哈斯巴根贝勒可是接受过新潮思想的人哪。"

额尔尼呆呆地看着山本四郎。

这时哈斯巴根走了进来,问候道:"宫本队长康复了?"宫本微笑着握了握哈斯巴根的手,说:"多谢哈斯巴根贝勒。"

"哈斯巴根先生,今天找你和额尔尼王爷来,就为一件事情,今年蒙古族的那达慕大会一定要办得隆重热闹。"山本四郎说得很坚定。

哈斯巴根看了一眼额尔尼王爷,说:"听山本先生的语气,一定是有成型的方案了?"

"那倒没有,不过我决定今年重金举办那达慕大会,让郭尔罗斯的人们知道大日本皇军的盛情美意嘛,具体方案由满蒙协会出。"

额尔尼赞叹地说:"这是好事,这是好事,这肯定能化解一些相互之间的隔阂。"

山本四郎看了看哈斯巴根,说:"方案要尽快出,经费找宫本队长要,不怕多就怕少,我还要去乌京,不多陪了。"

协会会馆里只剩下哈斯巴根和额尔尼了。

额尔尼坐下点了一根烟卷,说道:"我全康复了,我要去你家找你阿兀商量一下你和珊丹的婚事,你没有意见吧?"

"额王,机关长刚吩咐要办好那达慕的事情,还什么都没有呢,你就想私事了?"

"公事得办,私事也得办,你们完婚了,我就了了一桩大事。"

哈斯巴根走进医院内屋时,看见老刘几个人都在,说:"哟,今天怎么来得这么齐整啊？"

"上次的事没办利索呢，枪栓啊！"田秀秀捂了捂鼻子说。

"我说怎么没看见嘎力根呢，他赶粪车出城了。"哈斯巴根把窗子打开，往下看了看，看见了伊德尔，又走回桌旁，说："指导员有什么指示吧？"

田秀秀笑了一下，朝老刘说："老刘你看见了吗？咱们队长厉害呀，什么都逃不过他的眼睛，山本四郎也一样逃不过去。"

老刘拿出烟袋点着抽了一口烟，说："嗯，虽然我比你们大几岁，但我也服了。"

"别给我戴高帽了，那家人既没被杀也没被囚起来，而是放回去了，你们不觉得有问题吗？"哈斯巴根坐到田秀秀对面，盯着她的大眼睛说。

田秀秀的眼睛没有转动，显然她是在考虑哈斯巴根提出的问题。老刘狠抽了两口烟，说："这事是有点儿邪门呀！"

"有啥邪门的？那老实巴交的牧民，不值得难为吧？"巴特尔的嗓门不小。

查力图上前捂住了巴特尔的嘴，说："祖宗，你可是祖宗啊，小声点，小声点。"

"巴特尔，我警告你，不许你到处乱跑，特别是去找那家人，听见没有？"哈斯巴根的声音虽然低，却很威严。

"知道了。"巴特尔很不愿意地回答。

"你们组建铁血队的事情进展得怎么样了？"哈斯巴根的语气缓和了下来问道。

老刘磕了磕烟灰，说："已经发展几名队员了，可是我们没有快马，普通的马是不行的。"

"对！按说弄几匹快马是不成问题的，我们的行动必须极为秘密，所以我家里的不能动，对了，刚才山本四郎找我商量举办今年那达慕大会的事，我们不妨借这次机会弄些快马，如何？"

"正好，党指示我们弄些快马，组建骑兵，这样鬼子围剿时机动性就强了。"田秀秀拿出纸条递给哈斯巴根时说。

哈斯巴根看了看，拿出火柴烧了，说："以后党再有指示，口头传达就行了，不要往这儿拿纸条或信件了。"

"对了，赵吉庆和他相好的怎么样了？"哈斯巴根突然想起来这两个人了。

老刘平静地说道："没怎么样，山本四郎也没追究他们什么，哎，这不对劲呀，这怎么解释呢？"

"要小心应对山本四郎，虽然现在他不怎么怀疑我了，但我们必须小心，我们时刻处在危险之中啊。"哈斯巴根想了想，说："告诉老唐，他轻易不能进城，让他再给赵吉庆送些钱去。"

巴特尔不干了，说："我们的钱为啥老给他呀，给缺吃少穿的牧民们不好吗？"

哈斯巴根拍了拍巴特尔，说道："你没事时多想想，但没必要说出来，哎，你兜里装的是什么？"

巴特尔笑呵呵地抻出一条花围巾来，说："你们看，这是嘎力根给乌兰买的，好看不？"

哈斯巴根笑了，摇了摇头，说："那小子冷得像块石头，还有这心劲，啊，不容易呀！"

田秀秀白了哈斯巴根一眼，说："你是贝勒，你送珊丹的全是贵重的，嘎力根上哪儿整去呀？可我们姑娘家喜欢的是情意，不是贵重不贵重。"

哈斯巴根愣了一下，外面传来珊丹的声音——"哈斯巴根，哈斯巴根！"

田秀秀往外推哈斯巴根，说："我命令你，招待好珊丹格格，把她争取过来。"

"她本就善良，不用争取，你们注意藏身啊！"哈斯巴根走下楼来，田秀秀走到药房，整理起草药来。

02

田秀秀吃着珊丹格格带来的好吃的，吃得很香。哈斯巴根看了一眼田秀秀，突然笑了。

"哎，你和你的格格聊什么了？"田秀秀还在吃着。

"个人问题不必向你汇报吧？"哈斯巴根说得很正经。田秀秀擦了擦手和嘴，说："按理说个人问题是不必向我汇报的，可她是额尔尼王爷的女儿，我得判断一下你被没被洗脑或者革命激情是不是消退了。"

"真是个人问题，不涉及一点革命工作的事，你不必牵肠挂肚了。"哈斯巴根解释说。

"哎，就是个人问题，我也能给你一些意见吧，上次要不是我想到从额尔尼王爷身上下手，恐怕你现在在家里准备接生呢，我还是有用处的。"田秀秀笑着说。

哈斯巴根脸红了，说："我们谈的还是结婚的事。"

"你怎么想的？要不革命、结婚两不误吧！"田秀秀趴在桌子上，单手支着下巴，定定地看着哈斯巴根。哈斯巴根被看得很不得劲，说："别瞎扯了，说点正事。"

田秀秀笑了，说："这也是正事呀，队长的终身大事怎么不是正事呢？"

"我总觉得山本四郎重金操办那达慕大会是有目的的，可他的目的在哪儿，我还想不明白，你帮我分析一下。"哈斯巴根转眼就考虑上这事了。

田秀秀没再逗哈斯巴根，说道："刚吃完大亏，他肯定不会善罢甘休的，可是现在我们也看不出他有什么举动，要不你从他身边的人下手，打探一下呢？"

哈斯巴根穿上外衣，说："也只有这样了。"

哈斯巴根出了医院，进了满蒙协会的会馆，额尔尼王爷府的管家吐斯勒格、马代、赵吉庆等人正在商量那达慕大会的事情。

三人向哈斯巴根点头、媚笑。

"我今天来呢，是要和你们几位商量一下，怎么才能把大会办得让山本机关长满意。"哈斯巴根坐下来接着说："按理说，这事得由额尔尼王爷主持，可他还有别的事情。"

吐斯勒格端过茶来，哈斯巴根接过去。

"我们王爷去索王府了。"吐斯勒格、马代、赵吉庆三人笑了起来，哈斯巴根也笑了笑。

"各位，你们觉得怎么办才能让山本机关长满意呢？也就是说，如何办才能达到山本机关长的目的呢？你们都说说。"哈斯巴根看着马代和赵吉庆。

马代突然想到了什么，说道："我觉得吧，上次宫本队长围剿劫匪受挫，还有人攻入了宪兵队，可能，也只是可能啊，可能山本机关长觉得面子上说不过去，我觉得呢应该加入大日本帝国武士与草原勇士摔跤，当然了，我们是不能赢的。"

赵吉庆轻蔑地笑了一下，说："照马警长这么说，还得有赛马喽，大日本帝国也有骑兵嘛；那达慕大会还有射箭，皇军也可以参加嘛，咱们全输了就行了。"

马代很不服气地说："赵队长，别夹枪带棒的，哈斯巴根会长和咱们谈正事呢。"

"哎，不要斗气嘛，刚才我说了，额尔尼王爷若能来，这种事情我是不会管的，现在我们要全力为大日本皇军服务，让皇军长长面子自然可以，可山本机关长就为了长面子吗？大家再想想。"哈斯巴根和了一下稀泥。

赵吉庆和马代都不吱声了，吐斯勒格一拍手，说："对了，额尔尼王爷在家里准备马具呢，是不是要给山本机关长弄一些快马呀？"

哈斯巴根来了兴趣，说："吐斯勒格管家，你继续说，好像差不多。"

"你们想想啊，现在有人和皇军对抗，可皇军出动部队得跑步行军，那哪有骑马快呀！"

哈斯巴根看了看活动方案，说道："这样吧，把经费分成四份，两份大头的用在摔跤和赛马上，一份小的用在射箭上，一份留出来当流动经费，其他事情与往年一样，只不过今年人数一定要多，特别是参加赛马的，你们看如何？"

那三个人表示同意。

"吐斯勒格管家，你领人到郭尔罗斯各地说一声，一定要说明，今年是重金举办那达慕大会，让所有人都来。"哈斯巴根站起身来，整理了一下西装。

吐斯勒格满脸陪笑，说："没问题，这事就包在我身上了，然后我回去再向额尔尼王爷禀告一声。"

哈斯巴根边说边往外走，说："这事就这么定了，马警长和赵队长调动兄弟们，负责治安。"

马代和赵吉庆小跑着进了宪兵队，进了山本四郎办公室。办公室里还有宫本和竹下光治。

赵吉庆给山本四郎敬了一个标准军礼，问道："机关长，您找我？"

"嗯，我找你，有几句话要和你说一说。"山本四郎穿着崭新的军装，桌子上放好了公文包。赵吉庆的神情立马凝重起来。

"上次你和你的情人要放那个亲属出去，可他还是被救走了，这是你的失职。"山本四郎看着赵吉庆说，赵吉庆的汗都下来了。

"我考虑再三，觉得你不像是在暗通铁血队，所以这次就不处罚你了。"

"谢谢山本机关长，谢谢山本机关长，我会感激您一辈子的。"

"但我决定，以后你任特务队副队长，正队长由马代兼任，希望你能将功补过，这次皇军损失太大啦！"说完，山本四郎拿起公文包，拍了拍，吓得赵吉庆一哆嗦。

"我一定将功补过，一定将功补过，这是那达慕大会的活动方案，请机关长过目。"赵吉庆的汗浸湿了头发，弄得头发一绺一绺的。

山本四郎没接方案，说："方案我就不看了，由竹下君负责，现在我去乌京了。"

几个人送山本四郎出来,他上了车,车子在护兵的前后保护下,开出了宪兵队。马代得意了,脸上开出了一朵丑陋的花来。

赵吉庆回到小红的家里,气急败坏地踢开门,呼哧带喘地一屁股坐下,不是好眼神地看着小红。

"你这是咋啦?跟谁生气呀?"小红上来抱住了赵吉庆的脖子。赵吉庆甩开了小红的胳膊,说:"还不是你,山本机关长因为你那个什么表弟把我的正队长撤了。"

小红愣了一下,说:"哟,我还当什么大事呢,我告诉你啊,我那表弟可够意思了,又给咱们送来一笔钱。"

"那不是你表弟送的,那是铁血队送的,敢杀皇军的铁血队送的。"赵吉庆的嗓门快把房盖抬起来了。

"你喊什么呀,那个人若真是铁血队队员更好,咱们两头都不得罪。铁血队既然敢杀皇军就不敢杀你们这些汉奸?"

赵吉庆低着头不说话了,他知道小红说得对,当汉奸也是为了混口饭吃,犯不上丢性命。

03

草原上热闹了起来,像开锅后不断翻涌的沸水一样,到处是人,到处是马,到处彩旗飘带。姑娘们穿着蒙古族服装,像蝴蝶一样穿行在齐膝高的青草间,清脆的笑声惹得小伙子们不住地侧目相看。

哈斯巴根在人群中看见了珊丹,珊丹朝他轻快地挥了挥手,他笑了一下。目光收回时,田秀秀在不远处狠狠地瞪了他一眼,转身走入了人群之中。

齐王在卫兵的护卫下骑马而来,华贵的外衣在阳光下闪着刺眼的金光。额尔尼和哈斯巴根到马前迎接齐王,齐王很高兴地说:"我老了,骑一会儿马就喘得厉害,不过还是很高兴,今年的那达慕大会很隆重,这要感谢山本机关长啊!"

齐王快步走到宫本和竹下光治跟前,与他们握手问好。

"齐王,您请站在中间位置,这是特意为您留出来的。"额尔尼不无讨好地说。

哈斯巴根见索王带着卫队也来了,到近前,哈斯巴根给索王牵住了马,问候道:"阿兀,您来了?"

"啊,这是我们的郭尔罗斯,这是我们的那达慕大会,我怎么可以不来呢?"索王并没有下马,轻视地看了看略远处的齐王和额尔尼。

哈斯巴根的心里一紧,他见人群中有一个人很像山本四郎,目光急忙收回来,大声地说:"阿兀,您既然来了,就请您站在齐王身边吧。"

索王一愣,不明白哈斯巴根为什么突然大声起来,说:"我不去,我只想看看郭尔罗斯的子民!"

哈斯巴根一脸失望地走回去,朝宫本和竹下光治尴尬地一笑,竹下光治摊了摊双手,还努了一下嘴。

警察和挂枪的特务越来越多,在人群中像狗一样,东看看,西闻闻。难道所有的警察和特务都来了?哈斯巴根心中有一种不祥的预感。

额尔尼举着喇叭喊道:"郭尔罗斯的子民们,今年的那达慕大会一定是你们一辈子都忘不掉的!"哈斯巴根带头鼓掌,人群中的特务欢呼起来,可他们身边的牧民像看怪物一样看着他们,结果欢呼声淹没在了嘈杂的人群之中。

"大日本皇军来到郭尔罗斯后,传授给我们农业生产方法……"

"额尔尼王爷,是不是你家的土地用了日本的什么生产方法呀?我们的土地可是被他们占了!"不知谁喊出了一嗓子,这嗓子高亢嘹亮,有石破天惊之感。

索王坐在马上看着额尔尼直笑。额尔尼说不下去了,只好推给了哈斯巴根。哈斯巴根看了看竹下光治,举起喇叭继续喊道:"郭尔罗斯的子民们,长生天赐给我们丰美的草原、美味的食物和热闹的那达慕大会,今天,大日本帝国皇军也来到那达慕现场,你们可以和他们进行赛马射箭,我认为这一定可以加深你们对大日本帝国的了解。"

哈斯巴根看着竹下光治、宫本,伸手请他们讲话,他们全都摆了摆手。

"按照大会仪式,那达慕大会现在开始!"哈斯巴根的嗓音格外洪亮。

那达慕大会的仪式依次进行着,哈斯巴根专心地观看着,脑袋里却开始思索起来。

草原上的人们被分成了几大群,每一群都人山人海,不时爆发出呐喊声。一处人群里竟然传出了骂声:"这天杀的小日本,厉害呀,没人能摔过他吗?"

珊丹竟然气得把桌子上的东西都划拉到草地上,那脸一阵红一阵白的,气愤地说:"我就不是爷们儿,不然我上去非摔死他!"

场子中央的一个日本装束的武士牛气冲天地向上翻着白眼,一个蒙古族小伙儿被抬了下去。

又一个小伙子推开人群，说："妈的，我不信这个劲了，我试试！"

日本武士白了小伙子一眼，还吐了一口。小伙子急了，上去二话不说，抓住日本武士的肩头就要扯翻他。小伙子高出日本武士一大截呢，很有把握的样子。可日本武士愣是没动，小伙子再用力，那武士竟然顺着小伙子翻到了小伙子身后，照小伙子的小腿踹了一脚。小伙子"哎呀"叫了一声后，小伙子站不稳了，日本武士又连踹了几脚，只见小伙子吐血倒地。

人群中发出指责声，日本武士洋洋得意。

索王跳下马来，说："让开，让开，我来会会这个兔崽子！"

日本武士根本没把索王这年过半百的人放在眼里，双手抱肩，连看都不看一眼。索王也不客气，上去就扯日本武士的腰带，日本武士没想到索王会来这招，他还以为索王要抓他的肩头呢。

索王抓住武士的腰带，向怀里一拽，另一只手托住日本武士的脚踝，将他举起就扔了出去，摔得日本武士拱了好几拱也没站起来。人群中爆发出一阵叫好声。

又走出一个大个日本武士。他主动抓住索王的双臂，索王的双臂用力向下伸去，而不是向外挣脱。双臂伸到武士的腰间时，伸手作掌插入腰带内侧，武士以为索王又要举起他，于是再用力握住索王双臂，控制住了。哪知索王却用力抻断了武士的腰带，武士发现上当一着急，索王趁机出腿踢倒他。武士的裤子掉了下来，惹得围观的人哈哈笑了起来。

大热的天，加上上了年纪，索王出了一脑门子汗。

人群中又走出来一位日本武士，说："你地，与我，这个！"那意思是让索王与他摔跤。索王毫无惧意，擦了擦汗。

"我来！"这一声像晴天霹雳一样，索王见一个大汉走了进来。远处的哈斯巴根一见是巴特尔，心一下子就提到嗓子眼儿了。

索王看了看巴特尔，很是满意，说道："小伙子，使使劲，摔晕他！"

巴特尔示意日本武士出招，日本武士也没客套，上来就扑。身材魁梧的巴特尔很是灵活，一闪身躲过日本武士，跟进一脚踢中了武士的裆部。日本武士"嗷"的叫了一声，趴在草地上不动了。

巴特尔撇了一下嘴，说："就这样也出来摔跤？你那招式是摔跤吗？"

巴特尔冲进武士堆里，以一当十，没用一根烟的工夫，就把那几个日本武士摔得起不来了。人群中一个孩子喊起来："巴特尔叔叔好样的！巴特尔叔叔好样的！"

巴特尔正高兴呢，人群中一声枪响，一个人惨叫了一声。索王发现了不对劲，立马抽枪。巴特尔被流弹划破了脸，这才反应过来，撒腿就跑。

索王身边的一个护卫被击中，索王看清了开枪的人，举枪射击，几声枪响过后，人群开始爆炸了，四散奔逃。

巴特尔三跑两跑，跑到了射箭人群中，几个脑袋上缠着白布红太阳的人正在射箭。这边人群中的人都在看着摔跤那群人，不知道他们为什么跑。

巴特尔的眼睛落在了一个人身上，他正在引弓搭箭，那是巴特尔的弓，是他爷爷被鬼子打伤临终前给他的弓。巴特尔推开人群，蹿到那人近前，一手拽弓一手夺箭，夺下箭转手一下刺穿了那人的咽喉。

巴特尔不知道那是个陷阱，人群中同时出来二十几个人，一起扑向了巴特尔。巴特尔抡起弓身抽倒了两个，使得那些人不能靠近。

近前的人们明白过来——出事了，也开始跑了起来。

巴特尔明白了，抓他的是特务队的，他踢飞一个特务，左右抡弓，使特务们让开了一点空间，他钻了出去。在人群中，巴特尔夺过一个人的箭筒背在自己身上，抽箭搭弓，箭不虚发，一连射倒几个特务。

人群越跑越散，巴特尔被围在了中间，他不断地寻找藏身地点，不断地出箭射倒跑到近前的特务。

04

竹下光治抽出短枪，命令两边的特务道："你们随我来！"一大群特务随他围向了巴特尔。

宫本拔出战刀，喊道："包围他们，他们是铁血队！"他身边的一个鬼子打出了信号弹，远处跑来一队鬼子。鬼子们边冲边开枪，有牧民中枪倒地。

索王急了，喊道："上马，杀鬼子，给子民们杀开一条生路！"

三十多个卫兵上马，举枪朝鬼子开枪射击，鬼子受到突然袭击，倒下一片，牧民们顺着缺口往外跑。人群中的特务也在朝索王开枪，索王肩头中了一枪，掉下马来，几个卫兵也被打下马来。

索王高声喊道："跑开了，杀光人群中的特务！"

二十几匹快马在人群中跑开了，边跑边用短枪射击，人群中不断有人倒下去，马上也不断有人掉下来。

哈斯巴根见宫本和额尔尼跑向了赛马那边，便向索王跑去。而齐王的卫队围着齐王，骑马跑向了远处。

索王伏在一匹死马身上朝鬼子开火，血已经染红了他的外衣，汗打湿了他花白的头发。

巴特尔的箭射光了，一群鬼子端着刺刀围住了他。他咬了咬牙，举起弓身准备搏击。这时一道鞭影划过眼前，几个鬼子扔掉步枪，捂着眼睛叫唤起来。

只见嘎力根抡着大鞭子丝毫不给鬼子时间。

巴特尔也捡起一把步枪开始搏杀。

老刘和查力图在索王身边说出现了，机关枪扫倒了几个冲到近前的鬼子。老刘冲到索王身边说："索王，我们是铁血队，您快撤，我们断后！"

索王见老刘和查力图都戴着面具，笑了，说道："杀鬼子的都是草原英雄，我不能扔下你们不管！"

"你们几个过来，快！"老刘朝剩下的几个卫兵喊道，"咱们合力护着索王冲出去。"

哈斯巴根觉得不对，于是改向跑到了宫本近前说："宫本队长，快命令皇军们停止射击，误会了，误会了，天大的误会呀！"

"什么误会？铁血队和你阿兀在杀大日本皇军，你没看到吗？"

"哎呀宫本队长，是有人藏在人群中向我阿兀射击，引发了皇军与我阿兀卫队的误杀，快下命令吧！"哈斯巴根急得火上房。

宫本身边的马群突然闹腾起来了，周围的土像被掀起来一样。

宫本蒙了，他不明白怎么回事。哈斯巴根开始也不明白，不过他看见了一匹马肚子底下好像有人，他明白了。

跑出去的马群像水波一样，扩散到了巴特尔和嘎力根身边，冲跑了鬼子。这时，一个女人的声音传来："快上马！"

巴特尔和嘎力根先上马，再藏身到马肚子底下，一群马又折向了索王那边。索王、老刘几个人很快消失了。鬼子明白了，朝马群射击，打死打伤了几匹马。

一个人用日语气急败坏地说道："停止射击，停止射击！"

那人扔掉了头上的帽子，原来是山本四郎。哈斯巴根跑到山本四郎面前说："山本先生，这可如何收场？"

山本四郎笑了笑说："哈斯巴根会长，这是军事行动，我不能告诉你，倒是你要去问问索王他什么意思。"

"有人在向他开枪，他能不还击吗？"

第四章 药马

"哈斯巴根先生，朝人群中的便衣开枪我就不追究了，可他敢向穿着军装的皇军开枪，打死打伤几十名皇军，这还用解释吗？"

哈斯巴根拍了拍脑门。

竹下光治跑了过来，说："机关长，额尔尼把经过比赛筛选出来的快马赶回去了。"

"宫本君，你去看护军马，我们追击索王！"山本四郎翻身上马，领着鬼子就追了过去。

哈斯巴根找到一匹马，向齐王追去，马鞭子像雨点一样落在马屁股上。

山本四郎追到一处山包前停下了，索王坐在蒙古包前正喝着热气腾腾的奶茶，胳膊已经包扎完了。他的身边站满了愤怒的牧民们，男女老幼都有，手里的家伙更是五花八门。

山本四郎拍马向前走了几步说道："你射杀大日本皇军，罪该万死！"

"山本，你说话之前要问问良心，你们凭什么向手无寸铁的牧民开枪？你能射杀我的牧民，我凭什么不能射杀你的士兵？凭什么？"

"就凭你的牧民破坏那达慕大会！"

索王笑了笑说："滑稽！那达慕大会是我们蒙古族的节日，你们掺和什么呀？不过是节日，你派那些特务来干什么？"

"你暗通铁血队！"

"我告诉你山本，铁血队是好样的！我倒希望郭尔罗斯到处都是铁血队，而不是额尔尼和哈斯巴根那样的败类！一句话，你想怎么着吧？"

山本四郎一字一句地说道："公开对抗大日本皇军，那就是死！"

"睁开你的狗眼看看，这里站着的每一个人，包括孩子，你看哪个是怕死的？"索王推了桌子，站了起来，走到人群前面。

山本四郎举起马鞭，喊道："准备，退子弹，上刺刀！"

二百多个鬼子稀里哗啦地退出子弹，举起刺刀对准了索王及其身后的人。索王伸手高声道："拿刀！"一个护卫送过来一把蒙古长刀，索王接过来看了看刀身，刀尖指向了山本四郎。

远处的齐王与哈斯巴根满脸急色。

齐王跑到近前与哈斯巴根一起隔开了山本四郎与索王。

"等一等，山本机关长，这里面恐怕有误会，千万不要大动干戈！"齐王拍马向山本四郎走近一些，说："索王虽然不配合大日本皇军，却也不会暗通铁血队，千万不要在气头上说气话，不能再相互杀人流血了。"

山本四郎一指索王说："我亲眼所见，索王与铁血队在一起逃跑，之前打死我几十名帝国军人！"

"山本机关长，索王向皇军开枪时，铁血队当然得拉拢索王了，但索王是有家有业的人，能暗通铁血队吗？"

山本四郎没吱声，齐王又走近了一些说："山本机关长，大日本皇军射杀无辜牧民确实不妥，你若再杀了这些牧民那是要犯众怒的，你可能不知道索王在牧民中的威望，若你眼前的这些人都死了，你的麻烦就大了。"

"我怕麻烦吗？"山本四郎狂喊一声。

"你可以不怕，但你要知道前方皇军围剿抗联，此地是后方供给基地，这要是出了乱子，恐怕对帝国事业有害而无益呀！你还是要三思而后行啊。"

山本四郎直咬牙，两只平时安静的眼睛正在喷出怒火。

"山本机关长，我阿兀不可能暗通铁血队的，这样，我说服他放下武器，然后请竹下先生领人搜查一下，怎么样？"哈斯巴根是要给山本四郎一个台阶。

山本四郎依然没吱声，但已在犹豫了。哈斯巴根拍马到索王近前，劝道："阿兀，放下手中武器，你不为自己着想，也要为郭尔罗斯子民们想一想！"

"住口，你个狼崽子！"索王抬手一枪，正中哈斯巴根肩头。

齐王急忙调转马头，说："索纳朋格，我以郭尔罗斯主事王爷的身份命令你，放下武器，让大日本皇军搜查！"

索王无奈地扔了枪，说："郭尔罗斯早晚要败在你的手上！"牧民们扔出了刀枪弓箭。

竹下光治领人四处搜查。

鬼子们搜得鸡飞狗跳的，什么也没搜到。竹下光治出来，走到山本四郎近前报告："机关长，确实没有铁血队的人。"

"哈斯巴根，我几十名帝国军人不能白白死伤，这是奇耻大辱！"山本四郎还想要一个面子。

哈斯巴根拍马到山本四郎面前，说道："军马已经差不多了，余下不足的我帮着收集，另外我帮皇军设一块军粮基地，充足地保障前方皇军供给，再送五万大洋作为战死皇军的抚恤金，怎么样，山本先生？"

"好！但这件事还没完，一旦我有证据证明你父亲暗通铁血队，你们全家都得就地枪决，绝不客气，撤！"山本四郎调转马头，向县城跑去。

05

山本四郎坐在办公室里刚平息了怒气，宫本就跑了进来，说："机关长，我被伏击了！"

"在什么地方？"山本四郎刚起身又坐下了。

"在去额尔尼养马场的路上，是那天夜里袭击缠住我的那伙人。"

"八嘎！铁血队狡猾呀，利用索王缠住我，分头去伏击你，军马怎么样？"

"还好，在额尔尼和马代的拼死保护下，没有什么损失。"

山本四郎平静了一些说："宫本君，我们损失了几十名帝国军人，却也保住了军马，并且铁血队的人已经冒头了，这就好办多了。"

"机关长，我们不能放松对哈斯巴根和索王的警惕。"竹下光治建议道。山本四郎笑了笑说："索王不过是匹夫之勇，不足为虑，哈斯巴根嘛……"

马代进来，一个立正，说："机关长，报告您一个好消息！"

"什么消息？"

"哈斯巴根会长的助手田秀秀就在额尔尼家里，她极可能朝大日本帝国军人开枪了！"马代的小眼睛乱转，说："我有一个绝妙的计划，一下子就能测出哈斯巴根是否暗通铁血队。"

"讲！"

马代俯在山本四郎耳边简单地嘀咕了几句，山本四郎露出了满意的笑容，说："马队长，你很聪明，可以执行，我会配合你的！"

哈斯巴根和索王一起回了家，进了索王的卧房，刚要为索王换下外衣，却被索王挥开了手怒道："一边去，我死不了！"

哈斯巴根转到索王面前，索王还是不看他。福晋走了进来，见父子二人神色不对，忙问："王爷，你这是怎么了？"

"和日本人打起来了，额吉你是没看见，我阿兀一点都不老……"

索王大怒，一拍桌子，桌子上的物件都往起跳："你出去！我用不着你给我看伤，出去！"

福晋朝哈斯巴根使了使眼色，哈斯巴根只好转身出去，身后传来索王的骂声："我怎么养了这么个不争气的玩意儿，在日本人面前就像条狗！"

哈斯巴根走进自己的房间，没看到田秀秀，又转身出来找了找，还是没找到。院子里还能听见索王的骂声。

哈斯巴根叫住一个侍女，问道："看见田小姐了吗？"

"没有，这一天都没看到她！"

哈斯巴根想了想，又回到自己屋里，坐到桌前倒了一杯水喝了一口，看见盘子底下压着一张纸条，急忙打开一看，上面有几个字：秀秀在额王府，危险！

哈斯巴根忽地站起来，又坐下，烧了纸条后，开始在屋子里转起来。

想了想后，哈斯巴根大步走出去，来到马棚前，牵出一匹马来，翻身上马，朝县城方向奔去。

到了宪兵队，哈斯巴根和站岗的鬼子打了个招呼，直奔山本四郎办公室。问了一名内勤兵才知道山本四郎去额尔尼王府了。

哈斯巴根又出来，急忙挥鞭打马冲出县城，差点撞翻了过路人。后面的人对他指指点点。

到了额尔尼王府，哈斯巴根直奔客厅。额尔尼、山本四郎、竹下光治都在座，田秀秀站在靠近门口的地方。

客厅里的人都看着哈斯巴根，包括田秀秀、珊丹。

"山本先生，我去宪兵队找你，才知道你在这里。"哈斯巴根坐在竹下光治旁边。

山本四郎笑了笑，问道："有事吗，哈斯巴根会长？"

"当然有事了，我来接秀秀回去。"哈斯巴根开门见山地说道。

"这事恐怕不好办了。"竹下光治侧过脸来看着哈斯巴根，"她开枪打伤了皇军，恐怕也打死过皇军。"

哈斯巴根笑了一下，说道："若说秀秀在混乱之中开枪打伤了皇军，这是可能的，那时到处是枪声，到处一片混乱，要说打死皇军那是不可能的。"

"此话怎讲？"山本四郎饶有兴致地看着哈斯巴根。

"她的枪法是我教的，我心里有数。"

"这么说，田小姐的枪法很出众喽？"山本四郎步步紧逼。

"不敢说出众，但她是一名医生，应该知道人身上哪里是要害部位，她是不敢杀皇军的，她毕竟不是普通的持家女人。"

珊丹很不高兴，说："山本先生，大日本皇军应该是一支能征善战的部队，不应该是朝任何人都开枪的军队吧？要不是有秀姐挡在我面前，现在你看到的是我的尸体。"

山本四郎朝珊丹一低头，说道："让格格受惊了，我表示歉意，现在我们也无法证明田小姐是不是杀了皇军，但打伤皇军是千真万确的事情，不知哈斯巴根会长怎么处理，以什么身份处理这件事？"

"我以田秀秀未婚夫的身份处理这件事！"哈斯巴根说得很坚定，屋里的所有人都傻了。

"你说什么，哈斯巴根？"珊丹不敢相信自己的耳朵。

"她是我的未婚妻，我是她的未婚夫！"哈斯巴根平静地说出来，田秀秀也在看着哈斯巴根。

珊丹的眼泪流了下来，拿起茶杯打向哈斯巴根，喊道："你是混蛋！"

山本四郎看了看额尔尼，额尔尼脸上的肉都在跳。道尔吉抽出短枪就要开火，哈斯巴根挡在田秀秀身前，说："我在外面开了眼界，接受了新思想，不想再过多地遵循祖制了，我要过自己的人生，就这么简单。"

额尔尼见珊丹转身哭着跑了出去，冲着哈斯巴根怒喝："哈斯巴根，你给我滚出去！"

哈斯巴根拉着田秀秀往外走，突然转身朝山本四郎说道："山本先生，如果有需要，我愿意提供帮助！"

马跑在夜色下的草原上，到处是虫鸣之声。田秀秀一肘把哈斯巴根捅到了马下说："你是谁的未婚夫呀？我什么时候是你的未婚妻了？"

哈斯巴根揉了揉胸膛，抬起上半身，疼得直呲牙。

田秀秀勒住马，转头回来，看着草地上的哈斯巴根。

"不是都结完婚了吗？我没说结完婚就已经便宜你了。"

田秀秀笑了一下说："你心里有鬼了吧？我早就知道你心里打我主意了，承认了吧？"

哈斯巴根躺在草地上直笑，笑够了站起来说："为了我们的铁血队，你还是认了吧，你早晚跑不出我的手掌心。"

田秀秀看了看天上的星，很亮很好看。

哈斯巴根站起来扯过马缰绳，说："那些马都在额王府，要想抢出来只能靠珊丹了。"

"你说啥？你没看到珊丹多伤心吗？再说了，她一个女子怎么能抢出那么多的马呀？"田秀秀确实是心里一惊。

哈斯巴根笑了，说："你不了解珊丹的，你也不知道我用什么手段，不过你要相信这些事只能靠珊丹了。"

哈斯巴根牵着马朝县城方向走去，走着走着，说："咱们必须回县城，一定要惩罚巴特尔，多悬没出大事呀！"

进了医院，吓了田秀秀一跳，地上躺着几个受伤的人，还有一个清秀的小女子在帮着伊德尔笨手笨脚地包扎他们。

"少爷，这都是被小鬼子打伤的牧民，你看看吧！"伊德尔忙得一头大汗。哈斯巴根看了看那个小女子，一边洗手一边问："你懂医术吗？"

"我只懂一点点，我上过学，看过一点点医学书籍。"

"你怎么称呼？"哈斯巴根接过田秀秀递来的手套并戴上。

那小女子脸红了一下，说："我叫金子，也是郭尔罗斯人，只是没完成学业。"

哈斯巴根给那几个牧民重新消毒包扎，又给他们一些草药，打发他们走了。那个小女子看了看田秀秀，说："你长得真好看，我回家了。"

"伊德尔，你送这个姑娘回家，小心一点儿！"田秀秀给哈斯巴根轻轻地擦着头上的汗，含情脉脉地看着他。

伊德尔送那小女子走出去了，田秀秀笑出声来。

06

哈斯巴根找出一些草药，剂量很大，拉出药碾子就开始碾。田秀秀端盆水进来，问道："这要干什么？"

"嘿嘿，不告诉你，你通知查力图，让他牵两匹马到城外等我，我要连夜去额王府。"哈斯巴根用力地用脚碾着草药。

田秀秀放下水盆，还是没想明白，走向了后屋。

包好草药后，哈斯巴根带着一把短枪出了医院，向城外走去。

走到一处乱葬岗，他听见了马的响鼻声，于是连忙喊："查力图！查力图！"

查力图从哈斯巴根右侧走了出来，答道："队长，马在这儿呢。"

哈斯巴根把药粉给了查力图后翻身上马，说："上马，去额王府！"

两匹快马在夜色中直奔额王府而去。

到了额王府外不远的地方，哈斯巴根下了马，查力图把马赶到了远处返回身来，问："队长，咱们这是要干什么呀？"

"你领我偷偷地潜入额王府，然后给我放风，我找珊丹有事情。"哈斯巴根把药粉接过来，系了系，又递给了查力图。

第四章 药马

查力图犹如狸猫一样，找了个墙角，翻了上去，哈斯巴根跟了过去。跳到额王府里，查力图闪了几闪，朝哈斯巴根招手。哈斯巴根确定了珊丹卧房的位置，小声说："你上房放风，过一会儿听见有人喊了，你就到马棚里把药粉倒到草料里搅拌匀，给那些马吃了。"

查力图上了房，哈斯巴根轻轻地推开窗子，翻身入室。珊丹的床头还有一截蜡火，她在睡梦中还在抽泣。

哈斯巴根轻手轻脚地来到珊丹床头，轻轻地捂住了她的嘴，珊丹动了两下，突然醒了过来。

"嘘——"哈斯巴根朝珊丹比划，不让她喊出声来。

珊丹看清了是哈斯巴根，先是惊喜，后是怨恨。

"珊丹，今天委屈你了，我不那样说就救不出秀秀了。"哈斯巴根有些讨好地说道。

珊丹白了哈斯巴根一眼，说："你不说我也清楚，秀秀比我漂亮，比我新潮，你直接说半夜来我这里有什么事吧？"

哈斯巴根紧紧地抓住珊丹的手，珊丹挣脱不了，脸上一片绯红。他真切地说："珊丹，现在你也看到了，日本人在郭尔罗斯到处为非作歹，今天就打死了几十个郭尔罗斯的子民，他们抢快马就是要组建可以和我们蒙古人相抗衡的骑兵，如果真是那样，郭尔罗斯可能每天都有百姓死去，再也没有翻身的机会了。"

珊丹感觉到了有事要发生，只是点了点头。

"所以，我有时候很无奈，你一定要体谅我！现在你只需要喊有贼就行，我藏在你的床下。"哈斯巴根真的钻到了床下。

珊丹高兴加害羞地笑了一下，紧接着大声喊道："有贼，有贼呀！"

额王府的灯很快亮了起来，家人开始出来，叫叫嚷嚷的。有人经过珊丹的窗前，珊丹有些莫名地兴奋，继续喊道："快点，快点，有贼！"

外面折腾了好一阵子才静下来，哈斯巴根从床下爬出来推开窗子探出身看了看，又回过头来对珊丹说："你睡觉吧，我得走了，明天晚上我还来。"

珊丹用力地点点头，眼睛却离不开哈斯巴根，看着哈斯巴根出去了，好半天才缓过神来，用被子蒙住头，脚跟直磕床板，偷偷地笑了起来。

三天后，哈斯巴根神采奕奕地看着田秀秀，田秀秀不解了，问："怎么了，天天半夜找珊丹，吃错药了？"

哈斯巴根见田秀秀有些不高兴了，直说道："巴特尔的禁闭这两天一定要加紧，不能解除，你我也不要走出医院，告诉老刘他们今天去额王府附近去接马。"

"真的？"田秀秀不敢相信自己的耳朵，"空手去接？"

"对，空手去接，我都安排完了，老刘他们几个只管接马就行了，千万不要恋战！"哈斯巴根说得很有把握。

田秀秀很怀疑，但还去了后屋。

马代走了过来，哈斯巴根假装没看见他，专心地配着药。

"哈斯巴根会长，今天和我们去接军马吗？"马代的眼睛在屋内寻找着什么。

哈斯巴根笑了笑，说："与我没关系，不去了，医院里有些事情还需要我处理呢。"

田秀秀出来，看见了马代，问道："马队长，需要帮忙吗？"

"不需要，不需要，我忙去了。"马代走远了。

马代坐上摩托车，领着一些人出了县城，到了额尔尼的府邸。额尔尼和道尔吉边说边走到门外，见马代来了，额尔尼说："马队长，咱们去马棚，山本机关长可能已经到了。"

到了马棚，山本四郎正心满意足地看着马棚里的马："额王，五百匹战马，够吧？"

"够，够，机关长，不但数量够，你再看看这些马的架子，作为战马那绝对是一流的。"额尔尼说得很近乎。

"这么多的马，怎么送走呢？不会是用汽车运吧？"山本四郎问道。他手里不可能有那么多汽车的。

额尔尼笑了，说道："机关长，根本不用汽车，这些马分成两拨，前后左右都用人圈着，这样就可以领走了。"

"原来如此，那就都赶出来吧！"山本四郎想见识一下群马狂奔的壮丽景象。

二百多匹马被赶了出来，开始小跑，接着快跑，带起漫天尘土。尘土之中，隐约可见几个人在引导马的方向。

那二百多匹马不见了踪影，后面的二百多匹马也被放了出来。

山本四郎上了摩托车，命令道："出发，护送战马！"鬼子、特务、警察三百多人跟了过去。

过了两个山包，刚到第三个山包下时，五百匹马快要合到一处了。突然前面的山包上传来马的嘶鸣声，前面的二百多匹战马发疯一样叫了起来，接着就开始疯了一样地啃咬，有的马直往别的马身上趴。

额尔尼懵了，山本四郎也看出了问题，问道："这是怎么了？"

"有的马，发、发情了。"额尔尼明白马发情是可能的，但不会二百多匹马一起发情吧。

山包上的马又叫了数声，山下的二百多匹马狂追了过去，挡也挡不住。额尔尼急了说："拦住了，快拦住了。"

二百多匹马跑得无影无踪了，山本四郎命令道："追过去，拦住它们！"

话音刚落，近处的二百多匹马也开始躁动起来，与前面的那二百匹马一样，啃咬、趴身。山包上再次传来另外一匹马的嘶鸣声，近处的第二拨马也开始狂奔起来。

额尔尼和山本四郎等人束手无策，眼看马跑出很远了。山本四郎气急败坏地拔出战刀，喊道："射击！"

鬼子们刚举枪要射击，山包上响起了密集的枪声，打得山下的鬼子们一片一片地倒下去，手榴弹的爆炸声连绵不绝。

额尔尼护在山本四郎面前说："机关长，我们中埋伏了，快撤！"

山本四郎推开额尔尼，喊道："冲上去，杀光他们！"

山本四郎确实怒了，鬼子们确实冲锋了，但也确实被打了回来，特务、警察也被打得抬不起头来。

竹下光治跑了过来说："机关长，我们处于佯攻态势，情况不妙啊。"

山本四郎这才清醒过来，五百匹马同时发情，这肯定是有人做了手脚，做手脚就是引他中埋伏。"八格牙路，撤退！"他气急败坏地喊道。

鬼子们拥着山本四郎就往下撤，山包上的枪声越打越起劲。鬼子们可算是逃离了射程。

狼狈不堪的山本四郎抓过额尔尼的领子，喝问："怎么会这样？什么人在喂马？"

额尔尼紧张得直冒汗，辩解道："我也不知道啊，我也是头一次见到五百匹马同时发情啊，我、我……我家的佣人喂马呀，从来没出现过这种情况。"

山本四郎松开了额尔尼，怒道："可恶，太可恶了！"

田秀秀听见后屋传来三声敲击声，面露喜色地说："呀，老刘他们得手了！"

哈斯巴根得意地拿起茶杯喝了一口，然后趴在窗口，看向窗外，看着街上的人来人往。

"哎，你是怎么弄的，没用一枪一弹就把五百匹马弄到手了？"田秀秀还是纳闷。

哈斯巴根笑了几声,说:"你还是别听了,我不好意思说。"

"你太得意了吧,这有什么不好意思说呀?"

"你真要听?"

"嗯,真要听,特别想听听。"

"我用药把那五百匹马弄发情了,又让珊丹找管马的老人想办法把公马、母马分开了,然后用前后顺序不同的母马、公马分别把那五百匹马引走了,哈哈……"

田秀秀兴奋地说:"高招啊,真是高招啊!"说完她才反应过来,娇怒道:"你真是混蛋!"田秀秀拿起鸡毛掸子追打哈斯巴根,屋里传出了打闹声……

哈斯巴根求饶说:"然后柳八爷的兄弟们伏击了山本四郎!"

田秀秀朝哈斯巴根一挑大拇指,她的脸上满是喜悦。

第五章 火烧

天近黄昏时分,哈斯巴根突然放下手中的活,看了看田秀秀,田秀秀穿着洁白的护士服,被晚霞橘红色的光围罩着。她也突然看向了哈斯巴根,两只眼睛露出笑意:「看见仙女了?」哈斯巴根让田秀秀的大眼睛看得有些慌乱。

哈斯巴根说:「你不觉得这几天很平静吗?平静得有些吓人。」

01

天近黄昏时分,哈斯巴根突然放下手中的活,看了看田秀秀,田秀秀穿着洁白的护士服,被晚霞橘红色的光围罩着。她也突然看向了哈斯巴根,两只眼睛露出笑意:"看见仙女了?"哈斯巴根让田秀秀的大眼睛看得有些慌乱。

哈斯巴根说:"你不觉得这几天很平静吗?平静得有些吓人。"

田秀秀关上了窗子,秋天的风已有些凉意。她相信哈斯巴根的直觉,说:"我们只能小心再小心。"

"嗯,该吃亏时得吃亏,只要不损害铁血队的力量,我们得认。"哈斯巴根突然听见外面传来脚步声,声音乱得有些急切。

哈斯巴根闪身到了门外,一个身影踉踉跄跄地跑到近前,不容分说,就钻进了屋内。

哈斯巴根再进屋时才看清,是一个女子,是那天帮着抢救被打伤牧民的女子。她脸色惨白,头发凌乱,衣衫不整,瘫坐在地上一个劲地哆嗦。再仔细看,她手中拿着一把剪刀,手上沾满了血。

田秀秀急忙过来问道:"妹妹,你怎么了?"

女子像一只冬天里受伤的小麻雀,泪水滚滚而下,说:"我、我……我杀人了!"

田秀秀看了看哈斯巴根,哈斯巴根转身出去。田秀秀扶她起来坐在凳子,把剪刀放在桌子上,问:"你杀了什么人?"

女子扑到田秀秀怀里哭了起来,说:"我杀了一个鬼子,我、我……"

田秀秀明白了,把女子紧紧地搂到了怀里。哈斯巴根端了一盆水出来,说:"洗洗吧,明天你再回家吧。"

"我没有家了。"女子深深地低下了头。

"那天你不说你是郭尔罗斯人吗?怎么会没有家了呢?"哈斯巴根轻轻地问道。

"嗯,那是小时候,后来我家搬到了奉天,除了我家里人都死在了鬼子的炮火之下,我在那里生活不下去了,就来找亲戚,一个也找不到了。"

田秀秀往外推哈斯巴根,说:"去,去,别问那么多了,正好咱们医院缺人手,她还上过点学,就留下了。"

哈斯巴根已经被推到了门口,假装嘀咕着说:"她杀的可是日本人呀,这要是犯事了,咱们都得受牵连……"

"滚蛋！现在能和日本人说话的也就你了，你父王打死十几个鬼子，你不是也摆平了吗？"田秀秀转身帮女子洗手。

哈斯巴根还是没走，扭头问："你叫什么名字？"

女子平静了许多，答道："我叫金子！"

哈斯巴根差点没笑出来，憋了一下，脸转向秀秀，说："秀秀，你出来一下，我有话跟你说。"

田秀秀出来，哈斯巴根看看附近没人，小声说道："告诉地下的，无论如何不能出来，必须遵守纪律，不该对金子说的千万不能说。"

田秀秀瞪了哈斯巴根一眼，转身就走。哈斯巴根喊道："有事找伊德尔！"

"知道啦！"田秀秀已经进屋了。

第二天中午了，哈斯巴根才到医院。他刚走到医院门口，就看见伊德尔与两个人厮打在一起，围观的人很多。

哈斯巴根推开人群，走到医院窗子近前往里看，只见田秀秀正在整理衣服，脸色很难看，金子还在系裤子，地上撒了一地的草药。

"伊德尔，给我往死里打！"哈斯巴根明白了，想了想，转身过来帮着伊德尔把那两个醉熏熏的人打得在地上直滚。

最后，那两个人不动了，一脸的血，哈斯巴根拦住伊德尔，说："算了！"

哈斯巴根进了屋里，伊德尔赶散了围观的人，那两个醉汉还在地上躺着。

"你、你们没事吧？"哈斯巴根也不知道该怎么问。

田秀秀的眼泪落了下来，问道："你是不是盼着我们有事呀？"

"不是，不是，还有人敢欺负我们？哪天我得找马代说说这事。"哈斯巴根气得在屋里直转。

"幸好伊德尔及时赶到，要不然……"金子说着说着哭了，哭得很委屈，哭得很无奈，她确实像一只小麻雀。

"你们放心好了，我找几个硬手来咱们医院，我现在就安排。"哈斯巴根一脚踢开门出去，照着那两个人又踢了两脚。

夜里哈斯巴根骑着马驮着田秀秀向草原奔去，田秀秀抱着哈斯巴根。哈斯巴根突然停住了快跑的马，任由马慢悠悠地向前走去。

"怎么，还感到委屈？"

田秀秀擂了哈斯巴根后背几拳，打得哈斯巴根直呲牙。田秀秀没好气地说："都吓死我了！开始我想揍他们，我突然一想，在满蒙协会附近还有人敢闹事，这不太正常，所以也只是应付，可是……"

"真聪明，山本四郎这回可以放心我们俩了，我们也该放心他了，'可是'

什么?"

"你怎么这么坏呀?你说'可是'什么呀……"田秀秀在后面扇了哈斯巴根两耳光。哈斯巴根笑了起来,说:"你要是觉得吃亏呢,就在我身上找回来吧!"

田秀秀羞得抬不起头来,直擂哈斯巴根,马也奔跑了起来。

田秀秀抱紧了哈斯巴根,说:"万一、万一我吃亏吃大发了怎么办?"

"不是没吃大亏吗?我也不可能让你吃大亏呀,一会儿你就知道了。"哈斯巴根狠抽了几鞭子,马奔跑在草原的夜风之中,田秀秀抱着哈斯巴根感觉不到凉意了。

到了蒙古包前,哈斯巴根勒住了马,老刘从里面走了出来,田秀秀不好意思地笑了笑。

三人走进了蒙古包,老唐和巴特尔也在。巴特尔气呼呼地站了起来,说:"指导员,今天中午,老刘不拉着我,我非出去揍扁那俩犊子……"

"老刘做得对,你没出去说明你进步了。"田秀秀急忙打断了巴特尔的话。

"哎,哎,我没出去怎么还对了呢?"

"那极可能是有人在试探我和秀秀的底,你说你出去是不是暴露了?"哈斯巴根接过乌兰递过来的奶茶。

巴特尔糊涂了,乌兰瞪了巴特尔一眼,说:"你看你那熊样,就知道打打杀杀的。"

哈斯巴根坐下了说:"不说这个了,说说铁血队的事情。"

几个人围坐在热气腾腾的茶炉前,哈斯巴根看了看几个人,然后郑重地说:"蒙古族铁血队经过这段时间的准备,成立时机已成熟了!"

几个人激动地鼓起掌来,乌兰忙给大家倒奶茶。

"铁血队刚成立,所以人员不宜过多,五六十人就可以了,主要是人员素质要好,这要巴特尔和老刘多费心了。装备嘛,老刘会有办法的。"哈斯巴根笑着看向老刘。

"我有啥办法呀?"老刘看着几个人,田秀秀也懵了。

"哎,你和我阿兀现在应该处得很好了吧?在那达慕大会上你总不能白救他吧?"众人才听明白哈斯巴根的意思。

"你是他儿子,你直接要不就完了吗?索王会给枪支弹药的。"田秀秀说得一本正经。

哈斯巴根笑了,说:"那显得我阿兀多不仗义呀,得给人家机会嘛。"众人笑了起来。

哈斯巴根笑着说:"再说了,他儿子现在是日本人的'狗',他见一次骂一次，也不好要，如果他一直能骂到把小鬼子赶出郭尔罗斯那才好呢。"

老唐用肩头拱了一下哈斯巴根，说："我一直做地下工作，可我也没有你装得像，深表佩服！"

"同志之间要相互学习嘛，老唐、柳八爷和柳成龙，你可要抓住他们不放啊，那可是我们的援兵啊！"哈斯巴根说着又拱了老唐一下。

"放心吧，我现在差不多是他们的参谋了。"老唐笑了起来说，"柳成龙可不白给。"

"那当然了，这小子读过讲武堂呢。"哈斯巴根在想着柳成龙，很快转过神来看着老刘，说："老刘，我们家呢，特别是我阿讹，你得多多接近，争取把我们全都武装起来，哈哈……"

大家笑过了之后，田秀秀严肃起来，说："铁血队今天正式成立，哈斯巴根为队长，我为指导员，现在请队长同志再说几句。"

众人鼓掌。

"同志们，郭尔罗斯是郭尔罗斯人民的，我们脚下的土地是中国的土地，任何侵略者都不能得逞，从今天起小鬼子一天好日子都没有了，因此我任命巴特尔为铁血队教官，教大家打枪、射箭，还得遵守铁血队的纪律，乌兰协助老唐做好群众工作！"

巴特尔、乌兰很激动，说："是，队长！"

"铁血队员统一穿狼头黑衣，快枪马刀，还要配弓箭，怎么样？"哈斯巴根征求田秀秀的意见。

"行，铁血队员越不着正装，山本四郎越迷糊！"田秀秀的话引得大家一阵开心地笑。

哈斯巴根严肃起来，说："医院的地道不到万不得已不能用，没有任务巴特尔不准再进城了，还有在医院商量事情，要躲开金子，明白吗？"

"明白！"

02

"滚出去！"咣当一声，哈斯巴根被索王爷从门里推了出来，他又气又笑，转身往自己卧房里走，没走几步碰见了田秀秀。

"这黑灯瞎火的，你惹老爷子干什么玩意儿？"

哈斯巴根小声地说："他得经常骂我才好，你来一下。"

田秀秀随哈斯巴根进了屋，哈斯巴根示意田秀秀坐下。田秀秀见哈斯巴根挺神秘的，便急忙说："有啥话就说吧。"

"刚才额尔尼王爷来商量结婚的事，你看怎么办呢，不能再打伤他一次吧！"

"我看你这德行是想结婚，还跟我商量什么？你愿意结就结吧，我没意见！"田秀秀知道哈斯巴根现在不想结婚，不然怎么会被索王爷骂出来呢？

哈斯巴根也没有话说了，想不出正当理由推掉这件事。田秀秀见哈斯巴根没办法了，说："小罗已经走了，团长要求我们弄一批过冬的棉衣，不然不知道还得有多少同志冻死呢。"

哈斯巴根笑了，把城里搅乱了，额尔尼王爷就没心思商量结婚这件事了。"好，让查力图侦查一下哪里有棉衣，然后再商量怎么弄走。"

这时有敲门声，哈斯巴根去开门，是珊丹。

珊丹笑盈盈地进来，田秀秀拉过珊丹的手，说："珊丹妹妹，你要成新娘了。"

珊丹打了田秀秀一下，说："你可真坏，明知道短时间内是不可能的事还说，哎，要不我是大房，你是二房吧！"

"凭什么呀？就凭你是格格？白眼狼！要不是我狠心开了几枪，你现在还能和我争大房二房？"田秀秀假装不愿意了。

珊丹用一根手指捅了田秀秀腋窝一下，田秀秀痒得急忙躲开。

"秀姐，你可真厉害，枪打得真准！"珊丹朝田秀秀直挑大拇指。田秀秀看了哈斯巴根一眼说："你得了吧，我也不知道咋蒙上的。"

"你不说实话是吧？不说拉倒，我的秘密也不告诉你们了，谁让你们拿我当三岁小孩了。"珊丹得意地看着田秀秀和哈斯巴根。

哈斯巴根急忙跑到珊丹面前说："珊丹，这是咱们的郭尔罗斯，这你要想明白。"

"你求求我，你求我我就告诉你！"珊丹说着朝田秀秀俏皮地飞了一眼。

哈斯巴根倒了一杯茶，端到珊丹跟前，单腿跪下说："小生这厢有礼了。"

珊丹和田秀秀都笑得快岔气了。珊丹控制住了笑声，说道："我阿兀与山本四郎商量，要把咱这的祖陵碑运出去。"

"怎么办？"田秀秀意识到那不单单是一块碑文，更是一种象征。

"怎么办？不管怎么办都不能让小鬼子得逞，那碑有极高的史料价值，珊丹，太谢谢你了。"哈斯巴根抓住了珊丹的手，珊丹羞涩得低下了头，田秀秀在一旁，掐了哈斯巴根一下，哈斯巴根没敢叫出声来。

第五章 火烧

赵吉庆把碗筷一推，挎好了枪，照小红脸上亲了一下，笑呵呵地就要走。

"你站住！"小红一走三扭地奔着赵吉庆就来了。赵吉庆不知道什么事，问："怎么了？"

"你说怎么了，我和你厮混好几年了，这婚该结了吧？结婚你是不是该给我买套房子？"

赵吉庆笑了："这婚该结了，房子也该买，你相中哪里的房子了？"

小红往手上的金戒指哈了哈气，擦了擦："我相中胡记皮货店那处房子了，你想办法给我买下来。"

"好嘞，过几天听信。"赵吉庆喜滋滋地出来，转眼就拐到了大街上。

赵吉庆看见了人群中的一个人，连忙叫道："哎，马三！哎，马三！"

叫马三的人看见赵吉庆问："赵副队长，您有事？"赵吉庆的怒气也上来了，说："就这么几天，就改叫我副队长了？"

马三理直气壮地说："这可是山本机关长任命的，你是副队长，这不是我叫的呀。"

赵吉庆朝他摆了摆手说："好，那就叫副队长吧，这些日子，我的孝敬钱都整哪儿去了？"

"你这话说的，你都副队长了哪还有孝敬钱哪，现在孝敬钱都给马队了，我也没办法。"马三有些不屑了。

赵吉庆朝马三摆手，那意思是"滚"。马三也不客气，直接走人了。

竹下光治拿着文件进来，山本四郎正在和马代商量着什么。

"我进来的是不是有些冒昧了？"竹下光治看了看马代，脸上微笑着，马代朝竹下光治点点头。

山本四郎笑了说："竹下君，你太客气了，刚才马队长说，田秀秀差点被两个醉汉侮辱了。你想想，中国女人把贞节看得比命都重要，我们可以对哈斯巴根放心了，也就是说，索王不过是意气用事，我们可以把注意力放到县城之外了。还有，在草原上发现了一支武装力量，正处在急训时期，领头的就是那个叫巴特尔的人，现在还有比这更好的消息吗？"

"一定要消灭他们，胆敢在大日本皇军后方捣乱，被消灭就是他们的下场。"竹下光治的声音高了很多，他拿出一张纸递给了山本四郎，说："这是祖陵碑文，这块碑文经过再次确认，有极大的史料价值。"

山本四郎看了看，说："哟西，哟西，太好了，可是运走它，也不能太过显眼了吧?"

竹下光治明白山本四郎的意思,说:"那就暗地里安排好,暗地里运走。"

山本四郎一拍脑门,说:"我一时不慎,在额王府与额王商量了这件事,会不会走漏了消息?"

"机关长的意思,蒙古铁血队会捣乱?"

山本四郎想了想,说:"嗯,不过也不怕,如果能将他们吸引过来也是一件好事,早日铲除了早日安宁。"

这时宫本走了进来,山本四郎只是看着他。宫本站在竹下光治旁边说:"山本君,现需上报人数,要下发过冬的军装,特高课报多少人数?"

"马队长,你们警察署和特务队有多少人?再加上特高课一百四十五人,就是宫本君想要的人数。"山本四郎回答说。

马代朝宫本点了点头,答道:"一百二十二人,这是警察署和特务队的人头数。"

宫本点了点头,说:"好了,我这就上报,告辞!"

宫本走到了门外,山本四郎追了出去,在门外与宫本交谈了几分钟,不一会儿传来宫本的笑声:"山本君,这一招真妙,我立即和关东军司令部联系。"

03

寺庙里,哈斯巴根与布仁大师聊佛经,寺庙离祖陵不远。

布仁大师寥寥无语,哈斯巴根看出了他心事沉重,便问:"大师,你心事重重,我能帮你吗?"

"哈斯巴根贝勒,我等向佛,可不解人间疾苦,实在令人困惑,是六根不净吗?"哈斯巴根稍略愣了愣,笑道:"大师何出此言啊?"

"哀鸿遍野,哪还能净心啊?四周全是豺狼,哪还能安稳?"

哈斯巴根明白了,说:"大师,恕我直言,你之困境也是我之困境,更是当今国人之困境,在此诵经上香最多也只能解解一人忧,但当今确实有解决大师心头之惑的良策,只是与佛家殊途同归而已。"

布仁大师不语。

"所谓杀祖成佛,那是不是杀鬼更能成佛呢,特别是你周围真有鬼的时候?鬼不除尽,大师难以安心向佛了。"

布仁大师朝哈斯巴根低头念了一声佛号。

"大师,这周围最近是不是半夜三更总闹鬼呀?"哈斯巴根一指祖陵。

布仁大师面色凝重起来。

哈斯巴根站起身与布仁大师告辞。

妙音寺大殿　　　　　　　　　　　王胜臣 摄

哈斯巴根走进城里时,有几辆鬼子的军车横冲直撞过来,老百姓们急忙躲到一旁,共有十辆。军车上蒙着苫布,拉的应该是物资,看样子不重。

赵吉庆优哉游哉地走了过来,哈斯巴根迎了上去寒暄道:"哟,赵队长,干什么去?"

"哎,这不是嘛,皇军供应的冬装送来了,我大事干不了,过过数然后记个数,再报给皇军就完事了。"

"山本先生有点大材小用了吧?"

"我哪是什么材呀,如果是材早就成红人了,改天再一起喝酒啊,我得走了。"赵吉庆追着军车,进了宪兵队的后院。

哈斯巴根笑了,又走过一条街,见一群人正搬运毛皮往大车上装,有一个胖子拿着一块木板挂在了门口,上面写着四个字:本店出售。

"你这店房不错啊,多少钱啊?"哈斯巴根心里一动。

店主苦着脸说:"现在天天打仗,这买卖做不下去了,你要是想买,给一千大洋就成了。"

"太贵了吧?"

"哈斯巴根贝勒,这么大的房子,还有大院子,差一点就临街了,一千大洋还贵?再说了,一千大洋对您来说那不是小菜一碟吗?"

哈斯巴根笑了笑,说:"放在以前那绝对是小菜一碟,你又不是不知道我父亲打死了皇军,赔了五万大洋,外加一千响地,哪还有钱啊?"

店主没法了,说:"您说个数,行不行?"

哈斯巴根摆了摆手,说:"我就是随嘴一问,你再问问其他人吧。"

哈斯巴根回到医院中,给几个病人看过病,抓完了药,见田秀秀与金子正在后院洗一些药布,转身回来找到了查力图,说:"鬼子来了十辆军车,运冬装的,你通知老唐他们今晚开会。"

查力图转身就出去了。

山本四郎拿着望远镜看向街里,他看见了一伙伙一群群衣衫破旧的男人聚集在宪兵队后院门口,脸上露出了得意的微笑。

宫本挎战刀进来。

"山本君,祖陵碑附近出现了一群人,看样子应该是有问题。"宫本已经乖了很多,他已经想不明白郭尔罗斯了。

山本四郎把望远镜递给宫本,说:"宫本君,你看一下那里,是不是像那样的人?"

宫本接过望远镜只看了一眼,答道:"对,都是成年男性,县城里怎么也突然出现了这种现象?"

山本四郎笑了,俯在宫本耳边低语了几句,这时竹下光治敲门进来。

"机关长,据我们的眼线报告,柳八爷,哦,不对,是柳成龙正率领他的人向城内运动。"竹下光治有些掩饰不住兴奋。

山本四郎指着作战地图,说:"宫本君,我的意图正在实现,利用祖陵碑吸引柳成龙,然后消灭他。"

"铁血队呢?柳成龙不是铁血队呀!"

"你的考虑是有道理的,根据前两次的作战经验来看,先是铁血队来迷惑我们,然后这支土匪来打我们的埋伏,这次我们调过来,先放过铁血队,然后一口吃掉这股土匪。"

"那如何运走那块石碑呢?"

山本四郎笑了,说:"中国兵法里,有一招叫暗度陈仓,我们不妨用一用嘛,这个你不用担心,我自有安排。"

这时马代进来，山本四郎不再说作战意图。"马队长，你的警察署和特务队全部放出去，大街小巷到处都要有你们的人，一有情况立刻报告！"山本四郎对马代说。

马代立正说："嗨！我马上去安排！"

宫本想了想，说："山本君，我们的兵力不多，如果都放到了祖陵附近，指望这些警察和特务守城？"

"哈哈……他们不行，他们不能守城。你只需准备好枪支弹药，一定要充足，然后直奔祖陵碑附近做好埋伏就行了，守城的事情交给我。"山本四郎答道。

"嗨！"宫本看出来了，这场厮杀是山本四郎精心安排好的。

山本四郎收起微笑的表情，说："记住，这次的作战计划只能我、你、竹下君三人知道，不能告诉一个中国人。"

"嗨！"

"竹下君，你的任务是不是早已经清楚了？"

"嗨！我清楚，我一定办好！"

老刘来到医院，看见了金子。金子正忙着扫地，见到老刘，问："您是看病，还是抓药？"

"先看病，再抓药。"老刘想起了那夜哈斯巴根说的话，假装痛苦地走向了哈斯巴根的办公室。

哈斯巴根正在给一个病人看病，朝老刘点了点头，打发走了那个病人，老刘这才坐下。田秀秀从后屋进来，看见老刘，便走到门口甩起了体温计。

"队长，那个皮货店买好了，铁锹土筐都准备好了。"老刘说。

哈斯巴根摸着老刘的脉搏，说："好，马上开挖，可要看好方向，别挖偏了，一刻不停地挖，几百米长，多拐两个弯，争取明天晚上之前挖完。"

老刘点了点头，哈斯巴根高声道："现在问题不大，以后少喝酒，肝有些问题，先开些中药吧！"

老刘拿着药方，出来递给金子，金子按药方抓药。

伊德尔气哄哄地进来，一屁股坐在板凳上，说："真他妈的晦气！"

"怎么了，伊德尔？"金子一边包药一边问，眼睛却看向了外边的太阳。

"我出去送药要钱，在街上与哑巴撞上了，这也没啥，可一连撞上了四五个哑巴，那几个哑巴可凶了。"

伊德尔的话把金子逗乐了，伊德尔见金子笑得很开心，他也笑了。

老刘拿着草药出去，田秀秀出来，对着金子说："金子，今天晚上我和院长回他们家了，这里就全交给你了。"

金子别有内容地笑了一下，说："好吧，你放心吧！"

04

田秀秀挽着哈斯巴根的胳膊走在街上，两侧商店酒馆的灯光照在来来往往的人身上。哈斯巴根拍了拍田秀秀的手，说："搂得紧点！"

田秀秀抱得紧了一些，同时一撇嘴。

"你们在干什么？"

哈斯巴根和田秀秀转过身来看见了珊丹，田秀秀想松手，哈斯巴根夹住了田秀秀的胳膊。

珊丹已经冲了上来，抡起手掌要打田秀秀，说："真不要脸，你们怎么能这样呢？"

哈斯巴根出手接住了珊丹的手腕，往后一推，珊丹站不住了，接连向后退去，一下子撞到了一个蹲在地上的男人身上，那个男人被撞了个跟头。只见那男人站起来，突然抱住珊丹，亲了珊丹的脸蛋。

一切都太突然了。

田秀秀冲上去给了那男子两耳光，男子松开了珊丹，要发火，却啥也没说出来，转身走了。田秀秀拽着珊丹就往前走，珊丹气呼呼的，突然想起来了什么，一下子把田秀秀推了个跟头，气愤地说："你，你……"

哈斯巴根朝田秀秀使了个眼色，田秀秀起来又让珊丹打了两嘴巴，哈斯巴根抓住珊丹的右胳膊，把她架走了。

"你是不是傻了？你没觉得哪里不对劲吗？"哈斯巴根累得直喘。

"有啥不对劲的？"珊丹抽泣着问，又指向了田秀秀，说："我拿你当姐姐，你看你做的什么事情？"

田秀秀冷眼看向了珊丹，说："这是县城，这是认识哈斯巴根的人最多的地方，上次他不是找你那什么了吗？"

珊丹突然意识到了什么，张大了嘴巴。

"你来城里干什么来了？天可不早了，我送你回家吧？"哈斯巴根还在看着身后的几十个男人。

珊丹低着头说："我就是想你了，来看看，我阿兀也在城里的家中。"

哈斯巴根一愣，马上回过神来，说："你先回家，明天来医院看我，好不好？"

"好吧，我回家，秀秀姐，我刚才不好……"

哈斯巴根推着珊丹走出了几步，说："没事，没事，快回家，别出来乱跑。"

哈斯巴根见田秀秀有些不高兴，用胳膊肘碰了碰她，说："怎么了，她不是有心的。"

"没心还打了我两耳光，那要是成心的还不得朝我开枪啊？"田秀秀的愤怒发作了。

哈斯巴根干笑了两声，田秀秀白了他一眼，说："哎，我问你，这事你必须回答我，你到底喜欢不喜欢珊丹？"

"这不是你该知道的事。"哈斯巴根看了看周围，没人，小声道："这是生活里的事，我可以不听你的。"

田秀秀抡了哈斯巴根两拳，说："你怎么这么烦人啊！"

"我请你下馆子，怎么样？"哈斯巴根摸出几块大洋来看了看。田秀秀这才感觉出自己真饿了，说："好吧，替你的格格赔偿本姑娘一下。"

走进饭馆，哈斯巴根发现楼下楼上人声嘈杂得像沸水一样，几乎大部分是额尔尼的卫队队员，还有少量齐王的卫队队员。

道尔吉喝得红头涨脸的，看见哈斯巴根，怒火中烧，抓住哈斯巴根的衣领子，吼道："哈斯巴根，你是蒙古贵族，不要干脸上无光的事情，你说你总和这个狐狸精出双入对的，是什么意思？"

"谁是狐狸精？你怎么说话呢？"田秀秀吃不住劲了。

道尔吉拔出短枪来，指着田秀秀，说："今天我就崩了你，看你还怎么勾引哈斯巴根？"

哈斯巴根出手抬高了道尔吉的胳膊，一枪打空，吓得楼上楼下都静了下来，楼上的卫兵呼啦一下就围了过来。

额尔尼走出包间，问道："谁在开枪？"看了一眼，立马明白了，说"道尔吉，收起你的枪，有什么事找索王说，进来！"

道尔吉这才很不情愿地走进包间，哈斯巴根把田秀秀推进另一个包间，关上门，自己走向了额尔尼的包间。

包间里坐着额尔尼、齐王、道尔吉、竹下光治，哈斯巴根笑着向竹下光治点了点头。

竹下光治站了起来，说："副会长先生，你也一同坐下吧！"

"不啦，我过来问候一下齐王、额王、竹下先生，你们尽兴吧！"哈斯巴根退了出来。

郭尔罗斯 铁血队
The Gorlos Iron-willed Commando

饭后,来到胡记皮货店,哈斯巴根看见抱着大鞭子在树下一动不动的嘎力根,天气冷了,可他就是一动不动。

哈斯巴根推开大门走了进去,田秀秀朝嘎力根一挑大拇指,嘎力根也跟了进去。

"队长,指导员,你们看看,挖得怎么样?"老唐把一筐土提了出来,看样子快虚脱了。

哈斯巴根在院子里没看见新土,很纳闷儿地问:"挖出来的新土弄哪儿去了?"

"倒到仓库里去了,仓库放啥还不是放呢?"老唐擦了擦汗。哈斯巴根接过了土筐,说:"你歇一会儿,我来!"

老刘上来透了透气,朝田秀秀直摆手。田秀秀笑了一下,钻进了地下。

老刘刚抽了几口烟,就听见嘎力根在院门外喊:"站住!干什么的?"那声音像过年放的爆竹一样响,带着冷气的响。

老刘急忙走到地道口,说:"有情况,我出去看看!"

田秀秀、哈斯巴根和另外一个同志都出来了,趴在地道口听。

老刘来到门口,看见了赵吉庆和他相好的小红,小红看着整个院子,脸上露出了满意的表情。

"请问您是?"老刘恭敬地朝赵吉庆哈着腰笑着脸。

"我是特务队的队长赵吉庆,我想买下这座院子。"他自己点了一根烟,漫不经心地看着老刘。

"哎哟,这可不好意思,这院子我也是刚买下来,打算做点生意,您看这不正收拾呢吗?"

赵吉庆朝老刘脸上喷出了一股烟,说:"兄弟,做买卖还非得在这儿做吗?给我一个面子,你什么价买进的,我什么价买过来,不让你们赔不就行了吗?"

哈斯巴根碰了碰身边的同志,说:"你出去告诉赵吉庆,这院子卖给他,八百大洋就行,后天就可以搬过来。"

同志出来站在老刘身侧,说道:"赵队长,我们东家说了,这院子八百大洋就卖给你,我们买进来时花一千大洋呢,只是以后有什么事,你得照顾我们一下。"

小红立刻兴高采烈地搭上话:"行啊,行啊,这太好了,咱们进去看看吧!"

赵吉庆和小红就要往里走,老刘急忙拦住了他们,说:"赵队长,便宜了您二百大洋呀，恐怕够您两个月的薪俸了吧？还看啥呀？"

赵吉庆笑了笑。

"您没看见我们东家没出来吗？他有病，瘦得皮包骨头的，可能是传染病，您看……"

赵吉庆看了看院落，拉着小红的手说："得了，先别看了，再说，你都看好几次了，后天过来交钱拿钥匙就行了，你们忙吧！"

赵吉庆和小红转身走了。

老刘急忙进到屋里来，说："队长，好险哪，赵吉庆认识你啊。"

"没事，我感觉这个人不是太坏，可以想办法拉过来，所以我才临时决定把这院子卖给他的。"哈斯巴根自己笑了。

田秀秀突然想到了什么，说："哎，你刚才在街上说，感觉哪里不对劲。现在想明白了吗？"

"没有，但我确实是感觉到了哪里不对劲。对了，祖陵碑附近已经有鬼子了，所以我们得研究一下，如何能把劫棉衣、抢石碑两件事都做成了。"哈斯巴根把兜里的烟摸出来，又放了进去。

老刘也有些犯难，说道："我们顺着地道进去，这问题就不大了，可是十车棉衣如何运出城去？鬼子在城门都有把守，只要枪一响，鬼子的援军马上就到，这可是个大问题。"

"十车棉衣运出去已经不容易了，还要分出一些人手去运石碑，这是难上加难啊！"哈斯巴根还是抽出一根烟来点着了说。

查力图一闪身进来了，吓了田秀秀一跳。

查力图一笑，说："队长，你说我在街上看见谁了？"

"谁？"

"我看见柳成龙了，你猜他干啥了？"查力图的小眼睛都快眯到一块儿了。

哈斯巴根不解地看着他。

"柳少当家的，用麻袋扛着一个活人出城了，听麻袋里面的动静，应该是一个女的，我的天哪！"

哈斯巴根很吃惊，说："这怎么可能呢，他是正人君子呀，从来不干伤天害理的事情，他要干什么呢？"

田秀秀瞪了哈斯巴根一眼，说："没一个好东西！哎，先不说这个了，能不能请他再帮一个忙啊？"

老唐钻了出来，说道："请什么请呀，他也在打棉衣的主意呢。"

哈斯巴根笑了。

05

伊德尔打着口哨，里里外外地忙着。哈斯巴根看着觉得好笑，啥事能让这个粗鲁的汉子如此轻快呢？

田秀秀发现哈斯巴根在好奇地看着伊德尔，用下巴朝金子那儿比划了一下，哈斯巴根这才明白过来，朝田秀秀眨了眨眼睛。

"伊德尔，你和金子去仓库打扫一下，别让药材受潮发霉了。"

伊德尔一愣，随即笑着说："好，这就去。"

"你多干点活，脏活累活别让金子干，听见没有？"田秀秀又补上了一句。金子羞红了脸，低着头随伊德尔去了仓库。

哈斯巴根朝田秀秀摆摆手，示意她过来，说："你去找查力图，告诉同志们，只带短枪和弓箭进城，一定要注意安全，分批进来，到皮货店周围等待命令。"

田秀秀点了点头，刚迈出两步又停下来，说："队长，我有个想法。"

"你说吧。"

"我们从地下进入鬼子的仓库，再运棉衣，几十号人，上千件棉衣，目标依然很大，能不能……"

"你要说什么？"

"不如我们直接换上鬼子的军装，然后杀鬼子一个措手不及，然后用鬼子的军车冲出城去，这样把握更大一些。"

哈斯巴根一拍大腿，朝田秀秀一挑大拇指。田秀秀高兴地走了出去。

哈斯巴根背上药箱，朝街上走去。

道尔吉气急败坏地走了过来，差点儿与哈斯巴根撞上。

"你这是干什么，难道还要闹事吗？"哈斯巴根质问道尔吉。道尔吉一挥手，说："我没工夫理你，珊丹被绑票了，也不是绑票，人不见了。"

哈斯巴根心里咯噔一下，谁干的呢？

"我知道了，我还有事，我先走了。"哈斯巴根不想理道尔吉。道尔吉朝哈斯巴根吐了一口，说："狼心狗肺的东西，用不着你！"

七拐八拐的，哈斯巴根敲了一家的大门。门开了，一个中年人问："你找谁？"

哈斯巴根背了一下药箱说："我找柳家少爷，听说他急火攻心，病了！"

那人上下打量着哈斯巴根，哈斯巴根推开他，径直走了进去。

那人急忙拦住哈斯巴根，说："哎，哎，这没有姓柳的少爷，你怎么回事呀，这是你们家呀？"

门一动，一个与哈斯巴根年纪差不多的男子走了出来，细高挑，面白目朗，透着一股彪悍，朝哈斯巴根笑，就那么看着哈斯巴根。

"柳成龙你不够意思啊，让老同学就这么站着？"哈斯巴根朝那男子笑着说。

柳成龙看了看自己的皮靴，两目放光，说："你小子，我还怎么够意思呀，上次帮你我死了十几个弟兄，你连个面都不露一下，谁不够意思啊？"

"活该！小时候你吃了我那么多好吃的，你也没给一分钱呀，你想白吃呀？帮我是你应该做的。"

"我白吃你的？我阿兀给你家干了多少活，你知道不知道？我欠你个屁呀？"

哈斯巴根推开柳成龙，自己走进屋内，坐下，说："上次军火的事多亏了你，你和柳大叔也够意思，但我告诉你，你以为我不知道你的军火从哪儿来的吗？还不是郭尔罗斯老百姓供养你们东北军时留下的，你为他们做事总是应该的吧？"

柳成龙笑了，说："直接说什么事什么条件吧，别拐弯抹角了。"

"两件事需要你帮忙……"

"两件事？你一张嘴就是两件事？你干啥呢，使唤长工呢？"

哈斯巴根笑了，说："第一件事，你把珊丹放了，在郭尔罗斯也就你有这种能耐，她是我的未婚妻……"

柳成龙笑了，说："咱们两个是冤家吧，我看上的啥都是你的，我看上的鬼子军火是你的，我看上的女人是你的未婚妻，凭什么呀？就凭你一张嘴？"

"第二件事，我知道柳大叔在城外，吸引鬼子的注意力，你在城内下手，我求你不到万不得已的时候不要开枪，我总感觉哪里不对劲。"

"第二件事我可以答应你，但第一件事不行，我一眼就看上了珊丹，我就认定了她就是我的，就是冲着她，我才不和你争棉衣的，不然……"

"柳成龙，我告诉你，额王也不是好惹的，鬼子可能找不到你，但额王要想找你还是不太费劲的，你没必要这时候激怒他，我这是好心，你别当成驴肝肺了。"哈斯巴根扔给柳成龙一个纸包，"这是泄火的，你越来越不是东西了。"

柳成龙看了看纸包，又看了看哈斯巴根的背影，笑了，抽出一根牛肉干放到嘴里，嚼了起来。

哈斯巴根和田秀秀在夜色中走出医院，走向了城门。到城门附近，他们又拐向了一条街里，三拐五拐来到了胡记皮货店。

看着屋子里的几十号人，哈斯巴根很满意。巴特尔近前，说道："队长，行动吧！"

"巴特尔、查力图、嘎力根打前阵，要注意动静不要闹大了，进了仓库马上换鬼子的军装，明白吗？"哈斯巴根严肃道。

"明白！"巴特尔、嘎力根和查力图拿着铁锹下了地道。

哈斯巴根看了看同志们，同志们清一色短枪配弓箭，厉声说："下地道！"

同志们陆续下去。哈斯巴根拦住老刘和老唐说："老刘你断后，老唐你在外面，你去柳成龙那里，关键的时候与我们联系。"

"好，我这就去。"老唐戴上帽子，转身出去了。

哈斯巴根一挥手，与田秀秀下了地道。

几百米的地道，很快走到了尽头。查力图正用铁锹往下挖土，突然挖到了箱子，弄出了一声响，吓得他急忙停下来。

"过来！"嘎力根招呼巴特尔。

巴特尔与嘎力根各出双手伸在箱子下面，查力图明白了，继续用铁锹往下挖土，箱子很快就往下沉，直至落到巴特尔与嘎力根手中。

打开箱子一看，果然是鬼子的军装，三人各自穿上走出了地道。仓库很大，有些空旷，查力图示意巴特尔藏起来，准备好弓箭。

接着哈斯巴根也钻了出来，听了听，急忙朝查力图、嘎力根二人打手势，要他们停下来。

过了一会儿，城外传来枪声，不是很激烈。

哈斯巴根钻出地道，说："行动！"他躲在一个角落里，抽箭搭弓瞄向了门口。

查力图走到仓库门口，敲着仓库门；嘎力根躲到了门右侧，手里握着一把刀。

门开了，一个鬼子端着刺刀小心翼翼地进来，他看见了查力图，说："八嘎，你的什么人？"

嘎力根往一侧闪了闪，举起了双手，嘴里叽里咕噜地说着他自己都不知道什么意思的话，那个鬼子蒙了。巴特尔一箭正中鬼子心脏，鬼子一下子倒了下去，枪扔出去弄出一声响。嘎力根闪身出去，把另一个鬼子捅了个透心凉，拖进了仓库。

查力图和嘎力根捡起三八大盖站在了仓库门口，不断地向院里看去。哈斯巴根一挥手，地道里的同志们都出来了，纷纷打开箱子换上鬼子的军装。

哈斯巴根接过田秀秀送过来的军装，麻利地换上，他走到仓库门口向院子里看去。

哈斯巴根向查力图招招手，查力图过去。哈斯巴根一指楼顶的鬼子，说："小心他身边还有埋伏！"

查力图点点头，和嘎力根猫腰闪到墙根下，很快绕到了楼后面。哈斯巴根和田秀秀站在了仓库门口，田秀秀向后招手，见过来几个同志，田秀秀接着说："准备！"

那几个同志找好角度，抽箭搭弓，瞄准了院子里的几个鬼子。

楼上的鬼子突然倒了下去，又被扶住放倒在楼顶上。哈斯巴根知道得手了，一挥手，十几支冷箭射了出去，院子里的鬼子纷纷倒了下去。

"快，冲进宪兵队，不到万不得已时不要开枪！"哈斯巴根拔出刀，领着同志们就冲进了宪兵队。

门口的鬼子蒙了，看见一群自己的同类，又不像自己的同类，他们手中拿着弓箭，正在犹豫之际都被射倒。

哈斯巴根一进宪兵队就捅倒了迎面过来的两个鬼子，同志们散开了，到处放箭，到处扔飞刀，鬼子很快就被弄死十几个。

宪兵队三楼的鬼子很快就被杀干净了，哈斯巴根觉得进攻太快、太顺了，一共才二十几个鬼子，其他鬼子呢？

就在哈斯巴根还没想明白的时候，田秀秀跑了过来，喊："队长，队长！"

哈斯巴根看向田秀秀，田秀秀手里提着一件破棉袄，说："在鬼子的后院发现了一堆这种破棉袄、破衣服，这是怎么回事？"

哈斯巴根脑袋里回想起在街上看到的那些男子，特别是那个被田秀秀打了两耳光啥也没说一脸愤怒的男人，说："坏了，我们中计了，你还记得那些街上的男子吗？为什么送到这里的棉衣有十辆军车，这里有那么多的鬼子吗？"

田秀秀明白了，说："你是说，山本四郎暗中调动鬼子来增援了？"

"对，他想用优势兵力围剿我们，告诉同志们装车，注意宪兵队外面的鬼子，快！"哈斯巴根明白了，可是晚了！

06

查力图跑到哈斯巴根近前,哈斯巴根想了想,说:"查力图,你带人学鬼子站岗放哨。田秀秀你带几个人从地道回去,找到老刘,然后穿插到城南地带袭击额尔尼的卫队、警察、特务,再向北向新来的鬼子开火,明白吗?"

"明白,山本四郎带走了他原来的部下,新来的鬼子在等待时机围剿柳成龙。"

哈斯巴根一挑大拇指,田秀秀一挥手带着几个同志返回了地道。

"巴特尔、嘎力根,快装车!"哈斯巴根整理了一下鬼子军官的军装,大模大样地站到了查力图身边。

一伙鬼子端着枪向宪兵队围了过来,查力图拔出短枪就要开火,哈斯巴根拦住他,说:"不要慌,看我的。"

哈斯巴根推开了门,用日语说道:"城南有枪声,你们要坚守阵地!"

一个鬼子军官看着院里,只有仓库里有灯光,说:"我们奉山本机关长之命回来……"

哈斯巴根打断他,说:"混蛋,你的任务是配合城南部队,围剿进来的土匪,作战之前没向你下达命令吗?"

"嗨!"那个鬼子军官见对面的人说得有理,立马领人向南围了过去。

在城南与城中心地带响了几枪,接着响起了密集的枪声,子弹带着火线不断在夜空下划来划去。

巴特尔跑了过来,说:"队长,车少衣服多,装不下了,怎么办?"

"装多少了?"

"怎么也有八百多件了。"巴特尔听着远处的枪声,有些站不住,老想着冲出去。哈斯巴根拉住他,"够了,跟着团长的同志们也就几百人,你把剩下的军装运到宪兵队的楼里,然后点着了,快!"

巴特尔不明白,但还是去执行了。

田秀秀和老刘领着那十来个同志回来了,哈斯巴根一挥手,说:"同志们上车,从南门出去,柳成龙差不多已经占领南门了,快!"

几十个同志上了六辆军车,军车撞碎宪兵队大门,朝南城开去。

开到高处时,哈斯巴根笑了,说:"秀秀,你看,额尔尼的卫队、马代的警察和鬼子打得多激烈!"

第五章 火烧

"嗯，幸好能让他们自己火拼，化解掉了咱们的压力，不然就坏事了，可祖陵碑怎么办？"

"不管了，咱们的任务是抢夺鬼子的棉衣，现在任务完成了。"哈斯巴根说得很轻巧。

田秀秀很吃惊，问道："哎，怎么说不要祖陵碑就不要了？"

"现在山本四郎正带着大批鬼子等着咱们往里钻呢，你是指导员，你说吧到底钻不钻？"哈斯巴根把话说透，把问题推给了田秀秀。

田秀秀肯定不能拿同志们的性命开玩笑，但又不服气，可也没啥办法，气呼呼地瞪了哈斯巴根一眼。

哈斯巴根见南门附近没有了枪声，知道柳成龙得手了，伸出头去，喊道："柳兄，我们是自己人！"声音在暗夜里传出去很远。

南门角落里的人都收起了枪，哈斯巴根开车出了南门，开出十几里地后停了下来。老唐领着一群人赶着胶皮大马车正等在那里。

哈斯巴根下了车，老唐过来，说："队长，柳成龙的人还没撤出来，下一步怎么安排？"

"你们卸下一辆车，将这辆空汽车留给我，然后你们开其他车走，越快越好，下边的事容我再想想。"哈斯巴根抽出一根烟来，点着了，抽了几口。

一伙人跑了过来，哈斯巴根扔了烟，拿出狼头戴上，说："兄弟们，戴上狼头！"

哈斯巴根戴好狼头后，迎住了那伙人。那伙人中为首的是一个五十岁左右的精壮男人，浑身上下透着一股硬气。

"柳八爷，成龙正在南门，你可以带人去与他会合，然后把鬼子配给额尔尼的卫队、警察都收拾干净啰。"

柳八爷捅了哈斯巴根一拳，说："好小子，听你的，兄弟们上！"

那伙人呼呼啦啦地跑向了南门。

老唐过来说："队长，装好了。"

"好，你们快走，注意安全。"

老唐上了汽车，领着车队向远处开去。

"老刘，你领人去支援成龙他们，要注意，打一会儿就全部撤出来，不要与鬼子纠缠，查力图领几个人去祖陵碑那骚扰一下山本四郎就撤，嘎力根你回医院，有人问我和秀秀的去向，就说回家了。"

查力图领着几个同志上了汽车，朝祖陵碑方向开去。

这时城内的枪声大作，接连不断地响起了爆炸声，火光冲天而起。

老刘领着几十号同志向城内增援而去，嘎力根赶着一辆大车尾随而去。

田秀秀见只剩下她和哈斯巴根两个人了，问道："咱们真去你家？"

哈斯巴根笑了一下，说："当然回我们家，不过我得先去寺里一趟，走，从城西绕过去。"

山本四郎听枪声稀疏了，气急败坏地站了起来，说："撤回宪兵队！"

这时，四周响起了枪声，打倒了他身边的几个鬼子。

"射击！"山本四郎来了劲头，他以为他要的结果就要出现了。

枪声响了起来，渐渐密集起来，突然对面的枪声消失了。一个话务兵跑了过来，报告道："机关长，宪兵队不仅被抢，还被烧了，袭击城南的人跑了，宫本队长死了！"

"八嘎呀路！回援宪兵队！"山本四郎领着鬼子朝宪兵队跑去。

宪兵队的大火还在热烈地燃烧着，已然成了一片火海。

一群鬼子伤兵跑了过来，鬼子军官抓着马代的领子不放，额尔尼、赵吉庆也领着一群伤兵跟了过来，山本四郎看着他们眼里直冒火。

火光照亮了这群惨不忍睹的伤兵。那个鬼子军官给了马代两耳光说："你的良心大大地坏了，敢向大日本皇军，开枪！"

马代哆嗦着哭丧着脸说："机关长，是您命令我们一定要消灭铁血队的，您说的铁血队有可能会换成皇军的军装，这、这大半夜的，哪里分得清啊，机关长！"

"宪兵队着起大火，你总应该看见了吧？"山本四郎也怒了，好像他第一次在众人面前发怒。

"机关长，正因为宪兵队着了大火，我们才以为铁血队要往外冲，我能不拼命吗？"马代都吓尿了。

山本四郎铁青着脸，看着烧落架的宪兵队问："有人向你开枪，再向中村君开枪，于是你们就打了起来？"

"是这样的，机关长，皇军不是也没想过来吗？"

山本四郎拔出军刀，一转身，刀向马代脖子砍了过去，血柱蹿得很高。额尔尼、道尔吉吓得直往后退。

"他们是新来的皇军，他们不明白，你们也不明白？铁血队就几十个人，能有那么强的火力吗？啊？！"山本四郎要发疯了。

竹下光治领着一队鬼子跑了过来报告道："机关长，城西没有任何动静。"

山本四郎收起战刀，想了想说："额王，你回去休息吧，我们去满蒙会馆吧！"

鬼子向满蒙会馆走去，哀号声此起彼伏。额尔尼出了一口长气，说："我们回去吧！"

"珊丹呢，妹妹怎么办？"道尔吉这才想起了珊丹。额尔尼直拍脑袋说："这事得找索王了，他和几股马匪有交情，只好求他了。"

山本四郎赶到满蒙会馆时惊呆了，满蒙会馆也着火了，哈斯巴根的医院也着火了，幸好火势不大。

赵吉庆朝警察、特务们挥手喊："快救火，快救火！"警察、特务们很不情愿地上去救火。

山本四郎到哈斯巴根的医院前看了看，伊德尔正领着几个人在扑打火苗子，金子披着衣服冻得直跺脚。她突然看见山本四郎，愣了。

07

一阵枪响惊醒了哈斯巴根，他一骨碌爬起来，迅速穿好衣服，推门而出，顺着枪声跑了过去，原来是索王和家里的下人们在打枪。他笑了笑又走回了屋子。

家人已经把早饭送到了屋子里，田秀秀端盆水进来。哈斯巴根一边洗脸一边笑，田秀秀以为笑自己，问："你傻笑什么，我哪里好笑？"

"我不是笑你，我是笑老刘，他怎么把我父亲说服的呢？你没听见枪声吗？我父亲正领着家人们练枪呢。"

田秀秀白了哈斯巴根一眼，说："哎，昨天晚上你和布仁大师聊的什么，我怎么一句也没听懂呢？"

"佛经啊！"

"不对，我猜是跟祖陵碑有关系，可我没想明白有什么关系。"田秀秀把毛巾递给了哈斯巴根。

哈斯巴根擦了擦脸，坐到桌前大口大口地吃了起来。田秀秀一边吃一边想，哈斯巴根用筷子敲了敲碗边，说："别想了，一会儿通知老刘他们少数几个人到火车站观察一下，发现鬼子就开枪，把车站弄得越乱越好。"

田秀秀更糊涂了。

哈斯巴根进了城，发现城门边鬼子把守得更严了。

来到医院前，他看着烧得发黑的房子喊了起来："伊德尔、嘎力根，你们出来！"

郭尔罗斯 铁血队
The Gorlos Iron-willed Commando

伊德尔和金子出来了。伊德尔低声说道："少爷，昨天晚上城里打乱套了，马匪趁机烧了医院和满蒙会馆，还好医院损失不大。"

哈斯巴根看见了山本四郎，问道："山本先生，这、这又是你们的行动？"

"嗯，昨天晚上围剿柳成龙的匪帮，没想到他和铁血队搅和在了一起，结果让他占了一些便宜，你的医院损失不大，修一修就可以了。"

"山本先生，我哪还有钱修医院呀，自开业以来，钱挣了一些，可不是给、给了皇军五万大洋吗？这可真是难题，郭尔罗斯怎么会变成这样了呢？太让我失望了。"

"哈斯巴根先生，有皇军在一切都不是问题，现在请你帮我救治一下昨晚受伤的皇军吧。"

哈斯巴根很无奈，进屋里取出药箱和一个兜子，说："走吧，这个忙我得帮。"

进了满蒙会馆，地上躺着一地伤兵，哈斯巴根洗净手戴上手套，开始给受伤的鬼子包扎、手术，忙得满头大汗。

竹下光治进来报告："机关长，火车站出现了铁血队，开枪打死打伤几名士兵，在车站乱蹿抢走一个长箱子后逃跑了。"

山本四郎笑了笑说："好了，不用管他们了，咱们的汽车走了多长时间了？"

"天一亮就开走了，现在应该到乌京附近了，应该没什么问题了。"

"好了，我到郭尔罗斯大半年来总算是办妥了一件大事。"山本四郎一摆手，竹下光治退了出去。

柳成龙端着酒碗来到气呼呼的珊丹面前，说："珊丹，你别这样啊，有人能杀鬼子，我也能，昨天晚上我和鬼子打了大半夜，我比起某个人来，也能说得上英俊威武了吧；论家势，我家也顶一个蒙古王爷了吧？"

珊丹白了柳成龙一眼，说："你就是个土匪，我怎么能看上你？"

柳成龙看了看正在微笑的柳八爷，说："爹，你觉得珊丹怎么样？"

柳八爷喝了一口酒，说："好啊，好啊，出身名门，长得俊俏，比她那没出息的爹强多了，我挺满意的。"

柳成龙又走到珊丹面前，说："听见了没有？我爹也觉得你行，那你就是行，我告诉你，你这辈子就是我的人了，其他人敢跟我抢你，我就和他玩命，你信不？"

珊丹朝柳成龙吐了一口，说："你做梦吧！"

查力图和老唐进来，老唐把柳成龙拽到角落里低语了几声，柳成龙想了想，又走到柳八爷耳边低语了几句。柳八爷愣愣地看着柳成龙，柳成龙点了点头。

柳成龙倒满了酒,举起大碗,说:"兄弟们!"

兄弟们都看着柳成龙。

"兄弟们,咱们和小日本已经公开翻脸了,我现在有个决定,告诉兄弟们一声,那就是我柳成龙决定带着一批兄弟上山投奔抗联去,天天杀鬼子,图个痛快,你们说怎么样啊?"

兄弟们都没有心理准备,相互看了看。

"你们说怎么样啊?"

"我们听少当家的!"兄弟们喊了起来。

"兄弟们,我这样决定是有正当原因的,我爹落草为寇是想图个痛快,能杀富济贫,可没想到小鬼子来了,他们更不是东西,但是与小鬼子斗法,还得说人家抗联有本事,咱们不能一辈子就当胡子土匪吧?我不强求兄弟们,有愿意跟我走的就跟我走,不愿意走的留下跟着我阿兀,咱们还是一家人!"

柳成龙一口喝光了碗里的酒,"啪"地摔碎了碗。

一阵摔碗声响过之后,柳成龙走到了珊丹面前,看了看珊丹,又笑了起来,说:"兄弟们,这就是咱们压山寨的少夫人,以后看见了都给我敬着点。"

兄弟们一阵笑。

"你吃点东西,一会儿我找人送你回去,不过你可得记住了,你是我的人,听见没有?"

"你做梦!"珊丹站起来,一脚踢翻了面前的桌子。

柳成龙领着几十号兄弟加上几十个郭尔罗斯青年出发了,走在初冬的冷风中。

走到一个山包下面时,突然周围出现了鬼子,为首的鬼子用生硬的中国话说道:"举起手,你们,被包围了!"

柳成龙见周围有几挺机关枪对着兄弟们,说:"皇军,我们是进山砍木头的,不信你们过来搜一搜。"

鬼子的包围圈越来越小。柳成龙小声地说:"兄弟们,准备手榴弹!"

他身边的几个人拿出了手榴弹,突然一个人蹿了出去,用日语说道:"他们是抗联,他们有手榴弹!"

鬼子越走越近,还把枪收了起来,那个说日语的人蒙了,"他们是反抗分子,你们消灭他们,我是特高课的大岛裕田……"

为首的鬼子军官扔掉了帽子,原来是小罗,他一枪击中了大岛裕田,大岛裕田死不瞑目。

"你们怎么知道我的兄弟中有特高课的鬼子?"柳成龙问老唐。

老唐笑了，说："是你的老同学想明白的，你看啊，山本四郎开始时只想用祖陵碑引诱铁血队上当，可后来却暗中增兵包围了在城内的你，他怎么知道你想抢棉衣？他怎么知道你的具体位置？"

柳成龙点了点头，说："幸好我爹留了一手，里外夹攻才夺下了南门，不然就坏事了。"

"棉衣的事，你的老同学替你解决了，你呢杀死鬼子也没少捡枪支弹药，这可不亏本呀。"老唐别有内容地看着柳成龙。柳成龙笑了，说道："你直接说你什么意思吧？"

"愿意上山投奔抗联的人你得容许我带走，其他的兄弟你可以领回去。"老唐答道。

"行，我和我爹都佩服抗联，不然你以为我就那么愿意配合那小子？至少得讲好价钱吧？"柳成龙笑道。

柳成龙的一席话逗得在场的人都笑了起来，笑声在风中传出去很远。

天快黑的时候，哈斯巴根累得快直不起腰来了。山本四郎给哈斯巴根擦了擦汗，说："多谢哈斯巴根先生！"

哈斯巴根笑了笑，说："没什么，没什么，医生的天职就是救人嘛。"

竹下光治满脸白色地跑了进来，趴到山本四郎耳边说了两句话。山本四郎不会动了，问道："石碑怎么会是假的呢？石碑怎么会是假的呢？"

"司令部的人说，那石碑上的红漆是新刷上去的，并且石碑上文字不对。"

山本四郎一拳把一张桌子击碎。

哈斯巴根回到了家里，在屋里与田秀秀喝着小酒，田秀秀脸上洋溢着笑容。

"你们是怎么把石碑藏起来的？藏在哪里了？"

哈斯巴根得意地说："其实这一切都是布仁大师做的，只不过我出的主意，他先刻一块新的，夜里偷梁换柱了，至于真的石碑你猜藏在哪里了……"

田秀秀想了想，说："原来是这样啊，山本四郎也刻了一块石碑，满心欢喜地以为把假石碑偷走后又立了一块假的，那真石碑藏在哪儿了我一时半会还真想不到。"

"你不愧是指导员，聪明，真石碑就藏在离原来不远的地方，山本四郎做梦也想不到的。"哈斯巴根喝了一杯酒，他长出了一口气。

田秀秀一愣，又想起了那辆马车，这是以其人之道还治其人之身啊，她朝哈斯巴根挑起了大拇指。

第六章

风袭

山本四郎走进新装修的办公室，满意地点点头，看了看窗外，卫兵报告：

"机关长，中村队长来见！"

中村大雄走了进来，说："山本君，我向关东军司令部做了请示，司令部批准我留下来，接替宫本君。"

山本四郎乐意中村大雄坐下，说："这对我来说是个绝佳消息，中村君，现在在郭尔罗斯你唱黑脸，我唱红脸，明白吗？"

01

　　山本四郎走进新装修的办公室，满意地点点头，看了看窗外，卫兵报告："机关长，中村队长来见！"

　　中村大雄走了进来，说："山本君，我向关东军司令部做了请示，司令部批准我留下来，接替宫本君。"

　　山本四郎示意中村大雄坐下，说："这对我来说是个绝佳消息，中村君，现在在郭尔罗斯你唱黑脸，我唱红脸，明白吗？"

　　"明白！堂堂大日本皇军不能接受这样的失败！"中村大雄露出了狠意。

　　山本四郎看了一眼中村大雄，说："中村君，我小看了郭尔罗斯，小看了铁血队，我自认为心思缜密，可对方阵营中有比我更厉害的人，所以我们一再受挫。"

　　"一些出人意料的事情的出现，一再打乱了山本君的计划，这也很讨厌！"中村大雄很冷静、很客观，这出乎山本四郎的意料。

　　山本四郎面露喜色地说："中村君，你能如此判断，我太高兴了，一定要消灭铁血队，绝不能在后方出现这样的事情。"

　　额尔尼和道尔吉来到外面，卫兵请他们进去。

　　山本四郎很高兴的样子，说："额王，这位是关东军新调任来的中村大雄队长。"他转身朝中村大雄笑了一下，说："中村君，这位是满蒙协会会长额尔尼王爷，一直帮大日本皇军做事情，你们认识一下。"

　　中村大雄敬了一个标准的军礼，额尔尼满脸陪笑，说："一看中村队长就很干练，日后还请多关照！"

　　"额王，这次请你和道尔吉贝勒来，是有一件大事要商量的。"山本四郎走回办公桌，拿出一张纸来，说："马代是个废物，枉费了我对他的栽培，现在我任命道尔吉贝勒为特务队长兼警察署署长，希望你不要辜负了我的期望！"

　　额尔尼和道尔吉都惊得一愣，道尔吉随即接过委任状，朝山本四郎敬礼，说："我一定不会辜负机关长的厚望！"

　　"既然中村队长要驻扎在郭尔罗斯了，今天又有道尔吉这样的喜事，不如我请机关长、中村队长吃饭，吃全鱼宴，怎么样？"额尔尼的脑门上出汗了，山本四郎朝中村大雄又笑了一下。

第六章 风袭

"查干湖三百多平方公里,听说那里的鱼是很有名气的,找个机会真得品尝一下。"山本四郎看起来心情不错,说:"准备吧,中午我们准时赴宴!"

额尔尼和道尔吉谄媚地哈了哈腰,出去了。

"这些人不会别的,就会溜须拍马,指望他们非耽误事情不可。"中村大雄狠狠地说。

山本四郎"嗯"了一声,"没办法,我们要跟上他们的思路,才能更好地控制这里。"

道尔吉又回来了,没敲门就进了办公室,说:"报告机关长,我的人在清理仓库时,发现了地道口,地道直通一家皮货店,在皮货店他们抓住了赵吉庆!"

"八嘎!"山本四郎怒骂着快步走出办公室,来到仓库,下了地道,走到胡记皮货店。赵吉庆和小红正被几个警察拿枪逼着呢。

山本四郎连扇了赵吉庆几个嘴巴,打得他嘴角流血,满脸红肿。

"你私通反满抗日分子,必须得死!"山本四郎伸手去掏腰间的手枪。

赵吉庆扑通就跪下了,说道:"机关长,机关长,我怎么可能私通反满抗日的人呢?这事就是碰巧了,我老婆相中了这套院子,非要买下来,那天晚上就来谈这事了,确实碰到了三个男的在这儿收拾房子,可我也不知道他们是铁血队的呀,机关长饶命啊!"

山本四郎拉开枪栓就要开火,中村大雄拦住了他说:"机关长,既然他看见人了,就暂且饶了他,回去画影悬赏抓捕铁血队。"

山本四郎的火消下去了一些,中村大雄突然抬手一枪,击中小红心脏,小红像块红布条一样软了下去。

"赵吉庆,你若再不思为大日本皇军服务,整天吃喝玩乐,她就是你以后的下场!"中村大雄面无表情地收起了枪。

赵吉庆瘫坐在地上,眼泪鼻涕一起流了下来,人走光了才哭出声来。

山本四郎和中村大雄、竹下光治到了饭店,才发现齐王、哈斯巴根也在。额尔尼急忙过来说:"机关长、中村队长,今天我这一顿饭办了两件事,一是给中村队长接风,二是给齐王送行。"

"哦,给齐王送行?齐王要去哪里呢?"山本四郎很吃惊。

齐王咳嗽了两下说:"我年事已高,要去乌京了,这里就请山本机关长多多费心了。"

"我来到郭尔罗斯还没有与齐王一起治理郭尔罗斯呢,你就去乌京了,太

115

让我遗憾了！"山本四郎的眼中明显有了蔑视。

齐王笑了笑："这没有什么可遗憾的，这里还有额王，还有年轻的哈斯巴根，他们都是郭尔罗斯草原的头狼，有什么事机关长可以与他们商量嘛，都一样的。"

额尔尼招呼众人坐下，全鱼宴摆好了，饭馆对面的湖面上传来众人的呼喊声。

"那里在干什么？"山本四郎很是不解，中村大雄只看了一眼。

"山本先生，快到一年一度的查干湖冬捕了，郭尔罗斯人正在准备着呢，届时也请您来参加。"哈斯巴根止不住脸上的笑容说，好像捕鱼的人是他一样。

山本四郎站起来走到窗前看了看湖面，又走了回来，说："冬捕是民间活动，我不能参加了，免得生出是非来，那达慕大会就是个教训。"

额尔尼端起酒杯，说道："机关长，咱们不说这些了，此番只是吃鱼，喝酒，聊大日本帝国嘛。"

齐王接着额尔尼的话说："额王不能光想着吃鱼喝酒，你得想想，冬捕出产那么多肥美可口的鱼，得给机关长、中村队长，还有乌京的关东军司令部送些查干湖的鱼，不然这大冷的天会少了不少乐趣的。"

"一定，一定，这事我一定想着。来，我敬机关长、中村队长，还有齐王。"额尔尼全然没把齐王的话当回事。

放下酒杯，山本四郎看了看中村大雄，说："中村君，这位是满蒙协会的副会长哈斯巴根先生，他父亲是索王，他们父子一身是胆，索王曾经打死、打伤过数名帝国的士兵。"他看了看哈斯巴根，"不过哈斯巴根先生赔偿了我们五万大洋和一千晌土地，他还是很友好的，两次帮忙救治我们的伤兵，你们以后还会有更多的接触。"

哈斯巴根急忙站起来，端着酒杯，说："中村队长，刚才山本先生所说的事都过去了，我敬您，希望郭尔罗斯繁荣，希望满洲国早日成为王道乐土！"

中村大雄看了看哈斯巴根，一口喝光了杯中酒。

哈斯巴根坐着鬼子的摩托车进城时，发现城墙上贴有几张侦缉令，上面有一个人的头像。路过一处路边的侦缉令时，他才看清，上面画的是老刘的头像。

坏了，地道口没堵死，一定是赵吉庆告诉鬼子的，幸好他没看清嘎力根。

路过医院，哈斯巴根下车，朝山本四郎摆摆手后走进了医院。

第六章 风袭

"查干湖三百多平方公里,听说那里的鱼是很有名气的,找个机会真得品尝一下。"山本四郎看起来心情不错,说:"准备吧,中午我们准时赴宴!"

额尔尼和道尔吉谄媚地哈了哈腰,出去了。

"这些人不会别的,就会溜须拍马,指望他们非耽误事情不可。"中村大雄狠狠地说。

山本四郎"嗯"了一声,"没办法,我们要跟上他们的思路,才能更好地控制这里。"

道尔吉又回来了,没敲门就进了办公室,说:"报告机关长,我的人在清理仓库时,发现了地道口,地道直通一家皮货店,在皮货店他们抓住了赵吉庆!"

"八嘎!"山本四郎怒骂着快步走出办公室,来到仓库,下了地道,走到胡记皮货店。赵吉庆和小红正被几个警察拿枪逼着呢。

山本四郎连扇了赵吉庆几个嘴巴,打得他嘴角流血,满脸红肿。

"你私通反满抗日分子,必须得死!"山本四郎伸手去掏腰间的手枪。

赵吉庆扑通就跪下了,说道:"机关长,机关长,我怎么可能私通反满抗日的人呢?这事就是碰巧了,我老婆相中了这套院子,非要买下来,那天晚上就来谈这事了,确实碰到了三个男的在这儿收拾房子,可我也不知道他们是铁血队的呀,机关长饶命啊!"

山本四郎拉开枪栓就要开火,中村大雄拦住了他说:"机关长,既然他看见人了,就暂且饶了他,回去画影悬赏抓捕铁血队。"

山本四郎的火消下去了一些,中村大雄突然抬手一枪,击中小红心脏,小红像块红布条一样软了下去。

"赵吉庆,你若再不思为大日本皇军服务,整天吃喝玩乐,她就是你以后的下场!"中村大雄面无表情地收起了枪。

赵吉庆瘫坐在地上,眼泪鼻涕一起流了下来,人走光了才哭出声来。

山本四郎和中村大雄、竹下光治到了饭店,才发现齐王、哈斯巴根也在。额尔尼急忙过来说:"机关长、中村队长,今天我这一顿饭办了两件事,一是给中村队长接风,二是给齐王送行。"

"哦,给齐王送行?齐王要去哪里呢?"山本四郎很吃惊。

齐王咳嗽了两下说:"我年事已高,要去乌京了,这里就请山本机关长多多费心了。"

"我来到郭尔罗斯还没有与齐王一起治理郭尔罗斯呢,你就去乌京了,太

115

让我遗憾了！"山本四郎的眼中明显有了蔑视。

齐王笑了笑："这没有什么可遗憾的，这里还有额王，还有年轻的哈斯巴根，他们都是郭尔罗斯草原的头狼，有什么事机关长可以与他们商量嘛，都一样的。"

额尔尼招呼众人坐下，全鱼宴摆好了，饭馆对面的湖面上传来众人的呼喊声。

"那里在干什么？"山本四郎很是不解，中村大雄只看了一眼。

"山本先生，快到一年一度的查干湖冬捕了，郭尔罗斯人正在准备着呢，届时也请您来参加。"哈斯巴根止不住脸上的笑容说，好像捕鱼的人是他一样。

山本四郎站起来走到窗前看了看湖面，又走了回来，说："冬捕是民间活动，我不能参加了，免得生出是非来，那达慕大会就是个教训。"

额尔尼端起酒杯，说道："机关长，咱们不说这些了，此番只是吃鱼，喝酒，聊大日本帝国嘛。"

齐王接着额尔尼的话说："额王不能光想着吃鱼喝酒，你得想想，冬捕出产那么多肥美可口的鱼，得给机关长、中村队长，还有乌京的关东军司令部送些查干湖的鱼，不然这大冷的天会少了不少乐趣的。"

"一定，一定，这事我一定想着。来，我敬机关长、中村队长，还有齐王。"额尔尼全然没把齐王的话当回事。

放下酒杯，山本四郎看了看中村大雄，说："中村君，这位是满蒙协会的副会长哈斯巴根先生，他父亲是索王，他们父子一身是胆，索王曾经打死、打伤过数名帝国的士兵。"他看了看哈斯巴根，"不过哈斯巴根先生赔偿了我们五万大洋和一千晌土地，他还是很友好的，两次帮忙救治我们的伤兵，你们以后还会有更多的接触。"

哈斯巴根急忙站起来，端着酒杯，说："中村队长，刚才山本先生所说的事都过去了，我敬您，希望郭尔罗斯繁荣，希望满洲国早日成为王道乐土！"

中村大雄看了看哈斯巴根，一口喝光了杯中酒。

哈斯巴根坐着鬼子的摩托车进城时，发现城墙上贴有几张侦缉令，上面有一个人的头像。路过一处路边的侦缉令时，他才看清，上面画的是老刘的头像。

坏了，地道口没堵死，一定是赵吉庆告诉鬼子的，幸好他没看清嘎力根。

路过医院，哈斯巴根下车，朝山本四郎摆摆手后走进了医院。

第六章 风袭

哈斯巴根见嘎力根坐在凳子上，直勾勾地看着窗外，他身后的金子还在忙着，伊德尔快乐地给金子打着下手。

金子往里面指了指，哈斯巴根不明白，大步地走了进去。

一进屋，哈斯巴根愣住了，索王和珊丹都一脸的不高兴，田秀秀坐在他们对面，更是一脸的不高兴。

哈斯巴根刚朝索王笑了一下，索王起身就给了他一个耳光子，说："你混蛋！珊丹被柳老八绑了，你怎么不告诉我？"

哈斯巴根揉着脸，说："阿兀，柳大叔他不会伤……"

"住口！你心里根本就没有珊丹，只有这个外来的女人，她是个飘进郭尔罗斯的妖精！"索王额头青筋直冒。

珊丹的眼泪流了下来，狠狠地瞪了田秀秀一眼。田秀秀得意地一笑："索王爷，你这大喊大叫的干什么？你只不过是一个没落的土王爷，你去过北平吗？可能奉天你都没去过，你知道外面的世界吗？"

田秀秀的话彻底激怒了索王，索王抽出匣子枪就是一枪，幸好哈斯巴根反应快，抬高了他的胳膊。

金子、伊德尔推门就跑进来了，哈斯巴根朝他们摆手，说："出去，出去！"

金子、伊德尔只好出去了。

哈斯巴根平静了一下，说："阿兀，秀秀说的有些道理，我会给珊丹一个交代的，您回去吧！"

索王怒气未减，说道："你给什么交代？你怎么给祖制一个交代？不争气的东西！我告诉你，你不娶珊丹，她！"索王指着田秀秀，"她只有死，否则你们休想结婚！"

哈斯巴根一时也不知道说什么好了，索王转身出了屋子，翻身上马，一个人出城了。

"你怎么敢和我阿兀这么说话呢？"哈斯巴根头都大了。

田秀秀没吱声，哈斯巴根拉着珊丹的手说："珊丹，你去我家劝劝我阿兀！"

"劝你阿兀可以，但你必须和我结婚，结了婚我就相信你了。"珊丹不哭了，眼巴巴地看着哈斯巴根。

哈斯巴根拉着珊丹出了屋，来到外面，说："这事我尽快考虑，你看医院着了火，才恢复没几天，你不能老逼着我吧？"

珊丹短暂的甜蜜不见了，正色道："你别拿我当小孩子逗着玩，你的话我可以听，我去找索王。"

望着珊丹的背影，哈斯巴根有些手足无措，珊丹确实不是小孩子了。

02

哈斯巴根进来时，嘎力根正看着他，眼里已经不再冰冷，弄得哈斯巴根有些不适应。

田秀秀快步走了出来，差点没撞上哈斯巴根，说：“你是不是答应跟她结婚了？”

哈斯巴根没明白田秀秀的意思，愣愣地看着她。田秀秀激动地说：“我告诉你，你要是敢和她结婚，我和你没完。”

田秀秀说完就要往外面走，哈斯巴根拉住她说：“哎，你干什么去呀？这天多冷啊！”

"看你那样，还不如伊德尔呢，伊德尔只对金子一个人好，你脚踩两只船，犹犹豫豫的，我去你们家！”田秀秀甩开哈斯巴根的手走了出去。

嘎力根看了看伊德尔，又看了看哈斯巴根，他也出去了。哈斯巴根彻底蒙了，说：“这都怎么了？”

哈斯巴根追了出去，直至出了城才看到田秀秀的身影。追上田秀秀时，哈斯巴根已跑了一头汗，说：“听我说，快去巴特尔那儿，有事发生了。”

田秀秀没说话，和哈斯巴根朝着巴特尔在草原深处的蒙古帐篷走去。

进了帐篷，巴特尔正在煮奶茶，乌兰正在给巴特尔擦枪。乌兰看见田秀秀一脸不高兴忙问道：“秀秀姐，怎么了？”

巴特尔连忙给哈斯巴根和田秀秀倒茶。哈斯巴根接过奶茶，说：“通知老刘、老唐、查力图来这里开会，我预感有事要发生。”

巴特尔急忙出去，上马飞奔而去。

"队长，什么事呀，把秀秀姐急成了这样？鬼子的事吗？"乌兰小心地问着。田秀秀一下子乐出来了，说：“咱们队长要和珊丹结婚了。”

"珊丹格格不错呀，既漂亮又善良，这是大好……好事。"乌兰明白了，声音越来越小。

一会儿，老刘、老唐、查力图来了。

"老刘暴露了，满城都贴着告示捉拿你呢，你要小心，还有过两天就是查干湖冬捕了，你们谁也不准去，千万别闹出事来，我们的任务是干扰鬼子，而不是消灭鬼子，给山上筹集给养，听见没？"哈斯巴根严肃道。

"听见了！"老刘应道。

一个队员进来，很着急的样子说："报告队长，额尔尼和道尔吉正在城西北驱赶牧民，让牧民们腾出那附近的草原来。"

"那片草原是我们家的，不应该呀，我给鬼子土地了，怎么还要呢？"哈斯巴根自言自语道。

田秀秀突然说道："快去你们家，你父王指不定会怎么样对付小鬼子呢！"

哈斯巴根跑出帐篷，田秀秀跟了出来，他们翻身上马，朝索王府一路跑去。马蹄搅起漫天风雪，很快模糊了二人的身影。

到了索王府，索王正牵马往外走，说："跟我去找小鬼子算账，郭尔罗斯是我们的，草原是我们的命根子，上马！"

"阿兀，阿兀，你不能去！"哈斯巴根跳下马来，拽住索王的马缰绳。索王举起鞭子打了哈斯巴根两下，鞭子绳扫过哈斯巴根的脸，留下一道血迹。索王怒吼道："放开！奴颜婢膝的东西！"

"阿兀，阿兀，你看看身边的老人、孩子吧，你看看！"哈斯巴根牵转索王的马头，指着索王府门前的老人、孩子们，他们在寒风中瑟瑟发抖。

索王看了看，明白了，跳下马来，狠狠地把鞭子扔到了地上，说："你说怎么办？你不能眼睁睁地看着他们无家可归吧？"

哈斯巴根见索王不再冲动了，忙说："阿兀，有你在，他们总会有吃住的地方，你这么耍脾气，会出大事的，你是王爷，你不会想法子吗？"

索王也想不出什么法子，走进院子，一脚踢开门，走了进去。田秀秀跟了进去，哈斯巴根安排牧民的吃住。

"索王爷！"田秀秀微笑着看着他，说："额王和道尔吉驱赶了这些牧民，这你不会不知道吧？"

"你什么意思？你要挑拨我和额王爷的关系吗？"

"我是想说，他们受日本人指使，你别上日本人的当，我怎么敢挑拨你们之间的关系呢？"

"这不用你告诉，我心里有数，倒是你……"

田秀秀打断了索王的话，说："倒是我能帮你抢回那片草原，怎么样？"

"就凭你？"

"对，就凭我，只是我帮你抢回草原，你该如何谢我呢？"田秀秀盯得索王收回了怀疑的目光。

"我不用你出头露面，免得让哈斯巴根左右为难，也不用你的一枪一弹，就能抢回草原，如果我抢回来了，你要解除哈斯巴根与珊丹的婚约，怎么样?"

索王很吃惊,想了想,说:"就这么定了,我说话向来是算话的。"

红红的太阳升过了树头,照在查干湖的冰面上,闪着刺眼的白光,风吹过湖面,卷起一片片白烟。

在人喊马叫中,哈斯巴根与田秀秀走入了查干湖湖区。

田秀秀打了哈斯巴根一下说:"你要有点精神头!"

"你怎么能向我阿兀提出解除婚约的要求呢,是不是欠考虑了?"说着,哈斯巴根在人群中看见了珊丹,她正在左顾右盼呢。

田秀秀看看周围挺乱的,小声说道:"你父王和鬼子闹翻是早晚的事情,那就免不了要和额尔尼闹翻,我替你考虑过了,你和珊丹结了婚也好不了,所以呢你就归我了。"

哈斯巴根看着田秀秀,田秀秀就让他看,说:"你也不想想,鬼子为什么会突然驱赶那些牧民,他们不怕激起民愤吗?"

珊丹看见哈斯巴根,跑了过来,白了田秀秀一眼,拉着哈斯巴根,说:"走,去祭奠那块看看。"

查干湖冬捕仪式　　　　　　　　　　王胜臣 摄

田秀秀笑了,珊丹拉着哈斯巴根往祭奠仪式那儿走,哈斯巴根突然看见柳成龙了,柳成龙朝他笑了笑。

所有仪式举行完了,开始捕鱼,先前下去的鱼网被拉了起来,活蹦乱跳的鱼露出了水面,一网打上来好多好多的鱼。

渔民们把大个的鱼或抬或扛,弄到了一起,鱼身摆动,把雪推得溜干净,露出亮晶晶的冰面来。人们都围了过来,人越聚越多。

只见一条最大的鱼被挑了出来,摆在人们面前,主事的人喊了起来,说:"按照往年规矩,头鱼竞价,看哪家大户能讨个好彩头。"

查干湖冬捕出鱼　　　　王胜臣 摄

话音一落,有人喊了五十大洋,人群里一阵笑。有人涨到一百大洋,大洋的数量一直在上涨。

赵吉庆推开人群,走入人群中,说:"竞什么价呀?啊?献给皇军不就完了吗?抬走!"

人群里的人不干了,围住了他,说:"凭什么呀?皇军也不能不讲规矩吧?"

"怎么呀,就给皇军了,谁不服呀?谁不服就他妈地站出来给我看看!"赵吉庆瞪着眼睛看着周围的人。

人群中静了一些,还真有不服劲的说:"赵队长,你别溜须舔腚了,你相好的都让日本人打死了,你还扯啥呀?"人群中一阵大笑。

赵吉庆激了,拔出手枪拉上枪栓对着人群喊:"你出来,你他妈的活够了!"

人群开始往后退，突然一条一鞭子甩过来打落了赵吉庆的手枪，并骂道："小鬼子都是你爹呀，你咋这么孝顺呢？"

赵吉庆"嗷"的一声突然喊起来了："有铁血队，皇军，有铁血队！"

人群炸开了锅，四散奔逃。这一切太突然了，哈斯巴根正想往回走，他知道出事了。

人群中响起了枪声，先是零星的几枪，接着枪声就密集起来了，不断有人倒下去，渔民居多。哈斯巴根这才看见查干湖周围有鬼子在向人群开枪。

人群中也有人向鬼子开枪，哈斯巴根看明白了，那是柳成龙和他的兄弟们。

田秀秀看了看四周的情况，拽住一个大汉，正是巴特尔，说："快，让他们往北跑，北面没有鬼子，快！你跟开枪的人走，快！"

巴特尔扯起脖子喊起来："老少爷们儿，往北跑，北面没有枪！老少爷们儿，往北跑，北面没有枪！"

巴特尔的大嗓门还真起作用了，人们开始向北跑去，哈斯巴根急忙去找额尔尼，额尔尼和道尔吉正指挥特务们开枪。

"额王，停止射击！"哈斯巴根跑到额尔尼面前，说："额王，那里多数是百姓，这样会杀死多少人啊？"

额尔尼看了看湖面上的战况，说："下湖面，包围开枪的人，老百姓全部放过！"

哈斯巴根急忙向北跑去，就在快要追上人群时，北面的三处雪堆下面响起了重机枪的声音，人群中倒下去一片，人们还没明白过来，还在跑，又倒下去一片。

"别跑了，退回去！"田秀秀看了看雪堆下面，又看了看雪堆后面，原来这里围起了铁丝网，铁丝网中间有许多不认识的铁东西，在不断地点头摇动。

鬼子和特务们去追柳成龙了，湖面上留下了几十具尸体，冷风卷着雪面子刮过，那景象惨极了。

哈斯巴根找到了田秀秀，搂了搂她的肩头，说："回去吧，本来是想让你看看冬捕的景象，没想到又搅和了。"

"不白来，鬼子果然有勾当！"田秀秀趴在哈斯巴根耳边小声地说。

03

哈斯巴根笑了，说："这次可真不白来呀，你往那儿看！"田秀秀感觉出来哈斯巴根不是在接自己的话茬儿了，顺着哈斯巴根手指的方向看去，她也抽了一口气，原来是金子和嘎力根，金子正拉着嘎力根的手。

"这怎么回事？"田秀秀不敢相信自己的眼睛。

"我哪知道啊？这世上最难处理的恐怕就是男人和女人之间的事儿。"哈斯巴根笑了一下。

田秀秀打了他一下，也拉起了他的手，说："别吱声，跟在他们后面看着。"

哈斯巴根和田秀秀跟着金子与嘎力根回到了县里，金子和嘎力根没有过分的举动，哈斯巴根长出了一口气。

伊德尔正在扫医院门前的空地，吃惊地看着金子和嘎力根。金子抢过伊德尔手里的工具就开始干起活来，说："冬捕，你怎么没去呀？"

"都走了，医院里不能没人吧？你和嘎力根去的？"伊德尔傻笑着问金子。

金子白了伊德尔一眼，说："嗯，正好遇见了嘎力根大哥就一起去了。对了，那儿打起来了，死了好多人哪，我们就一起回来了，吓死我了。"

哈斯巴根和田秀秀径直走进了医院刚坐好，查力图进来了。查力图还是坐在角落里，直直地看着外面。

外面传来金子和伊德尔打雪仗的喊叫声，田秀秀瞄了一眼金子，说："鬼子在查干湖的北侧肯定有勾当，那里有暗堡，看来很重要。"

查力图想了想，说："明天我和老刘去查个明白。"

"一定要小心，不能靠得太近。"哈斯巴根叮嘱道。

田秀秀想了想，说："我和你们一起去，我得整明白了，我和索王还打着赌呢。"

晚上，田秀秀走进了索王府的客厅，索王正和福晋说着闲话。福晋看见了田秀秀，招呼道："秀秀，快过来坐，我吃了你给的药，好了。"

田秀秀坐下，说："索王爷，我来是想向您借一样东西的。"

索王不愿意搭理田秀秀，鼻子里哼了一声。福晋笑着说："借什么，你说吧？"

"听说索王有一支单筒望远镜,我明天想借来用用,我答应过帮您夺回鬼子抢去的草原,但我现在有些困难。"

索王有些不屑了,说:"行,行,肯定借给你!你确实比珊丹有能耐!"他朝旁边的下人递了个眼色,那人转身不多会儿拿出望远镜递给了田秀秀。

田秀秀接过望远镜对着索王看了一眼,索王吓了一跳。田秀秀说:"索王,我知道你看不上我,我不如珊丹有规矩,但我可以打赌,你以后会像对亲闺女一样疼爱我的。"

田秀秀起来走了出去。

"我看她也挺好的……"福晋笑得合不拢嘴,转过头却被索王冰冷的眼神吓住了。

田秀秀和老刘、嘎力根、巴特尔四个人趴在雪窠子里,身披白衣,用望远镜向铁丝网里看。这次她看得很清楚。

巴特尔啥也看不清,他咧了咧嘴感觉有了尿意,说:"指导员,我去方便一下。"

田秀秀还在看着,说:"注意安全,别让鬼子发现了,查力图你跟过去一下。"

巴特尔和嘎力根猫着腰从雪窠子里出来,向山包下边小跑而去。

"秀秀,看明白是什么了吗?"老刘看了半天也不明白铁丝网里的是啥。

"我昨天看过一眼,和队长说了,他说可能是炼油厂,就是摩托车和汽车都要用的,没了汽油,鬼子的车就是废铁一堆了。"

"哦,这必须得打掉了,害处太大了。"老刘调过头来又看。

突然间身后传来枪响,一连十几枪。田秀秀忽地转过身来看了看,说:"走,巴特尔和嘎力根出事了。"

田秀秀和老刘抽出短枪,猫腰向枪响的方向跑了过去。果然是巴特尔和嘎力根在边跑边开枪,后面的特务倒下去了几个。

田秀秀和老刘举枪射击,特务们转眼剩下三个,他们猫腰转身就跑。

查力图转过身去,一连打倒两个,剩下的一个跑了。

田秀秀走到近前才看清楚,原来披头散发的是乌兰,说:"怎么回事?"

乌兰哭丧着脸,说:"我是和巴特尔一起来的,看见了几户牧民,我想做做他们的思想工作,让他们配合咱们的行动,哪承想碰见了鬼子,差点……"

"好了,你做得很好,老刘,鬼子、特务马上就会上来,我们得撤!"田

第六章 风袭

秀秀把狼头戴好。

几个人都把狼头戴好,老刘想了想,说:"我们这样撤走,会连累那几户牧民的,想个办法一起走。"

"好,往牧民那边撤!"田秀秀向牧民居住地这边跑了下来。

到牧民居住的帐篷边上,田秀秀看了看周围地势,一马平川的无险可守,说:"牧民们,快收拾一下家里的东西,挑重要的拿,不重要的全部扔掉,准备和铁血队一起撤走,快!"

牧民们纷纷转身进了帐篷,老刘几个人找好隐身地点,准备阻击鬼子、特务。

果然,时间不长,鬼子、特务就上来了,赵吉庆一边驱赶着特务往上冲,一边大喊:"铁血队,你们被包围了,举手投降,皇军不会杀你们的。"

查力图一枪击中赵吉庆的胳膊,说:"这阳光要是不刺眼,非打死你个王八羔子!"

枪声一再响起,暂时阻挡住了鬼子、特务。

田秀秀一边射击一边问老刘:"老刘,快想办法,这无险可守,坚持不了多长时间的。"

老刘心里也着急,他滚到查力图身边说:"查力图,你是草原上的人,快想办法!"

查力图早就在想办法了,可也想不出什么办法来,突然一匹马受惊蹿了出去,冲倒了几个没有准备的特务。

老刘和查力图同时回头看了看牧民们的马匹羊群,相视一笑,起身直奔马圈而去。

田秀秀知道他们有办法了,说:"巴特尔、乌兰,掩护老刘、查力图,快,往死里打!"

巴特尔听着枪声不对,一把推开身边的乌兰,一颗子弹击中他的肩头。

乌兰撕下一条布给巴特尔包扎,巴特尔一咬牙,说:"别包了,快打鬼子!"

老刘和查力图找到牧民用的灯油,泼在了羊群牛群身上,打开圈门,赶到田秀秀的前面,用火把点着了一溜牛羊。火烧了牛群、羊群,牛羊像发疯了一样向鬼子、特务跑去。

田秀秀见鬼子、特务忙着对付发疯的牛群、羊群了,忙喊道:"牧民们,快上马,跑出去!"

牧民们背着小包，抱着孩子，翻身上马，贴着马肚子，从牛群、羊群后面很快冲了出去。

田秀秀五个人骑马跟在后面掩护，打倒了十几个或躲闪不及或被牛羊冲倒刚站起来的鬼子、特务。

山本四郎到军医处查看受伤的鬼子、特务，赵吉庆呲着牙想坐起来。山本四郎朝他摆摆手，说："赵队长，你躺下吧。"

赵吉庆有些受宠若惊。

"赵队长，最近你的表现我很满意，本来想恢复你的正队长之职，可你现在有伤在身，只能推后几天了。"

赵吉庆太激动了，还想坐起来，一呲牙又躺下了，给山本四郎行了个军礼。

"机关长，这次遭遇的是铁血队，出现在油田附近，他们在打油田的主意，得早做防范。"

山本四郎点了点头，说："赵队长，依你看，铁血队与柳八爷有没有关系？"

"其实只要我们的谋略得当，他们有没有关系问题都不大，机关长，我有一个想法，不知……"赵吉庆看着山本四郎。

"赵队长，你请讲。"

"我最近才知道，柳八爷的儿子柳成龙竟然绑过珊丹格格，风言风语的，都说他只钟情于珊丹格格，珊丹格格与哈斯巴根贝勒又指腹为婚，她这样在外面跑来跑去的，万一出了事对于额王、索王都不好，不如请额王及早给珊丹和哈斯巴根贝勒完婚，您明白吗？"

山本四郎满意地点了点头，说："对，好主意，到时柳成龙一定会来闹事，我借机消灭他，也成全了珊丹格格和哈斯巴根先生，确实是好主意，你好好休养，我这就去找额尔尼王爷。"

中村大雄见山本四郎满面喜气地出来，问道："赵队长有何高见？"

"我早就觉得他在马代等人之上，终于把他逼成了我们的人了，他提出了让珊丹格格与哈斯巴根贝勒结婚引出柳成龙的办法，这确实是高招！"

"我再给山本君添一招吧！"中村大雄在山本四郎耳边低语了几句，山本四郎点了点，脸上一下子开出了阴冷的花来。

"中村君，铁血队在油田附近出没，我们必须加倍提防，油田可千万不能出事，那会影响到大日本帝国在满洲的运转，所以请你驻守在那里，严加防范！"

中村大雄点了点头，说："我明白，我还要报一箭之仇呢！"

道尔吉跑了过来，说："机关长、中村队长，查干湖的鱼准备好了，宪兵队一车，给关东军司令部两车，全是大鱼呀！"

山本四郎面露微笑，说："好的，有劳道尔吉队长，不过送鱼的事你交给竹下君吧，从现在起，你要加倍小心城内的治安，明白吗？"

"嗨，我明白！"道尔吉给山本四郎行了军礼，冷风一吹，似乎要蹦起来一样。

04

巴特尔站在灯火下，抬不起头来，乌兰低着头。哈斯巴根拿着壶说："乌兰，煮些奶茶，一会儿他们几个来了好热乎一下。"

乌兰答应了一声，像受到了特赦一样，转身出去了。哈斯巴根顺手给了巴特尔两耳光，巴特尔一挺胸说："队长，我知道错了，在查干湖因为我一时鲁莽，有些渔民被杀，所以我才想带着乌兰立一功，没想到……"

"巴特尔，我告诉你，别以为就你有一腔热血，我在山本四郎面前装孙子都快憋炸了，不还得装吗？如果再有下一次，我肯定饶不了你，听见没有？"哈斯巴根真急了，当他看到有渔民被打死，他心疼得直砸胸口。

"队长，我听见了，肯定没有下一次了。"巴特尔答应着。

乌兰进来，把奶茶放在炉子上，看了看巴特尔，说："队长，我以后会更加小心，更遵守纪律。"

田秀秀拉过乌兰说："行了，哈斯巴根，你发完威了，我给你说说白天看到的情况。"

老刘、老唐、查力图都进来了，带着一股寒气。乌兰给他们倒好奶茶，哈斯巴根招呼他们坐下。

田秀秀拿出一张纸来，上面简单地画了几条线："你们看，这是我画下来的，不会错。这里周围是铁丝网，铁丝网南侧的两个雪包极可能是地下暗堡，就是画圈的地方，现在被大雪盖着，很难看出来，如果真是地下暗堡的话，那么铁丝网北侧也应该有两个暗堡，小鬼子总不能顾头不顾尾吧？在铁丝网里面，靠近铁丝网的地方是鬼子的兵营，就是我画方框的地方，并且四个角都有；铁丝网西侧有几个土丘，可以隐蔽队员和战马；铁丝网里面的铁架子旁边就是油库，油库和那些铁家伙就是我们最终要破坏的目标，大致情况就是这样。"

哈斯巴根看了看老刘，说："老刘，你觉得硬冲，或者想办法调开鬼子，突然杀进去，有可能吗？"

"我分析了半下午，我认为没有这个可能。队长，这是油料基地，这不同于一般的战略物资，鬼子肯定会加倍小心的，再说了，我们能想办法调动一两伙鬼子，但绝不可能同时调动四伙鬼子，况且地下暗堡不毁掉，枪口调过来也可以往里打的。"老刘吐了两口浓烟，显然他是被难住了。

"我们下午又惊动了鬼子，他们一定会更加小心，这确实是个难题。"查力图急得像坐在火上一样，老是换姿势。

哈斯巴根见几个人都愁眉不展，笑了，说："怎么了？只要我们肯下决心，办法总能想出来的，那儿是我们家的草原，我小时候常在那里玩儿，我肯定能想出办法的。"

哈斯巴根的话让几个人眼前一亮。

"不过目前我也没想出办法来，只要我们炸掉采油设备，炸掉油库就行了，你们分头想想，现在把目标缩小到这样，应该好办一些。"哈斯巴根看了看田秀秀，田秀秀也没有办法。

哈斯巴根和田秀秀回到索王府，田秀秀发现哈斯巴根两眼直勾勾地看着挂在门上的灯笼，灯笼在风中轻轻地晃动着。

"你干什么呀，不认识自己家了？"

"没什么，进去吧。"哈斯巴根大步走进自己家中，他感觉今天家里的灯火比往日多了一些。

一个下人过来，说："少爷，王爷请您过去。"

哈斯巴根指了指田秀秀的房间，田秀秀笑了一下，独自走了进去。哈斯巴根随着下人走进了索王的卧房，让他一愣的是额尔尼和珊丹也在。

就在哈斯巴根没回过神来之时，身后的门被关上了，一个绳套套在了哈斯巴根的身上，然后下人们把他给绑住了。

"阿兀，你这是干什么呀？"

索王很不耐烦，说："把他的嘴堵上，别让他说话！"

绑哈斯巴根的下人不容分说，拿出事先准备好的布塞进哈斯巴根的嘴里，又把绳子勒了个结结实实。

第六章 风袭

"好了,把哈斯巴根贝勒抬到马上,咱们回府!"额尔尼带着满心欢喜的珊丹与索王告别,领着大队人马走出了索王府。

哈斯巴根看了看火把下的马车上装的东西,明白了,全是为结婚准备的物品,这是让他和珊丹成亲哪。

第二天,田秀秀被一阵喜乐声惊醒,她急忙穿好衣服,来到外面。哈斯巴根被绑在马上,在许多人的簇拥下又回来了。

田秀秀蒙了,想了想,找到了索王,索王白了她一眼。

"你答应过我,我抢回草原你就解除哈斯巴根与珊丹的婚约,你怎么出尔反尔呢?"田秀秀的眼泪在眼圈里打转。

"不是我言而无信,是你没定抢回草原的日子,我不能一直傻等下去吧?"索王有些小得意。

索王招呼进进出出的客人,福晋满脸喜色,见田秀秀站在那儿不动,过来拉住她,说道:"好孩子,命由天定,其实王爷也挺喜欢你的,珊丹也是个好孩子,如果你不介意,过几年你再嫁过来,只不过要当二房了,这样行不行?"

福晋像做小买卖算小账一样跟田秀秀讲起条件来,田秀秀转过头去真哭了。

鞭炮声响了起来,主事人招呼福晋过去,哈斯巴根和珊丹要行大礼。田秀秀不想看又控制不住地转过头来。她刚转过头来,发现福晋缓慢地倒了下去,再看,福晋的胸口有血流了出来。

田秀秀一下子清醒过来,上前扶住福晋,喊道:"不要再吹啦!"人们也发现了事情不对劲,都愣愣地看着田秀秀怀里的福晋。

索王突然间明白了,蹲过来抱住福晋,喊道:"你怎么了?你怎么了?"

"这是枪伤,这是枪伤!"田秀秀站起来向四周看了看,四周无人。哈斯巴根瞪大了眼睛,干张嘴说不出话来。

珊丹看着福晋流下来的血,她失去了意识一样动也不动,眼神散了。

哈斯巴根跌跌撞撞地来到福晋身边,福晋已经闭上了眼睛。田秀秀抽出一个卫兵的腰刀割开哈斯巴根手腕上的绳子。哈斯巴根紧紧抱着福晋,他控制不住地哭喊着。

索王拔出短枪,命令道:"搜索附近民宅!"一队卫兵随他跑了出去。

竹下光治带着赵吉庆等特务跑进了索王府。哈斯巴根眼中带泪看着竹下光治。

竹下光治收好短枪走了过来，说："哈斯巴根先生，这、这怎么了？"

"有人趁放鞭炮之机开枪打死了我额吉……"哈斯巴根咽了后面的话。

赵吉庆拿出几张纸来，说："哈斯巴根贝勒，我和竹下副机关长奉命捉拿蒙古铁血队，你看——"他拿出了几张纸，上面画着几个人的图像。

哈斯巴根心里一震，原来画的是老刘、巴特尔、老唐、乌兰。

"搜吧，搜吧，请竹下先生转告山本先生我今天的遭遇！"哈斯巴根抱起福晋走进喜气洋洋的客厅，家人低头哭泣，外人默不作声。

特务们拿着纸里里外外搜了个遍，一无所获。

索王府的红色变成了白色，福晋的棺椁放在院子正中，周围静得只有寒风呼啸的声音。

伊德尔跑进王府，看着眼前的景象，他站不住了，天旋地转，辨认了一会儿才踉踉跄跄地走进客厅。

哈斯巴根见伊德尔进来，问："你怎么没在医院？"

"王爷、少爷，我听说了不敢相信，可街上的人都在说这件事，还有、还有人说……"

"还有人说什么？不要吞吞吐吐的！"索王怒气灌顶，像一头被惹急的狼。

"有人说，是因为珊丹格格嫁给少爷引起的，柳八爷的儿子早就、早就……"伊德尔的声音又小了下去。

哈斯巴根拍了拍伊德尔的肩头，说："早就怎么了，你痛痛快快地说出来吧！"

"柳成龙早就得到了珊丹格格。"伊德尔还是说了出来。

索王拍桌而起，怒骂道："原来是这个小王八蛋，看来额尔尼说他掠走了珊丹果然不假，我这就杀光柳老八的王八窝！"桌子上的蜡烛也跳了起来，摔了下去。

哈斯巴根急忙拦住索王，说："阿兀，这事让我来办，劳您出面有失我们蒙古王族的体面。"

"好！从明天起卫队由你调遣，我一定要看到那对黑心父子的人头！"

哈斯巴根看了看伊德尔，说："给我额吉守灵去吧！"

哈斯巴根走回自己的房里，田秀秀还在等他，他的眼泪终于流了下来。

田秀秀给哈斯巴根擦了擦泪水，说："据你判断，是什么人敢下如此狠手？"

"现在还不是很清楚，有可能是柳成龙，但我总觉得不应该是他，他没少吃我们家的，小时候他、我和伊德尔总在一起玩，他怎么可能呢？"哈斯巴根努力让自己冷静下来，接着分析说："他确实对珊丹情有独钟，也不排除他一时丧心病狂，可竹下光治怎么会突然来了呢，还拿出了老刘、巴特尔的头像？"

"嗯，原来我以为只有老刘、老唐、巴特尔暴露了，看来鬼子已经掌握了一些情况，我觉得最大的问题是他们怎么会突然来到这里，这才是关键。"

哈斯巴根知道老刘曾来过家里，家里也有潜伏下来的同志，他意识到问题严重了。

这时，老刘和查力图进来，一色黑衣。

"队长！"查力图也有些激动。

"我们是来给福晋烧些纸钱的，不是来领任务的。"老刘叹了口气，他的神情有些复杂。

"事情已经到了这个地步，厚葬我额吉娘也就行了，极有可能是日本人下的黑手，所以还是以任务为重吧。我的想法是，现在鬼子肯定重兵守在油厂，那么粮库必然守备空虚，趁此机会抢了粮库，送粮上山，现在是寒冬时节，山上一定缺少粮食。"

田秀秀点了点头，说："有道理，抢了粮库也许能调动鬼子一部分兵力，看来我们的队长在巧使日本人呢，一千晌土地不是白给他的。"

"好，就这么定！我领同志们去，节哀吧！"老刘和哈斯巴根抱了抱。

"老刘，再进我家时千万要小心。查力图，你以后腿勤一些，负责保持我与老刘之间的联系。"哈斯巴根推着老刘和查力图出去。

田秀秀也向外走去，与返回身的哈斯巴根撞了个对头碰。

"我去看看王爷！"

"你不怕他？"

"怕啥？我们将来是一家人，怕怎么能行呢？"田秀秀推开哈斯巴根向索王房里走去。

05

第二日，下人找到哈斯巴根，通报道："少爷，山本先生在府外求见。"

哈斯巴根看了看索王、田秀秀，起身走了出去。外面依然天寒地冻，已经到了下午时分。

山本四郎大衣上的皮毛在不住地抖动着，他看见哈斯巴根，敬了一个标准的军礼。

"山本先生，怎么不进府里呢？"哈斯巴根见山本四郎的脸已经冻得微红。山本四郎还是那副不惊不怒不喜的表情。

"哈斯巴根先生，索王不喜欢大日本皇军，在此之机，我还是不给你添乱了，听说了你家里的不幸，我早该来拜望，只是琐事缠身实在没时间，请你多多原谅！"

哈斯巴根忙说："我知道山本先生忙，我非常感谢您能来看望我，有什么需要我的地方请尽管吱声。"

"好的，我不进去吊唁了，唉，昨天夜里皇军的粮库被抢，我现在焦头烂额，我回去了，你节哀保重！"山本四郎与哈斯巴根握完手后上车而去。

出殡的时辰到了，在低沉的鼓乐声中，哈斯巴根护在福晋的灵柩旁向墓地走去。家人、卫队一色白衣，纸钱在风中被刮得到处都是。牧民们静静地在道两旁目送灵柩远去，索王在府门外看着牧民们，眼里流出了泪水。

田秀秀在哈斯巴根旁边，碰了碰哈斯巴根，哈斯巴根顺着田秀秀所看的方向看见了一个人的身影。那人与哈斯巴根对视了一下。

墓室已经打好，棺椁下葬，盖上白雪交杂的黑土，哈斯巴根走到坟墓旁边的一个土堆上坐下。

田秀秀走到哈斯巴根的旁边，说："老刘他们得手了，先在粮库的鬼子饭菜里下药，然后轻而易举地运走了粮食，运不走的都放火烧了。"

哈斯巴根点了点头。这时额尔尼、道尔吉和珊丹领着卫队赶来了。

珊丹披麻戴孝，拎着一沓纸到福晋坟前，行跪拜大礼，一边哭泣一边烧纸。她的孝服与哈斯巴根的一样。

哈斯巴根走到珊丹面前，珊丹站了起来。哈斯巴根脱去珊丹外面的孝服扔到火堆里，转身拉起田秀秀就走了。

道尔吉掏枪就要开火，额尔尼拦住他。

道尔吉急了，说："阿兀，他什么意思，这是不尊重咱们家人！咱们全家就差我额吉没来给他额吉上坟吊孝了，他竟然这样！"

"算了吧，算了吧，这都是命啊，前次结婚我挨了枪子，这次结婚索王福晋被杀，珊丹与哈斯巴根没缘分哪，我们回去吧！"

额尔尼走向了马队，道尔吉也硬把珊丹拖走了。

哈斯巴根在远处见额尔尼走远了，转身对田秀秀说："你去找查力图、老刘，让他们多做些大风筝，记住风筝一定要大，多准备些炸药、手榴弹。"

第六章 风袭

田秀秀知道哈斯巴根想到毁掉油厂的办法了，转身就要走。哈斯巴根拉住田秀秀，说："还要准备几套鬼子的军装！"

"好的，我记住了。"田秀秀消失在茫茫雪野之中。

哈斯巴根转身朝另一个方向跑了下去，越跑越快，越快越跑，伸开双臂，像要飞一样，像郭尔罗斯上空的雄鹰一样。

晚上，寒星出全，哈斯巴根趴在铁丝网西侧外面的土包上向铁丝网里看，里面不时传出狼狗的叫声。

田秀秀从后面走了过来，趴在哈斯巴根身边，说："都准备好了，怎么行动？"

哈斯巴根指了指南侧的铁丝网说："一会儿，我与老刘、查力图、嘎力根换上鬼子军装从南面混进去，你领人在这里顺风放起风筝，将小捆炸药绑在风筝下面，放到探照灯周围，记住千万别放到探照灯前面去，然后放低风筝就行了，其他的事情我来办。"

田秀秀明白了："好，准备！"

哈斯巴根找到老刘，领他们换好鬼子军装，背起一包包手榴弹，前后一字形向南侧铁丝网走去。

快接近铁丝网时，突然钻出一个鬼子呵声道："口令！"巴特尔举弓一箭射出，穿鬼子心脏而过。查力图一下蹿过去，扶住鬼子慢慢将其放倒，他拿起三八大盖在地上细细地寻找。

"外面的夜色与北海道很像啊，真有家的味道！"哈斯巴根学着刚才鬼子的声音，一边说一边跳了几下。

雪地上掀起一块板子，又钻出来一个鬼子，他刚一愣，查力图上去就一蒙古刀，从后心进去，从前心出来。

哈斯巴根继续引鬼子出来："我的美枝子要是此时能在该多好啊！哎，你们有没有女朋友啊？"里面没有动静，"别害羞，别害羞，出来说说！"

没多久，一起出来两个鬼子，嘎力根抡起大鞭子，抽在前面的鬼子脖子上，把他带得向后退了下，撞到了后面的鬼子身上，然后他又将鞭杆一横，把两个鬼子串在了一起。哈斯巴根急忙上前推倒两个鬼子，拔出短刀来结果了他们，然后一挥手，查力图、嘎力根、老刘就跟了进去。

哈斯巴根朝里面的鬼子一笑，鬼子们愣住了，一个鬼子刚站起来，嘎力根的鞭杆子就刺了进来。与此同时，哈斯巴根、查力图的刀同时飞了出去。

就在三个鬼子倒下去时，哈斯巴根扑了上去，抱住剩下一名鬼子的脖子一扭动，咔嚓一声，鬼子的脖子断了。

老刘进来看了看，原来鬼子在烤火呢。

"解决了！"查力图很轻松地说。哈斯巴根四处看了看，用手一推靠暗堡东侧的墙，开了一扇小门，他笑了笑。

查力图服了说："队长，你怎么看出来的？"

"你没看见这炕没有烟道吗？这与抗联的密营差不多，我估计这里通向另外一个暗堡，快！"哈斯巴根先钻了进去，里面果然有少许的烟。

钻到一堵墙前时，哈斯巴根停下了，敲了敲墙，快速拿出一颗手榴弹，拉了弦等着。一扇小门刚打开，哈斯巴根的手榴弹就扔了进去，"轰"的一声响。

哈斯巴根闪身滚了进去，有两个鬼子还在挣扎，他抬起飞脚踢中一个鬼子胸口，那鬼子撞到暗堡的墙上又滚下来不动了，嘎力根也跟进来，一鞭杆戳倒了刚站起来的另一个鬼子。

"快！鬼子要出来了！"哈斯巴根说着把暗堡的机关枪调过来，朝向了铁丝网里面。

查力图明白了哈斯巴根的意思，急忙钻回另一个暗堡。

嘎力根闪身出了暗堡，探照灯果然朝这面照来，他急忙躲起来。探照灯来回照射，他看见天空上飘起了一些硕大的风筝。风筝慢慢地飘到了铁丝网上方，一些出来的鬼子已经发现了风筝，正呜哩哇啦地叫唤着。

哈斯巴根见嘎力根朝他点了点头，于是抠动机关枪，朝出来的鬼子扫射起来，没有准备的鬼子一片片地倒下去了，同时，另一个暗堡里也响起了机关枪的声音。鬼子立马炸营了，纷纷往外跑，朝暗堡扑来。

鬼子在冲过来的路上一片一片地倒下去，学乖了，匍匐着边爬边开枪。暗堡里发射出的子弹在铁丝网里飞蹿，打在铁架子上火花直闪。

嘎力根和老刘在暗堡外面继续观察着那些风筝。一些风筝落了下来，在不同的地点炸开了，一股股冻土混着雪面子扬了起来又落下。

鬼子这才明白过来，举枪朝上空的风筝打去，探照灯照射的幅度变小，风筝都显现了出来。空中响起了阵阵爆炸声，可对鬼子来说这并不是好事，一个风筝爆炸了同时落下来许多炸弹，尽管炸弹个头不太大，但响起了一片，那景象也是很可观的。

两个暗堡的枪声一直在响，鬼子好像忙不过来了一样。

第六章 风袭

　　铁丝网外西面的几个小土包上也响起了零星的枪声，铁丝网里面的鬼子不断地倒下去。

　　哈斯巴根出来喊道："嘎力根，你去射击！"

　　哈斯巴根跑到老刘身边说："走，进去！"

　　进了铁丝网大门，哈斯巴根和老刘各闪到了一侧，老刘朝哈斯巴根比划了一下，哈斯巴根在老刘的手势指引下看见了一辆摩托车！

　　"上车！"老刘跃上摩托车，踹着了，开向了里面。在拐弯的时候，哈斯巴根也跳了上去。

　　铁丝网里的鬼子已经不再乱套，各自找地点向铁丝网外射击，风筝还在往下落，应该是田秀秀他们剪断了线落下来的。

　　摩托车很快穿了过去。哈斯巴根看准了采油铁架子拿出三五成捆的手榴弹，拉了弦扔了出去，铁架子在爆炸声中倒了下去，引起一片大火。

　　鬼子立马围了上来，哈斯巴根将一颗颗手榴弹扔了出去，鬼子不断地飞上天再落下，一股股白雪扬了起来。

　　炸倒了十几个铁架子后，手榴弹没了，哈斯巴根跳下了车，拔出短枪向铁架子旁边的一排房子靠了上去。老刘扔了摩托车也跟了过去。

　　哈斯巴根击毙了几个鬼子后喊道："老刘，找些鬼子的手雷来，这房子不比普通房子，快！"

　　老刘在死了的鬼子身上划拉了几个手雷和一兜子手榴弹，将一个手雷拉了环扔向了那排房子，门被炸开了。突然，老刘腿上中了一枪，哈斯巴根急忙跑过来问："老刘，你怎么样？"

　　"没事，没事，鬼子！"老刘推开哈斯巴根又一连干掉了三个鬼子。哈斯巴根接过老刘手里剩下的手雷，拉了环扔进房子里，手雷炸了之后引起了一阵大火，吓得周围的鬼子四散奔逃。

　　哈斯巴根知道这确实是油库，拉起老刘向摩托车跑去。老刘推开哈斯巴根自己上了摩托车喊道："队长，哈斯巴根，兄弟，我去了！"

　　老刘一边手把着摩托车一边抱着装手榴弹的兜子，向铁丝网北侧正在射击的暗堡冲去。那两个暗堡还在鬼子的手里。

　　子弹在哈斯巴根周围嗖嗖地划过，他明白老刘的意思了，于是立马大声喊："老刘！老刘！"

　　老刘到了一个暗堡近前，拿出一大捆手榴弹，拉着了扔到暗堡的门口，"轰"的一声巨响，暗堡被炸飞上了天。就在他转身再去拿手榴弹时，两颗子弹射中了他的后背。果真铁丝网北侧也有两个暗堡，子弹是从另一处暗堡射出来的。老刘咳出几口血来，爬上摩托车，伸手拉了一颗手榴弹的弦并喊道："队长、指导员、兄弟们，冲进来！"

老刘骑着摩托车撞向了另一个暗堡，里边的鬼子想跑但已经来不及，惊天动地的爆炸声响后，一股大火带着浓烟冲天而起。火光照亮了附近的区域，北侧铁丝网也出现了一个大缺口。

06

哈斯巴根一连击毙了几个鬼子，想冲到暗堡去看看老刘，可是冲不过去，他身后的枪声倒是很激烈，嘎力根和查力图也冲过来了。

哈斯巴根只好向他们靠近。

这时，从刚炸毁的暗堡处跑进来二十几匹快马，田秀秀边打马边射击边寻找哈斯巴根。在火光的映衬下，狼头有种说不出的威武。其他人很少射击，不断地将手榴弹扔到有鬼子的地方、没摧毁的地方、没烧起来的地方。铁丝网内已经烧成了一片火海。

躲起来的鬼子纷纷被铁丝网外的冷枪打倒，中村大雄砍倒冲过去的一名铁血队队员，翻身上马跑了出去。

哈斯巴根见效果达到了，喊了一嗓子："撤！"

田秀秀看到了哈斯巴根，策马过去，拉哈斯巴根的手，将其拉上了马，马向进来的暗堡处跑去。后面的队员也拉嘎力根、查力图上了马，冲了出去。

山包上负责打冷枪的队员也上了马，与田秀秀等人合到一处，向草原深处跑去。

跑出一段路程后，田秀秀勒住了马，前方县城不远处正响着激烈的枪声。

"怎么回事？"田秀秀猜是山本四郎被阻击在那儿了，可谁在阻击呢？

哈斯巴根看了看身后的火光，火光映红了远处的夜空，说："是柳成龙！我们的兄弟！查力图！"

查力图拍马过来，问："队长，有什么事？"

"你去通知柳成龙，让他快撤！其他人随巴特尔回营地，不许再出来，快！"哈斯巴根有了一点笑的模样。

第六章 风袭

查力图向枪声激烈的地方跑去，巴特尔领其他人撤退了。哈斯巴根在黑夜里搂紧了田秀秀的双臂，田秀秀向后仰着头，秀发摩擦着哈斯巴根的脸，那是一种安慰，也是一种幸福。

"老刘牺牲了！"哈斯巴根的泪水无声地流了下来，流到了田秀秀的脸上。田秀秀一激灵，她脑海里闪着老刘的样子，极像了自己的老大哥，笑呵呵，硬朗朗的。

哈斯巴根和田秀秀回到索王府时，已经是深夜了。

哈斯巴根拉着田秀秀来到索王的卧室门前，他还没睡。推开门进去，索王显得更老了，坐在灯火旁像泥塑。

"阿兀，还没睡呀？"哈斯巴根小声地问道。

"没睡，睡不着，你跑哪儿去了？"索王好像头一次对回来的哈斯巴根如此柔声细语。哈斯巴根又低声道："我陪额吉了。"

"混蛋，在她墓地还能弄黑了脸？"索王依旧声音不高。田秀秀见索王正在往烟袋里装烟，过去给他点着。

索王看了看田秀秀，问道："秀秀，你觉得珊丹怎么样？"

"她确实善良漂亮，真的很不错，我也喜欢她。"田秀秀在猜测索王的意图。

索王想了想，说："我早就应该想到哈斯巴根这次回来是有大事要做的。他以前并不是这个样子，突然间变了，又突然间出了这么多事情，你到底是做什么的？"

田秀秀刚要说话，哈斯巴根悄悄地碰了她一下，说："阿兀，她真的是我的助手，学医的。"

"小狼崽子，是医生能一眼就看出你额吉身上的伤是枪伤吗？认出来倒也算了，她看出来后马上朝四周观望，这是平常过日子的女孩子的正常反应吗？"

田秀秀笑了一下，说："王爷，现场没人开枪，那一定是周围哪个地方打过来的，这有什么不正常吗？"

索王不吱声了，一会儿看看哈斯巴根，一会儿看看田秀秀。

中村大雄来到山本四郎办公室，山本四郎的脸第一次阴得像灰铅一样，小眼睛不动，脸与被宰的猪差不多。

山本四郎看着中村大雄似乎不会说话了。

"山本君，我失职，我请求惩罚！"中村大雄没有慌乱，横肉满脸，还是那个德行。

"惩罚？我们大日本皇军来到郭尔罗斯不是为了惩罚，不是来当出气筒的，让人家想打哪里就打哪里的，惩罚有什么用处呢？"山本四郎有些发狂。

中村大雄一个立正说："嗨！只要我们一起努力，对方不会没有破绽的，我想可以从油厂那个死了的蒙古族铁血队队员身上入手。"

"中村君，那是你的工作方向，我要从另外一个方向入手，我们的人该发挥作用了。"山本四郎拿起一封电报给中村大雄，"你看看吧！"

中村大雄拿过去，只看了一眼，手就开始颤抖起来。

"赵吉庆的主意到现在还没奏效，索王还没有与柳八爷火拼，我们得修改一下这个思路。"山本四郎有些不明白了，中国人不是很愿意窝里斗吗，这怎么就打不起来了呢？

中村大雄看着山本四郎，说："山本君的意思是，把计划透露出去，引柳成龙进城上钩？"

"对，我就这个意思，铁血队与柳成龙必须先铲除一个，他们不能连环作战，那样我们就被动了。"山本四郎早就看到了要害，只是一直没有得手。

中村大雄点了点头，说："山本君，我们要尽快从他们内部打开缺口，到现在我似乎对铁血队都一无所知，这很不应该。赵吉庆、道尔吉他们应该是我们的利器，可他们现在就像废物一样，还得供他们吃，供他们喝。"

"你进来吧！"山本四郎朝门外说了一句。

进来一个人，先是含情脉脉地看了山本四郎一眼，马上给山本四郎、中村大雄敬军礼。

"报告机关长，据我判断，哈斯巴根与田秀秀有很大的嫌疑，即使他们不是铁血队的领头，也有铁血队的人进入了索王府，他们会面的地点就在郭尔罗斯的草原上。下一步，我力争拿到铁血队的人员名单和聚会地点。"

"你工作失职！你就在他们身边，却一点有价值的情报都发不出来，对铁血队的行动一无所知，这让我们很被动！"山本四郎咆哮上了。

"嗨！请机关长再给我一段时间，这个时间不会太长了。"

"好吧，你回去吧！"山本四郎摆摆手，那个人走了出去。

"山本君，事不宜迟，我现在就去调查，请派给我几个当地的特务人员！"

"好的，你随便挑，对了，道尔吉归你调遣吧，出卖赵吉庆的事就交给他吧！"山本四郎又笑了起来。

第六章 风袭

三天后的傍晚时分,哈斯巴根正在收拾桌子上的物品,准备回家。门开了,他看见珊丹头发凌乱,衣服有些脏,架着一个男子走了进来。

"怎么了?先扶他坐下。"哈斯巴根走到桌子前帮珊丹扶那人坐下,才看出来是柳成龙。

"他怎么了?你怎么了?"哈斯巴根发现珊丹的神情很不对劲。

柳成龙笑了笑,说:"你小子不要珊丹了,我来看看她,结果碰上几个鬼子欺负她,我被一个鬼子踢了一脚,好像脱臼了。"

哈斯巴根半蹲下,扛起柳成龙的一条腿架在自己肩头上,用手摸了摸:"是这里吧?"

柳成龙疼得嘴里"嘶"了一声,说:"对,对,就是这块儿。"

哈斯巴根笑了笑,说:"你一天老阴魂不散地跟着珊丹,你图啥呢?珊丹不喜欢你,你知道不知道?"

哈斯巴根一边说一边看着珊丹。珊丹低着头,柳成龙急了,说:"有你,她就不喜欢我,我知道。可你也太不地道了,你……"

柳成龙的话没说完,哈斯巴根突然双手一动,肩头向上一扛,"咔嚓"一声,柳成龙疼得"嗷"的一声,汗就出来了。

"行了,你慢慢活动一下吧,应该没啥问题了,确实是脱臼了。"哈斯巴根站起来,看了看外屋,屋里只有嘎力根还在那儿坐着。

柳成龙试着站起来活动活动,珊丹伸手扶着他,问"怎么样,没啥事吧?"柳成龙笑了,俊朗的面容更好看了,说:"只要你扶着我了,即使有事也没事了,就是这小子不地道,我鬼不过他,不吱声突然就下手了。"

珊丹理了理头发,看了哈斯巴根一眼。

柳成龙活动了几下,感觉没啥问题了,说:"哈斯巴根,其实这次来我是想和你商量一件事的。"

"你说吧。"

"据我兄弟们打探到的消息,杀你娘的是赵吉庆的人,选择那样一个时机也是赵吉庆的主意,我来的意思是你我联手,宰了赵吉庆那个王八蛋。"

哈斯巴根想了想,说:"其实你不来与我联手,我也知道不是你干的,即便珊丹真的嫁给了我,你也不会那么下作的,况且你没少吃我额吉做的好吃的,我就知道有问题,不然我早找你拼命了。"

柳成龙抓住哈斯巴根的手说:"好兄弟,这事一出来可吓死我了,我倒不是怕你杀了我，我是怕……"

"我明白，是怕你我的人火拼，便宜了小鬼子，我没那么傻吧，合作了好几次，你会突然朝一个整日念佛的人下手吗？要抢珊丹你也应该先杀我才对，在爆竹声中你朝谁开枪不是开枪呢，况且那时我还被绑着呢。"哈斯巴根平静地说道。

柳成龙松开了哈斯巴根的手，说："这事不说了，就是要赵吉庆的命，倒是你给个痛快话，你到底娶不娶珊丹？你不娶呢我就下手了，别怪兄弟无情啊！"

哈斯巴根笑了，珊丹打了柳成龙一耳光，说："哎，你们当我是什么了，小猫小狗吗？你想娶我我就嫁给你呀，那得看我愿意不愿意吧？"

柳成龙朝珊丹一挑大拇指，说："对，你说得对，我这不是心里有底了吗？哈斯巴根，你打算什么时候向赵吉庆动手？"

"你既然是为这事来的，我相信你已经策划好了，你说什么时候动手就什么时候吧。"哈斯巴根找出一把刀来，转念一想，说："不行，你赶快出城，快！你在城里杀了鬼子，一会儿就要戒严了，快！"

"好，什么时候出手，你说了算，你吱呼我一声就行！"柳成龙朝珊丹一笑，走了出去。

第七章 木炮

哈斯巴根听了一会儿外面零星的爆竹声，转而又专心地擦起那把蒙古刀来。他在等柳成龙，心想：他一定会来。大年夜亲赵吉庆，应该不会引起注意，免得惊动了鬼子。

哈斯巴根正想着，一脚步声临近，那脚步停了一小会儿，又向远处走去。嘎力根开门看了看哈斯巴根，哈斯巴根别好蒙古刀，插好短枪，起身走到外间，说：「金子，我回家过年去了，伊德尔去拿过年的好吃的了，你们三个在医院里过年。」

01

哈斯巴根听了一会儿外面零星的爆竹声，转而又专心地擦起那把蒙古刀来，他在等柳成龙，心想：他一定会来。大年夜杀赵吉庆，应该不会引起注意，免得惊动了鬼子。

哈斯巴根正想着，一脚步声临近，那脚步停了一小会儿，又向远处走去。嘎力根开门看了看哈斯巴根，哈斯巴根别好蒙古刀，插好短枪，起身走到外间，说："金子，我回家过年去了，伊德尔去拿过年的好吃的了，你们三个在医院里过年。"

"哎，好的，我也会做些饭菜的。"金子笑盈盈地出来。

哈斯巴根开门迎着风雪走了出去，前面那个黑影还在等着他。黑影听见后面的脚步声，便拐进了街里。

黑影在一座二层楼前站住了，楼上楼下灯火通红，就是没有了白天的热闹，只有一群浓装艳抹的女人不时地出来进去，叽叽喳喳的。

哈斯巴根跟了上来，朝四周看了看，黑影正是柳成龙。

"赵吉庆在这里过年，我先上去！"柳成龙说着大步走了进去。哈斯巴根隐到墙下。

显然，这是妓院，若大年夜还有客人来，就太稀奇了。有人带柳成龙往楼上走，他抓出一把大洋扔在桌子上，随着带路的人走上了楼。

柳成龙看了看满脸堆笑的老鸨，说道："我只要小红，别人不行，她在哪里？"

老鸨笑了，娇嗔地拍了柳成龙一小下，说："大爷，你不知道吧，这个小红原来不叫这个名字，这是赵吉庆队长给起的，宝贝得很呢，这会儿，她正陪着赵队长呢，咱们可惹不起呀！"

柳成龙一笑，说道："你有所不知呀，我找赵队长有点私事商量一下，来找姑娘是假的，带路吧！"

老鸨领着柳成龙来到一扇门前，柳成龙迅速拿出一些钱塞给了老鸨，说："你忙你的，其他的事我自己来！"

老鸨乐呵呵地转身走了，柳成龙拔出短刀来，推门而入，房间里灯光很暗，隐隐约约地看见床上躺着一个女人，似乎被子在抖动。

第七章 木炮

柳成龙向前一蹿,刚蹿起来,身后就扑过来四个人,还没到柳成龙近前,柳成龙已转身一刀捅穿了一个人,迅速拔刀横向划倒了已经冲到他近前的一个人。同时,身后的床上跳下两个人,抡起棒子砸向了柳成龙后背。

柳成龙后踢腿踹倒一个,同时也被一只棒子扫了一下,佯装倒地,借单手支地之力,跃到窗台上,破窗而出。

柳成龙刚落地,哈斯巴根拔刀飞出,射中了扶窗户要出来的人,拉起柳成龙跑进胡同里。

"不对劲呀,赵吉庆怎么会有防备?"柳成龙边跑边问哈斯巴根。没等哈斯巴根答话,柳成龙就发现周围有数十人扑了过来。

哈斯巴根拔枪击毙了几个特务,跑到一家门洞里。柳成龙一边射击一边说:"我们被包围了,得想办法迅速脱身。"

哈斯巴根想了想,推门进院,直接跑到这家人的屋里,没容这家人问话,推开后窗跳了出去。柳成龙随后跟来。

穿街越巷,全是在住户人家的院里完成的,终于来到了医院的后院。

哈斯巴根助跑几步,跳上大墙,回头拉柳成龙上墙又慢慢跳下。找到了茅厕,哈斯巴根拉柳成龙进去,挪开屎缸,露出一个洞口来,小声说:"进去,向里走,走到头敲三下就有人放你出去,然后会告诉你下一条路的,出去领弟兄们去草原秘营,快!"

柳成龙拍了拍哈斯巴根的肩头,进去了,哈斯巴根又把屎缸挪回原处,转身出来,进了医院。

刚进医院,哈斯巴根就听见了伊德尔和嘎力根的吵架声,声音越来越激烈。

哈斯巴根的出现让伊德尔和衣服不整的嘎力根、金子大吃一惊。伊德尔满脸怒容,嘎力根低头不语,看样子让伊德尔给打了。

"少爷,你给评评理,他趁我不在,和、和金子睡一块去了。"伊德尔也不敢相信眼前的情景。

哈斯巴根隐约感觉到有事情发生,说:"好了,好了,大过年的,和气一点好不好?过完年我再给你们评理,我刚才走时就感觉不对劲,没想到……"他的脑袋里在想着另一件事情,说:"嘎力根,跟我走!"

嘎力根低着头整理了一下衣服,随哈斯巴根走了出去,医院前面有些人在边观看边议论纷纷。

白雪覆盖了枯草，偶尔露出几棵也禁不住冷风的吹拂。蒙古帐篷里灯火明亮，外面点着篝火，热气不断地涌出来，狗叫唤，孩子跑，这时才看出生机来。

巴特尔把一盖帘饺子拿出来，放在马车里冻上，转身又回帐篷里了。

狗突然狂叫了起来，正在包饺子的田秀秀听了听，说："巴特尔，这狗叫声不对劲，出去看看！"

巴特尔拿起弓箭和短枪闪身出了帐篷，田秀秀迅速擦手，抄起短枪，掀起帐篷帘向外看去。

巴特尔躲在马车后面，发现有人，许多披白布的人小步子走上附近的高处，慢慢地走了下来。人太多了，巴特尔明白了，抽箭搭弓射倒了一个，那些人根本不停下来。

"乌兰，你从后面走，通知铁血队的同志们，鬼子来了，快！"田秀秀说完闪身到外面，举枪射击。

乌兰拿枪跑出来，跑到田秀秀身边，说："秀秀姐，你去找铁血队，你会指挥，我不会呀！"

巴特尔不用弓箭改用枪了，说："指导员，你还磨叽啥呀，这都什么时候了？"

田秀秀一连开了几枪，转身跑到帐篷后面，翻身上马。藏身马肚子底下向外冲，边冲边开枪，好在是在黑暗中，终于冲了出去。

巴特尔滚到乌兰身边，说："快，告诉各家男人出来，没枪的用箭射，快！"

乌兰咬了咬牙，只好向其他蒙古帐篷跑去，其实不用通知，有些男人也出来了，把马车推到空地上当墙用，一箭一箭地射出去。

四面有子弹飞来，打在附近的帐篷上，火堆里，雪地上。渐渐有人中枪，受伤，死去！

突然后面响起了枪声，男人们纷纷被击中，倒了下去。巴特尔胳膊上中了一枪，一只枪掉在了地上，另一只枪没有了子弹。他跳起来抡开铁弓和鬼子拼上了。乌兰的枪也没有了子弹，抱住一个鬼子咬了起来，那个鬼子把乌兰甩在了雪地上，另一个鬼子一刺刀扎在乌兰的腿上。

巴特尔挨了两枪托子，摔到了乌兰近处，累得他直喘粗气，被刺刀逼住了。

一个鬼子掀开白衣上的帽子，原来是中村大雄。中村大雄不动声色地看着巴特尔，问："你，巴特尔，铁血队教官，是吧？"

"老子就是巴特尔，老子就是铁血队教官，你杀了我吧，我不会求你的！"

中村大雄看了看被赶出来的牧民们，笑了，说："一会儿，你会求我的。"

鬼子们进进出出的，把牧民们全都赶了出来，男人战死了，只剩下老人、女人和孩子们了。他们围着倒在地上还在淌血的巴特尔和乌兰，哭泣声渐渐地大了起来。

"你们不要哭，我们郭尔罗斯的子民从来不懂得哭，长生天也不愿意看到你们在鬼子面前哭！"乌兰的脸色已经惨白了，寒风吹乱了她的头发。

中村大雄借着火光看了看手表，又沉默了一会儿，说："留下一个小队，其他小队散开！"

鬼子散开后，巴特尔向后移了移身体，靠在马车上，把乌兰抱在怀里，乌兰倚着巴特尔的胸膛，找到了一股暖流。

中村大雄又看了看手表，看了看巴特尔，说："她叫乌兰，你的恋人，对吧？"

乌兰明白中村大雄要干什么了，更加抱紧巴特尔。中村大雄笑了起来说："老人、孩子隔开了，年轻姑娘留下！"

人群里的老人不干了，和鬼子撕扯起来。鬼子打倒几个老人后，还是把孩子、老人们隔开了。

"今天是你们中国人的大年夜，你们过得太平静了，我来帮帮你们！"中村大雄一挥手，一群鬼子上来扑倒年轻的姑娘们，开始撕扯她们的衣服，哭号声在白雪覆盖的草原上传出很远。

扯乌兰的鬼子被突然冲起来的巴特尔打倒，他同时被枪托子砸得血流满脸，乌兰紧紧地抱着巴特尔的腿，她受伤的腿被砸了两下，疼得她差点死过去。

中村大雄见乌兰抱巴特尔的腿抱得很紧，抽出战刀就朝她的手臂砍了下去，乌兰惨叫了一声，鲜血溅了一地。

巴特尔用头撞倒中村大雄，抱起晕迷的乌兰，喊："乌兰，乌兰！"乌兰倒在巴特尔的怀里一动不动了。

其他姑娘们还在挣扎，还在喊叫，有的咬住鬼子不放，有的拽住自己的衣服不放，老人哭，孩子叫，惹得中村大雄狂笑起来。

巴特尔松开乌兰冲向了中村大雄，中村大雄架住巴特尔，两把刺刀刺进巴特尔的后腰。巴特尔咬牙向怀里拽中村大雄，中村大雄突然顺势撞向巴特尔，巴特尔倒在地上，再也起不来了。

"你只要跪下求我，这些人就都可以回去了！"中村大雄高傲地站在巴特尔面前。

巴特尔闭眼握拳砸得雪地上直溅雪末子。鬼子们似乎没心思侮辱姑娘们，更多的是戏耍玩弄，让她们喊叫声更响亮。

突然传来几声枪响，正在撕扯姑娘们衣服的鬼子倒下去几个。他们立刻停止了作恶，起身准备迎战！

02

那枪声移动距离很大，显然那人是骑着马的，虽在马上却枪枪不走空。中村大雄不敢小瞧了，喊道："射击！"

巴特尔挪动身体，挪到乌兰身边，乌兰血流一地，已经与雪融到一起，冻成了红色的冰碴。他抱起乌兰，摇晃着乌兰喊："乌兰！乌兰！"

乌兰微弱地睁开眼睛，笑了一下，脸色与白雪一样，说："你、亲、亲我一下！"

巴特尔热泪夺眶，用嘴一下子覆盖了乌兰紫色的嘴唇，乌兰剩下的一只胳膊使劲抱了一下巴特尔的脖子，又垂了下去。

中村大雄见对面没有了枪声，刚站起来，他身后的帐篷里怎么突然蹿出一股人来，朝鬼子一通乱射，一下子打乱了鬼子。

鬼子不得不转身对付后面的人，他们也闹不明白，帐篷里怎么会突然出来这么多人。那伙人出来猛打猛冲，鬼子招架不住，向远处跑去。

柳成龙一边射击一边喊："老人、孩子们，快撤到地道里！"

巴特尔扶着马车站了起来，提醒说："柳少当家的，小心其他帐篷！"

他的话音刚落，其他帐篷里跑出一堆鬼子，他们是刚才清理牧民们时埋伏进去的。柳成龙的兄弟们被打倒一片，他急眼了，喊道："不要退，往前冲，手榴弹！"

兄弟们一边向帐篷冲去一边倒下去一边扔手榴弹，鬼子集中在帐篷帘口，禁不住手榴弹的袭击，很快清理了几个帐篷。

中村大雄企图稳住阵脚，只见查力图带领着铁血队队员骑着快马旋风一样冲到了鬼子近前，抡起马刀就砍，鬼子彻底乱了套了。

第七章 木炮

柳成龙见牧民们撤干净了，高喊了一声："兄弟们，别放过小鬼子！"

中村大雄不得不撤退，铁血队不断追击，草原上留下了一具具鬼子的尸体。查力图与柳成龙兵合一处，查力图终于出了一口恶气，问："柳当家的，我们现在怎么办？"

柳成龙略一思索说："这不是山本四郎，我们也撤，撤到索王府附近，我估摸着，山本四郎应该在那里。"

"为什么？"

"我出城时城门紧闭，哈斯巴根能不能出来还不确定，如果出不来，山本四郎就可以利用索王的倔脾气引他就范，日本人可能知道了上次索王的卫队参与伏击山本四郎的事情；如果哈斯巴根能出来，他可能会半路上遇见山本四郎，那就更糟糕了，快走吧！"柳成龙集合他的兄弟们了。

查力图听见了巴特尔撕心裂肺的哭声，跑过去才看见满身鲜血的乌兰，他的眼睛也湿润了，步子也走不动了。平静了一下，他过去拉起巴特尔，说："先去救队长，收拾完小鬼子，再回来葬乌兰！"

巴特尔已经走不动了，查力图叫过来两名铁血队同志，说："送他去包扎！"

哈斯巴根和嘎力根刚到索王府，还没走进府里，他就听见一队人跑了过来，还有汽车的声音。

哈斯巴根转身走到府门口，看见山本四郎走下车来，后面的鬼子呼啦一下子围了过来。山本四郎朝车上摆了摆手，田秀秀被押了下来，嘴角流着一丝血迹。

哈斯巴根心里一惊，表面上还是像往常那样恭维着，一指田秀秀，问："山本先生，这、这是什么意思？"

"哈斯巴根先生，我只能表示遗憾，田小姐与铁血队搅和在了一起，我们是在草原上抓到她的。因为你我是朋友，我才来告诉一声，不知你有何高见？"山本四郎有些得意地看着哈斯巴根。

哈斯巴根看了不服气的田秀秀一眼，说："她怎么可能和铁血队搅和在一起呢？她是去草原上给牧民看病的，你们是不是抓错了？"

"不会错的，她在上次那达慕大会就开枪打伤打死过皇军，这次骑马逃跑的过程中又打死了十几名皇军，确实很厉害，不过还是被我们抓到了！"

"哈斯巴根，你是蒙古王族贝勒，别让我看不起你！"田秀秀突然喊了这么一句。

"哈斯巴根先生,你看到了,那我只能抱歉了,我的朋友情意尽到了,告辞!"山本四郎转身走上汽车,鬼子押田秀秀上了车,正要开走。

索王冲了出来,后面跟着一群卫队,他拦住了汽车,山本四郎又下了车,说:"索王爷,上次你打死大日本皇军,我没说什么,但你不要以为我怕你。"

"你不可能怕我,你是不是以为我怕你呀?"

"你也不怕我,否则你怎么敢打死大日本皇军呢?听说你很讨厌田小姐,我真不明白你是怎么想的。"

"以前我讨厌她,现在我喜欢她,喜欢她给我当儿媳妇,就这么简单!"索王毫不让步。

哈斯巴根走到索王面前,说道:"阿兀,事情会弄清楚的,我相信山本先生心里有数,让开吧!"

"我怎么养了你这么个混蛋?心爱的女人怎么说让别人抓走就抓走呢,你还是不是男人?"索王的声音足以让在场的所有人听见。

"山本先生,能不能在弄清楚事情真相之前对秀秀客气点呢?"哈斯巴根的心里有些乱,他强压制住。

山本四郎笑了一下,说:"哈斯巴根先生,果然心思细腻,这样吧,为了今天友好地收场,我以大日本皇军的荣誉向你保证,等抓到铁血队,弄清楚一切之后再处置田小姐,否则不动她一根汗毛,怎么样?"

哈斯巴根的心里轻松了一点,说道:"谢谢山本先生,定有厚报!"

哈斯巴根突然抱住索王,索王一通挣扎,山本四郎乘机上了汽车,领着鬼子撤了。

山本四郎没回城内,直接向额尔尼王府开来。额尔尼急忙出来迎接,他的王府明显比平时加强了戒备。

山本四郎下了车,满面笑容地说道:"额王,看来你准备好了?"

"我接到机关长的命令就加强了戒备,所有卫队不准离枪离岗,机关长还满意吗?"额尔尼一边看着府墙上的卫队一边请山本四郎进府。

山本四郎看了看,说道:"人数不少,但火力不够,我给你一批新枪、新炮,拿过来!"

一批鬼子抬上来几挺轻机关枪,还有三挺重机枪,两门迫击炮。额尔尼眉开眼笑起来说:"哎呀,太感激山本先生了,来人哪,抬到墙上去,熟悉一下,机关长里边请!"

第七章 木炮

道尔吉欣喜若狂地抬着机关枪、迫击炮上了府墙炮楼。

山本四郎进了额王府客厅，品尝了下奶茶，说："嗯，好喝，好喝，关押田小姐的地方找好了吗？"

"这您就放心吧，地牢早就准备好了，里三层外三层，层层有人把守。"

"额王爷，其实我也可以把田小姐押回城内的，但我后来一想，还是押到您这里来好，原因有二，一呢，因为她，哈斯巴根不愿意娶珊丹，伤了您的面子；二呢，铁血队不容易想到这里，即便想到了，想攻进府里来也不是容易的事，再说了外围还有大日本皇军呢；消灭了铁血队，您就立了一大奇功。"山本四郎说得很随意，额尔尼听得直紧张。

"我还有一个不成熟的想法，我也不知道当说不当说。"山本四郎有些为难的样子说。

额尔尼更紧张了，说："机关长，您请说，我能办到的一定尽力办。"

"那我就说了，珊丹是个很不错的女孩子，漂亮善良，我实在弄不明白哈斯巴根为啥不娶她，我呢略长珊丹几岁，但还不算年纪大吧，我、我喜欢珊丹，您看……"

额尔尼的茶杯没拿住，掉在了地上，他听明白了山本四郎的话，却不敢相信。

额尔尼见杯子摔碎了，抬头看山本四郎时，已经汗流满面，像狂奔的溪水一样。

"谢机关长抬爱，这、这我得和珊丹商量一下，我们都没敢想过这种好事。"额尔尼重新坐在椅子上，不时地挪动着已经肥胖了的身体。

山本四郎依旧笑意盈盈，说："这没问题，我能等的，终身大事，唯父母之命是从。"

珊丹进来了，突然看见山本四郎，愣了一下，问："阿兀，抓谁了，闹得府上人喊马叫的？"

"田……"额尔尼刚说出田秀秀的姓，山本四郎打断了他说："珊丹格格，这等军事你不要打听了，女孩子应该关心吃穿之事……"

珊丹愣了愣，马上明白过来了，府里驻了这么多日本鬼子，看来事情不小，说："好吧，你们谈，我去歇息了。"

珊丹转身走了。

"额王爷，你不必担心，在没有押走田秀秀之前，我与你一同作战，外围有中村君呢，咱们出去部署一下火力配备情况吧。"

"好吧，争取这一仗能消灭铁血队，我也好安心，机关长，请！"额尔尼带着山本四郎来到院子里构筑火力点。

03

天亮的时候，柳成龙进了索王府。

哈斯巴根一夜没睡觉，一直在思索着，索王就坐在椅子上不住地打盹。他看见了柳成龙，没说话，就是那样看着他。

"少爷，我真佩服你，你怎么一下子就想到密营出事了呢？"

"你呀你，你过于相信你的兄弟们了，哦，我不是指他们可靠不可靠，是说他们的警惕不够，踩赵吉庆的点导致咱们两个差点被算计了，那也就是说山本四郎早有防范，咱俩儿被困在城里的话，你说你家和密营能不出事吗？"

"叫他兄弟，或者叫他哈斯巴根，就是不能叫他少爷！"索王醒过来了。

柳成龙急忙给索王行单跪大礼，说："多谢王爷，我阿讹让我给您捎话来，当年的事已经过去了。"

索王笑了，说："当年是我不对，错打了你阿讹，不过也好，你阿讹成气候了，既然他说过去了就过去吧，男人嘛！"

柳成龙又问哈斯巴根："现在怎么办？听说田秀秀被山本四郎抓走了。"

"我们还可以再等等，秀秀现在是他们手上唯一可以威胁我的王牌，他暂时不会对秀秀下毒手的，我在想，山本四郎已经确定我和秀秀是铁血队的人了，为什么不肯撕破脸呢？"

"你就想吧，秀秀要是出一点问题，我非拧了你的脑袋不可！"索王的脾气又上来了。

哈斯巴根笑了，问："你不讨厌秀秀了？"

"秀秀这孩子与一般的孩子不一样，有胆有识、有情有义，我现在真挺喜欢她的。"索王忘了发脾气了。

查力图进来，说："队长，指导员被关在额尔尼家里，额尔尼的家里很安静。"

"山本四郎阴险哪，他明显是在引我们上钩呢。"哈斯巴根又陷于深思之中，他知道走错一步，就会输得一败涂地。

柳成龙一拍哈斯巴根的肩头，说："兄弟，老同学，秀秀必须得救出来，咱们首先是男人，是郭尔罗斯的男人！"

"这我用你告诉？鱼不咬钩，就是鱼在钓人，我们可以利用这次的机会再教训一下山本四郎，只不过要计划周密了。"哈斯巴根的脑海里正在形成一个布署。

柳成龙明白了，说："其实所有成败在于一点，如何击溃额尔尼的卫队和警察署的警察。"

哈斯巴根笑了，说："你还是没有说到要害之处，你应该说额尔尼府上谁能接应我们。"

哈斯巴根和柳成龙都笑了，显然他们都想到了珊丹。

"柳大叔那里怎么样？"哈斯巴根问柳成龙，却在看索王。

"还好，去包抄我家的是赵吉庆的特务队，他们欺负老百姓是好手，打起仗来是熊包，我阿兀领着山上的兄弟们正往这儿赶呢。"

"查力图，你去集合铁血队，准备弹药，阿兀，你派几个强手去城里找伊德尔，让他们找机会袭击宪兵队，如果情况有变他可以灵活处理，医院可以不要了，还要戴上铁血队的狼头和黑衣服。"

索王站了起来，立马就精神了说："我说我儿子怎么突然变熊了呢？原来我儿子是头勇猛的狼啊！我把家底都搬出来，打瘪了小鬼子。"

"老同学，你与柳大叔会合后，戴上铁血队的标志晚上围攻额王府，注意身后的中村大雄，他可不白给！"

"好的，到处都是铁血队，给山本四郎和中村大雄一个大惊喜！"柳成龙明白哈斯巴根的意思了。

柳成龙刚要走，哈斯巴根拦住他说："你要注意到额王府的异常情况，我觉得你有必要让珊丹知道你去了，不然她没法帮你！"

"好了，你思虑周到，我服了。"柳成龙走了。

夜色很深的时候，额王府外突然响起了呼声："珊丹格格，柳成龙喜欢你！"二三百人一齐喊，那呼声传遍夜空，一拨儿接着一拨儿。几遍喊声过后，响起了激烈的枪声。

额尔尼和山本四郎来到外面，上了府墙，朝外看去，看不清人影。

府墙上炮楼里的机关枪不断喷着火舌，踩在梯子上的卫队不断朝喊声之处射击，火线不断消失在略远处的雪地里。

十几架古蒙古骑兵攻城的抛石机被推了出来，子弹不断地打在上面，清一色配戴狼头的男子们迅速装上炸药，抛了出去。炸药落在额王府内，炸起一片片硬土块和雪面子。很快府墙上的人被炸落了一些，炸伤没死的人不住地在叫唤。

山本四郎钻出炮楼喊："开炮！"

先是两门迫击炮，后又搬来三门迫击炮，一起向府外开炮。炮头在夜色中不断地寻找"铁血队"的藏身地点。

柳成龙见有的抛石机被炸毁了，连带着起了火，说："换地点，快！后面的推上来！"

又有十几架抛石机被推了上来，一齐向额王府内抛炸药。迫击炮的炮弹和抛石机抛出的炸药交错在空中来回落下，额王府外爆炸声不断，雪浪冲天。

柳成龙乐了，他周围是雪地，爆炸之后又归于黑暗，而额王府不一样，有房子被炸着了，相对来说，额尔尼王府处在明亮之中。他判断了一下迫击炮的方位，说："朝着有步枪射击点的后方扔，狠狠地扔！"

十几包炸药扔了出去后，迫击炮便没声了，同时抛石机也被炸掉了几架。

柳成龙站了起来，喊："别瞎扔，集中起来往炮楼上扔！"

几包炸药扔到了炮楼上，炮楼被炸损了一些，里面的人被炸伤的居多，炸死的属于少数。机关枪没人射击了，额尔尼蒙了，他的王府有不少地方着了火，他急忙喊："快上去开枪啊！"山本四郎躲在被炸开的府墙口子上朝外看去，说："这不是正规军，这是土匪。"他下来跑到额尔尼身边，说："额王，你不要害怕，中村君马上就到了。"

额尔尼快哭了，说："我怕呀，我怕家没了，我怕你有个三长两短，我怎么交代呀？"

山本四郎哭笑不得，说："一小队集合，悄悄出去，绕到他们背后炸掉那该死的玩意儿！前方加强火力！"

府墙上的火力果然加强了，只是要不断地接受炸药的问候。

柳成龙正看得很有兴致，突然发现有黑影朝自己这边涌来，赶忙喊道："小心，有鬼子，朝那西边开枪！"

兄弟们纷纷朝西方开枪，可是晚了，鬼子连扔了二十几颗手雷，抛石器和炸药，还有一些兄弟们都被炸得飞了起来。

扔手雷的小鬼子也没便宜着，扔手雷就没时间开枪，一连多人被打倒。他们顶不住，往回跑，当然没跑过子弹，又倒下一批。

额尔尼见炸药扔不过来了，这才放心一些。

第七章 木炮

山本四郎看了看着火的房子，命令道："你们快些扑灭这些火，道尔吉呢？"

额尔尼也觉得奇怪，打了这么半天却不见道尔吉的影子，喊道："管家，管家，你去看看道尔吉在干什么呢，让他出来。"

"额王，得让下人扑灭这些火堆，不然我们太被动了。"山本四郎突然感觉，这些活得由下人们干，大日本皇军得作战。

额尔尼明白了，叫出一些哆嗦乱颤的下人们去灭火。

管家跑到道尔吉房间里，进去一看，道尔吉睡在床上，怎么叫也叫不醒，又急忙跑了出来。珊丹偷看了一眼乐了。她转身出来，来到了马棚。

养马的老人边抽烟边叹息，珊丹来到他跟前，说："巴库大叔，你得帮我一下。"

"小格格，你说让我怎么帮你吧！"

"把马棚里的马都放出去，然后再想办法赶回来。"珊丹眼巴巴地看着老巴库。老巴库确实有些为难，放出去好说，赶回来怕是难了。

"你快想想办法呀，你养了一辈子的马，肯定有办法的。"

"好吧，我豁出去了，我知道你要干什么。"老巴库跑到墙边朝外看了看，悄悄地把马棚大门的绳子解开了一些，转身回到马棚里牵出一匹不太听话的马来，使劲拍了拍马屁股，那匹马一声嘶鸣，朝大门跑去，其他马匹也跟了出来。上百匹马冲出来，冲到门口，没命地往外挤。

珊丹拿出一把手枪来，啪啪连打了几枪，那些在后面受伤的马没命地挤，大门哗啦一下开了，跑了出去。老巴库早就跳出了院墙，甩动鞭子引导群马奔跑的方向。

群马跑向了柳成龙队伍的左侧，老巴库跟了过去。

柳成龙正调集兄弟们向后方埋伏，突然间看到了马群，提醒说："阿兀，注意不要冲进额王府，小心身后，跟我来几个人！"

柳成龙猫腰跑了出去，身后跟了几个人，他们跑进了马群之中。老巴库跑了过来，甩动鞭子驱赶马群，大部分马跑了回去，小部分马跑散了。

老巴库突然摔倒了，再也没起来，身后流出了红红的血来。

额尔尼见道尔吉还没来，急忙跑向了后堂。正好碰见了管家，他怒不可遏地问："马怎么跑了出去？啊？给我追回来！"

管家慌里慌张地去找人。到马棚近前看了看，确实跑了一部分，他高声喊道："系好马棚，系好马棚！"

153

额尔尼跑到道尔吉房里，见道尔吉还在睡着，怒骂："你个混蛋，起来，什么时候了你还在睡觉？"

道尔吉就是不醒，额尔尼急了，拿起水壶浇了道尔吉一身，道尔吉这才起来，问道："怎么了，怎么了？"他听见了外面的枪声，一滚身站了起来，穿上衣服，想去拎枪，枪没了。

道尔吉抢过额尔尼的枪跑了出去，额尔尼糊涂了。

04

柳八爷的身后响起了枪声，是放风的兄弟们开的。他知道小鬼子在后面包抄上来了，便提醒道："弟兄们，看着点前边，我先收拾了后面的鬼子回过头来再干额尔尼这个王八蛋！"

鬼子呈扇面形围上来，火力很猛，一边射击一边向前移动。柳八爷明白，若让鬼子靠得太近，容易被前后吃掉。

"兄弟们，往死里打，往准了打！"柳八爷手拿双枪，不断地扣动板机。

猛烈射击之后，小鬼子不敢再贸然前进了，进攻战变成了阵地战，但他们的火力占了先。柳八爷的兄弟们不断地倒下去。

一个兄弟看不下去了，跑到柳八爷身边说："老当家的，这么下去，兄弟们非被打光了不可，撤吧！"

"闭嘴！撤了少当家的怎么办？再说了，那索王还不得笑我们无能是饭桶吗？打！"柳八爷毫无惧色。

竹下光治看了看柳八爷的阵地，露出了笑容说："他们没有多少人了，冲上去，消灭他们！"

鬼子蜂拥而上，虽然不断有人倒下去，却不退缩，手雷、机关枪不断招呼到柳八爷的阵地上，阵地上也不断有人中枪或被炸死、炸伤。

那个兄弟带着哭腔又来到柳八爷身边，说："老当家的，再打下去兄弟们真要死光了，咱们不能再听铁血队的了，他们的人一个都没来呀！"

"你给我闭嘴，听见没有？"柳八爷的眼珠瞪得像豆包一样，火气直冒，"铁血队不来，我就扒了哈斯巴根的皮！"

远处传来了群马奔跑的声音，柳八爷乐了，喊："我说哈斯巴根不可能骗老子嘛！兄弟们，杀小鬼子！"

第七章 木炮

柳八爷的兄弟们来了劲头了，一阵猛烈地射击，顶住了小鬼子的进攻。

竹下光治见身边的人被后面的马队射击打死了很多，命令道："绕道进额王府！"

小鬼子不再恋战，迅速向空白地带跑去，可马队紧追不舍，枪打刀砍，很快鬼子就没几个人了。竹下光治领着仅存的几个鬼子跑到了额王府的侧门前，吓得直冒冷汗。

山本四郎看见马队出现了，他得意了，说："我几次上当，就是总被他们的第二手击溃，今天我给他们预备了第三手，额王，您会看到铁血队的下场的。"

哈斯巴根跳下马来，来到柳八爷近前，说："老爷子，不愧是硬汉子，现在咱们兵合一处，拿下额王府。"

"行啊，对了，成龙已进额王府了，怎么还不见他出来呀？"再硬的柳八爷一想到儿子的处境也着急了。

"你不用担心他，他必须在关键时刻才能出手的，同志们，向额王府射击！"哈斯巴根一指额王府，三百多条枪一齐开了火。

额王府卫队和鬼子一下子被打落十几个人。额尔尼都看傻了，山本四郎见身边人不多了，说："墙上的人下来，补充火力点，坚持不让铁血队靠近！"

珊丹坐在屋子里，看着柳成龙等人。外面的枪声一会儿密集，一会儿稀疏的，弄得她的心也跟着直跳。

"你还不出去吗？我想啊，你们的人吃亏了。"珊丹也不知道说点什么好了。

柳成龙笑了，说："哎，开战之前，兄弟们的喊话你都听见了吧？那是真心话！"

"嗬，我听见了，不过我要告诉你，我阿兀把我嫁给山本四郎了，你来晚了。"珊丹没见过这么厚脸皮的人，想到了偷听见的话了。

"妈的，果然是真的，我还以为是传言呢。"

"你在哪儿听说的？我是今天才知道的。"珊丹有些纳闷儿。柳成龙拍了拍脑门子说："我前天进城听城里人说的，到处都在议论纷纷的。"

珊丹想了想，没等她说话，柳成龙明白了，说："妈的，山本四郎这是怕我不来呀，坏了，着了他小兔崽子的道了。"

"我知道田秀秀被抓住了，你是不是来救她的？"珊丹单刀直入了。

"杀鬼子来的，救她是哈斯巴根求我帮他的，我还想看看你。"柳成龙也不害臊，说得清清楚楚，明明白白的。

"现在救田秀秀吧。我怕夜长梦多，趁现在他们还不知道你们进来了。"珊丹心里有一股甜甜的暖意，没接柳成龙的话茬。

"没事，必要的时候，我偷袭山本四郎，杀光了鬼子，田秀秀自然就得救了。"

柳成龙站在门口向外听了听，说："兄弟们，准备好了，鬼子的枪声不嘚瑟了，一会儿出去杀他个措手不及。"他又来到珊丹跟前，说："一会儿跟我走吧，我真怕你落到山本四郎手里。"

珊丹转过脸去，说道："我才不跟你走呢，这是我的家，我往哪儿走？"

"你看你，一会儿山本四郎就明白是怎么回事了，能饶了你们家吗？"柳成龙去拉珊丹的手，珊丹甩开了柳成龙的手。

额王府里突然射出很多火箭来，那火箭带着火光落到了阵地上，哪里落到了火箭哪里就跟过来一拨儿子弹，不断有人被打中了。

哈斯巴根笑了，说："这肯定是跟咱们老祖宗学的，炮手，开炮！"

哈斯巴根带了一门迫击炮，虽然旧了一些，但打到额王府里还不成问题，几炮过去后，火箭射不出来了。

"对着火力点打！快！"哈斯巴根看着几个炸点在额王府里炸开了，接着说："多打几发！"

又有几发炮弹打了过去，哈斯巴根见炮楼被轰倒了，只有几个高处的火力点还在射击，他感觉到了哪里不对劲。

哈斯巴根朝刚才跑掉的几个小鬼子逃跑的方向看去，说："小鬼子，够阴哪！嘎力根！"

嘎力根正打得眼红，跑了过来。哈斯巴根看了看身后，说："你带几个人，到后面看一看，我们又被包围了，快！"

"跟我来！"嘎力根领着几名队员向后方跑去。果然没几分钟的工夫就交上了火，又有一层鬼子围了过来。

"迫击炮，压住鬼子火力，柳老爷子负责掩护，铁血队上马，围攻额王府！"哈斯巴根翻身上马，拍马就跑了出去，双枪不断打进额王府。

铁血队的一百多匹快马跑了出去，围着额王府不断射击，一边射击一边快速跑动。

额王府的火力点被压制住了，额尔尼急得乱转，道尔吉被一炮掀到地上，

第七章　木炮

受了轻伤。山本四郎想了想，在道尔吉耳边说了几句话。道尔吉一听，立马起来跑回了府里。

不一会儿，绑在木架子上被堵住嘴的田秀秀，被几个特务推了出来。

"外面的铁血队，你们看好了，你们的指导员在这里，你们再要攻击，后果自负！"道尔吉拿着喇叭狂喊了起来。

哈斯巴根抬头向高高的木架子上看去，果然是田秀秀，于是命令道："停止射击，停止射击！"

山本四郎看着府外的狼头铁血队笑了，他在仔细地看着领头的，黑色外袍套在身上，他看不出来是谁，于是侧耳听了起来。

查力图火了，喊道："道尔吉，你要还是郭尔罗斯男人，就别拿女人说事，咱们刀对刀、枪对枪地干！"

"别瞎白话了，你们不就是要救这个女人吗？有种你们就上来！"道尔吉一边笑一边喊。

哈斯巴根听见了后面激烈的枪声，他心急如焚，如果不快速攻下额王府，就会被后面的小鬼子困住，到时一点出路都没有。

"额王，再派一些人隐藏在房上，待会铁血队有可能要硬攻！"山本四郎看了看手表，他倒很安稳。

道尔吉朝山本四郎恭维道："机关长，您真是神算，铁血队后面的枪声应该就是中村队长的，这回铁血队、柳成龙是跑不了了。"

"道尔吉，你知道就好，一旦铁血队和柳成龙被消灭，赵吉庆就没什么用了，到时特务队队长还是你的。"

"谢谢机关长！"道尔吉兴奋了，又举起喇叭，高喊："铁血队的兄弟们，投降吧，你们被包围了，投降了有酒喝、有肉吃呀！"

哈斯巴根抬手一枪，正好打掉了道尔吉手中的喇叭。道尔吉急了，朝田秀秀的腿上打了一枪，说："你们他妈的再不识抬举，就都一起杀掉！"

查力图急了，说："队长，再不快攻，形势对我们就越来越不利呀！"

巴特尔骑马来到哈斯巴根身边，说："队长，你不能再犹豫了，你们掩护我，我炸开额王府！"

哈斯巴根稳了稳心神，说："你们掩护，我去炸开王府大门！"

哈斯巴根刚要打马，巴特尔擂了哈斯巴根一拳，打得他一栽歪。那匹马驮着巴特尔像箭一般地蹿了出去。

"全部开火，掩护巴特尔！"查力图举枪射击，一百多条枪一齐射向了额王府。

巴特尔后腰的血流了出来，血染了腰间的白布，他咬着牙贴在马背上，手里拎着一捆手榴弹，突然有三颗子弹击中了他，他险些掉下马来。

道尔吉狂喊起来："打死他，打死他，不要让他靠近！"

一排排枪朝巴特尔射击，巴特尔双脚紧扣马镫，拉了手榴弹的弦，任由子弹打进身体，他眼前越来越模糊了。

山本四郎见巴特尔的马越跑越近，也觉得不好，掏出手枪接连射击，一枪打中了巴特尔的胸膛，一枪打中了巴特尔的脑门。

巴特尔张开血盆大嘴，狂叫了一声，眼睛发直，举起手臂，连人带马撞向了额王府大门。一股股尘土飞起，一片片砖头瓦块飞起，火花四处飞腾，额王府的大门及府墙被炸开了一个大大的豁口。

05

哈斯巴根的热泪流了下来，高喊："查力图，带柳老爷子随我们冲进额王府，杀光小鬼子，杀呀！"

铁血队队员们向额王府冲去，哈斯巴根不断开枪，房上的特务们不断地被打下来。

额尔尼、道尔吉领人抵抗，山本四郎跑到后院调动鬼子射击。

柳成龙抽出双枪，说："杀鬼子的时候到了，跟我冲出去！"

柳成龙破门而出，见特务就开枪，一路杀到外面，小鬼子也晕了，调转枪口朝柳成龙射击。柳成龙的兄弟们找到人多的地方就扔手榴弹，鬼子一下乱了阵脚。

额尔尼和道尔吉不知道怎么回事，说："道尔吉，保护山本先生快撤！"额尔尼全身都哆嗦了。

山本四郎打倒了两个柳成龙的兄弟，说："你，带人上车！"

这时珊丹跑了出来，山本四郎拽住珊丹的手说："珊丹格格，跟我上车，这里不能待了。"

珊丹挣脱不了山本四郎，被硬拽上了车，汽车拉着十几个鬼子开出了额王府。道尔吉急了，说："等等我，你他妈的等等我！"

柳成龙清理了额王府的火力点，追击跑出去的小鬼子，一路上杀了个痛快。

几百米的路程，几分钟后，铁血队就冲了进来，很快占领了额王府。后面的柳八爷领着兄弟们也跑了进来，话都不会说了。

"查力图，找射击点狠打府外的鬼子，嘎力根和我去找秀秀！"哈斯巴根跑进府里，到处找开了。

"木架子上绑的不就是指导员吗？"嘎力根糊涂了。

"那个肯定不是，你想想，山本四郎能轻易地拿秀秀当挡箭牌吗？刚才我们上当了！"哈斯巴根踢开几扇房门，都找不到人。

查力图领着铁血队朝府外的鬼子开火，他抢过一挺机枪，又准又狠地射击起来，鬼子被他打倒了一片，停止了冲锋，不得不退了下去。

哈斯巴根把额王府搜遍了，就是不见田秀秀的踪影。

有人押着额尔尼和道尔吉过来。哈斯巴根两眼蹿火，问："田秀秀呢！"

"让、让山本四郎押、押走了，开打之前，就、就押她上车了！"额尔尼站不住了，瘫坐在地上。

嘎力根拔刀就过来了，哈斯巴根摘下狼头，挡住了嘎力根说："不要杀他们！一会儿我阿兀杀到了，咱们就包了小鬼子，然后放了他们！"

嘎力根的小脸冰冷。

"我是队长，听我的，放了他们，不准动他们一根汗毛！"哈斯巴根转身出来，观看府外的小鬼子。

夜空已经放白了，还有几颗星星亮着。中村大雄正在调动迫击炮构筑阵地。

哈斯巴根看见了远方影影绰绰的鬼子，这时柳成龙跑过来说："我、我放跑了山本四郎，没救出秀秀。"

"秀秀只不过是山本四郎的诱饵，我们来了，秀秀暂时的作用就消失了，不过你放心，如果我们击溃了中村大雄，秀秀还是有巨大价值的，你看我们怎么才能击溃中村大雄？"哈斯巴根说得很随意，柳成龙却不自在起来了。

"看样子，中村大雄企图困死我们，他一定有炮在身边。"柳成龙看了看远处的鬼子说。

"对，没有炮他不敢围我们，现在你带一部分你的兄弟从右侧包抄，柳大叔从左侧包抄，把铁血队的兄弟们分给他一部分，我从正面吸引他。"

"那怎么能行呢，铁血队本来人数就不多。"

哈斯巴根笑了，说："我们不能都留在这里当炮灰吧？你不用担心中村大雄的后方，我阿兀打完赵吉庆快回来了。"

"好，我这就安排去！"柳成龙跑去找柳八爷去了。

哈斯巴根找到了查力图，说："查力图，你配合柳大叔去，把铁血队的战马拉出去，准备快速冲击时用！"

查力图领着铁血队队员找到柳八爷，拉着战马出了额王府。

哈斯巴根见没有多少人了，喊道："同志们，散开了，注意隐蔽！"

中村大雄见炮兵阵地构筑完事了，拔出战刀，喊："目标额王府，开炮！"

七门迫击炮一齐向额王府发动猛轰，炮弹落在额王府的院子里、府里、马棚，一排排房子倒下去，打着一堆堆火。

额尔尼坐在地上眼睛都直了，突然嘴角一斜，抽风了，嘴角直冒白沫子。道尔吉也傻眼了。

嘎力根拎着一把步枪过来，说："队长，杀吧！"

"不要着急，等鬼子离开了阵地，等柳成龙他们靠近了，再杀鬼子不迟，注意安全！"哈斯巴根的身边只有嘎力根了。

炮弹不断地落下炸开，雪面子、砖头落了同志们一身。

山本四郎绕道进了城内，珊丹气呼呼的。山本四郎笑了，说："珊丹格格，你不必生气，铁血队这次是无论如何也跑不掉了……"

"你把战场摆到了我们家，分明是不安好心。"珊丹还在担心家里，担心额尔尼。

"话不能这么说，我知道，你们家肯定受损不小，但这也正是好事呀，王府虽好，但毕竟陈旧了，等消灭了铁血队，在城里盖上一套现代的豪华王府不是更好吗？"

"你出钱吗？"

"当然没问题了，只要消灭了铁血队，盖一套豪华王府那不是小事吗？"

"你身为日本军人，怎么会喜欢我呢？你在日本没有女人吗？"

"我从帝国军校毕业后就入伍了，入伍不到一年就来到了中国，为了东亚共荣，为了帝国的圣战事业，没顾得上找女孩成家呢。"

"什么东亚共荣？你们在杀人放火，无恶不作。"

"我必须承认我们确实做了一点这样的事情，但你要理解，当年成吉思汗率领蒙古骑兵南征北战，一直打到两河流域，攻城、屠城的事儿干得也不少嘛，那还不是想建立一种秩序吗？"山本四郎看了看珊丹，说："如果没有抵

第七章 木炮

抗，大日本帝国的先进耕种技术和工业生产技术就完全可以引进来，只是你们不理解。"

"这么说我们还得感谢你们了？倒是我们做错了？"珊丹当然说不过山本四郎，但她看到了现实。

"现在是抵抗分子不给我们机会，我们也没办法。"

"铁血队没来时，你们有机会吧？可你们干了什么？四处圈地占地，弄得多少牧民家破人亡，这你总该知道吧？"

山本四郎看着珊丹不吱声了，珊丹看见了哈斯巴根的医院，说："停车，我要下车，我去医院！"

"不过你要马上回来，从现在起我要负责你的安全。"山本四郎叫停了车，珊丹下了车。

珊丹进了医院，只看见了金子，这时外面响起了枪声，伊德尔跑了进来。

"快跟我走！"伊德尔拉起金子就向后院跑。又有两个人进来，身上带着伤，一起向后院跑去。

来到茅厕，伊德尔挪开屎缸，说："你们快下去，保护好金子！"

伊德尔见几个人都下去了，又挪回屎缸，转身回到医院里，朝外面射击。山本四郎见外面的几个人被打死了，说："扔手雷！"

三颗手雷扔进医院爆炸后，伊德尔被炸晕了。山本四郎上去踢了伊德尔两脚，说："带回去！"

伊德尔醒过来时，发现自己被绑在桩子上，眼前竟然站着金子，穿着日本军装的金子。

"你、你怎么穿鬼子的衣服？"伊德尔不敢相信自己的眼睛。

"我本就是大日本帝国的特工，你说我该穿什么衣服？"金子得意地看着山本四郎。

"臭婊子，你他妈的是小鬼子，噢，我明白了，你、你先勾引我，再勾引嘎力根，分离我们，从我嘴里……"伊德尔这才明白，金子为什么老找他喝酒，老是哭诉嘎力根不是人，自己酒后说什么了？

金子一连给了伊德尔几个大耳光，掏出手枪就要崩了伊德尔。山本四郎拦住她，说："你没必要现在杀他，但你可以割下他的舌头来！"

中村大雄见额王府里已经烧成一片火海，他笑了，一挥战刀，说："进攻！"
几百鬼子端着刺刀出了阵地，向额王府扑来。

天已经大亮，太阳也升起来了。哈斯巴根见鬼子们上来了，拿过一挺机关枪来，说："打！"

冒出头来的队员们快速将子弹上膛，快速射击，鬼子们倒下去了一片，又乖乖地趴下对射。中村大雄脸上的横肉直抖，高喊："开炮！"

炮弹再次飞进了额王府。

突然两侧响起了枪声，鬼子立刻乱了套，顶不住了，往下退。这时铁血队的马队冲了过来，砍杀起跑不开的鬼子来。

中村大雄这才明白过来，高喊："开炮！开炮！"

几颗炮弹落到了鬼子与铁血队队员中间，马队向炮兵阵地冲来，只是眨眼之间就冲到了中村大雄眼前了。他不得不转身逃跑，后面的鬼子跟着跑了下来。

哈斯巴根见中村大雄开始跑了，便跑出额王府，抢过一匹快马，翻身上去，冲到了大家的前面，一路上到处留下了鬼子的尸体。

中村大雄没命地朝县城跑来，跑着跑着他看见前面有一伙人正看着他。只见索王一枪打中了中村大雄的肩头。

索王的卫队立马也开火了，奔跑中的鬼子几乎成了活靶子。

中村大雄来不及应战，没命地朝空白地带跑去。索王一挥手，卫队就追了上去，枪响了一路。

哈斯巴根追上了索王的卫队，喊道："停止追击，停止追击！"

索王眼见着小鬼子没多少了，问道："为什么不追？"

"阿兀，不能再追了，只有让中村大雄跑回去，山本四郎才知道城内也不安全了，他才能转移秀秀，我们才有机会下手救出秀秀来，要不然秀秀又成了能威胁我们的人质了。"

柳成龙、查力图、柳八爷等人也跑了过来，哈斯巴根看着三支力量合到了一处，心又开始燃烧了。

06

索王他们回到额王府附近，索王看着遍地鬼子的尸体，笑了，不时地拍打着走过身边的人，说："好样的，郭尔罗斯男人就得这样，痛快！"

柳八爷走到索王近前，恭敬地道了声："索王爷……"索王打断了柳八爷，说道："哎，老八哥呀，王爷是个什么？不打鬼子还不是狗屁王爷？兄弟我憋了很长一段时间闷气，以后叫兄弟！"

"叫一声兄弟，以前的烂账就一笔勾销了，如今孩子们长大了，我们老了，我们不如孩子们……"柳八爷喃喃道。

索王笑了，有点不好意思地说："嗯，哈斯巴根一回来就跟狗熊似的，气死我了，闹了半天，他在背后净杀鬼子了，我的好儿子呀，哎，哈斯巴根！"

正说着哈斯巴根也跟了过来。

"秀秀怎么办？没看见人影呀！"索王有些着急了。

哈斯巴根看了看还在打扫战场的同志们，说："这样，成龙和大叔带着他们本家兄弟，你和查力图带着咱们家卫队，我带着铁血队，各自埋伏在去乌京的路上，见鬼子汽车就打，但注意不要像吃饺子一样，一口一个，要拖他们一段时间，我觉得山本四郎会转走秀秀，他不敢留她在城里了。"

"好，就这么定！"柳八爷插好了双枪。

这时，柳成龙跑到哈斯巴根跟前说："珊丹也不见了。"

"她一定在城里，你不要着急，放走额王和道尔吉，她就不会出问题，打完鬼子的汽车，你和柳大叔带着兄弟们隐藏一段时间，山本四郎可能要报复！"哈斯巴根拍了拍柳成龙的肩头。

"好，撤！"柳成龙领着哈达山的兄弟们撤走了。

埋伏了好一段时间，嘎力根待不住了，问道："队长，行不行啊？"

"肯定行，我都算好了，放心吧！"哈斯巴根的眼睛盯着公路，只见公路像细长的蛇蜿蜒到远方。

接近中午时分，远处传来了枪声，哈斯巴根想了想说："嘎力根，你带两个人逼停那辆车，注意那上面的鬼子。"

不一会儿公路上开过来一辆车，却不是鬼子的军车，而是一辆铁棚的邮车。

哈斯巴根见嘎力根带人下了山坡，于是拿过一支步枪来，拉栓上了子弹，定定地看着那辆车。那辆车平稳地开了过来。

嘎力根三人跑到公路上，朝邮车摆手，邮车突然加速开了起来。山上的哈斯巴根一枪击中司机，退出子弹再顶上子弹，一边瞄着邮车，一边跑了下来。

身后的同志们拍马跑了下来，围住了邮车。

"啪、啪"两枪，邮车的锁头被打碎了，两个同志上去打开车门，发现田秀秀和金子被绑在里面，她们的身后是信件、物品。

田秀秀朝哈斯巴根"呜呜"直叫，上去两个同志想解开田秀秀和金子，可绑着她们的不是普通的绳子，而是铁链。哈斯巴根刚上车，邮品动了一下，他急忙压在田秀秀身上。

接着响起了机关枪的声音，近处的几个同志倒了下去。

哈斯巴根侧身出腿，踢歪了机关枪，子弹打出了邮车。竹下光治举刀刺中了哈斯巴根的腿，哈斯巴根不等竹下光治拔出刺刀，一手握住竹下光治的手，一手抓住他的腰带，"啊"地一声叫，硬把竹下光治扔出了邮车。

哈斯巴根自己拔出刺刀，血喷了一车。他跳下车来，疼得他一趔趄。竹下光治站了起来，看着哈斯巴根，又抽出一把短刀。

"别开枪！看我怎么弄死他！"说完哈斯巴根又朝竹下光治勾勾手，示意他可以拼杀了。

竹下光治横刀划向了哈斯巴根，哈斯巴根侧身躲过，一手架住竹下光治的胳膊，另一只手握着的刺刀直接捅进竹下光治的肋间，说："就这么两下子，出来扯啥呀？"

哈斯巴根转身走向邮车，竹下光治却使尽全身力气扑向哈斯巴根，哈斯巴根突然转身到他的背后，一刀把竹下光治捅了个透心凉。

哈斯巴根走到车厢前，拔出了田秀秀嘴里的布。

"我和金子的铁链是一根，怎么办？"

"牵马来！"哈斯巴根一招手，一个同志牵过一匹马来。

哈斯巴根双手一托田秀秀的腿和脖子，田秀秀被放在了马背上，另一个同志帮着把浑身是伤的金子也抱到了马背上，放在田秀秀身前。

"嘎力根，你通知我阿兀和成龙他们撤，我们回草原了！"哈斯巴根翻身上马，领着铁血队的同志们撤了。

额尔尼刚走进城里，就摔了一个跟头，道尔吉失魂落魄地看了看额尔尼，忘了把他扶起来。额尔尼自己站了起来，辨认了一下方向，又蹒跚往前走去。

走到城里府门口时，他看见了山本四郎、中村大雄和受了伤的赵吉庆。

额尔尼实在走不动了，一屁股坐在了地上，珊丹跑了过来，喊："阿兀，阿兀！"

额尔尼看了看珊丹，流下了混浊的泪水，说："你还好吧？家没了。"

"阿兀，这是咱们的家吗？我扶你进去！"珊丹费了好大力气才搀扶起额尔尼。他们走到山本四郎身边时，珊丹白了山本四郎一眼，额尔尼一句话都没说。

走进内室，额尔尼一身疲惫，仰在椅背上，珊丹给他倒了一杯水，额尔尼一口喝干，还呛了一下子。

山本四郎、中村大雄走了进来，道尔吉也跟在旁边。

"额王，这一仗虽然打毁了额王府，可是铁血队已经元气大伤，你功不可没，府外的宪兵队就给你了。"山本四郎见额尔尼还是没精神，转身给了赵吉庆和道尔吉两耳光，说："你们两个废物，哈斯巴根就是铁血队的头儿，他竟然在我们眼皮底下逍遥了这么长时间，你们失职！"

"机关长，哈斯巴根太他妈滑头了，那孙子装得太像了，我们没、没注意呀！"赵吉庆的脸苦得像瓜蛋子一样。

"我认为他们在城里还有眼线，不可能一下子撤得干干净净。"道尔吉小声地说。

山本四郎点了点头，说："你说得有道理，从现在起警察署和特务队一定要注意城里，凡是可疑之人都给抓起来，必须铲除城内的眼线，然后再伺机消灭铁血队。"

"嗨！"赵吉庆和道尔吉听见山本四郎下命令来了精神。

山本四郎看了看额尔尼，说："额王，你就安心在城内生活吧，有什么困难请向我开口，有求必应。"

待山本四郎、中村大雄和赵吉庆走出去，额尔尼直直的眼睛动了一下，朝山本四郎的背影吐了一口痰说："阴险，狗熊！"

"阿兀，你别生气了，别多想了。"珊丹给额尔尼捶肩抚胸。额尔尼长出了一口气说："哎，齐王真是老狐狸呀，他就知道郭尔罗斯麻烦事多，就躲了，我还以为小鬼子有三头六臂呢，没想到啊。"

道尔吉坐在椅子上不吱声了，心里一直在想着什么事情，他突然起身走了出去。

额尔尼又长叹了一声，也许是叹道尔吉吧，突然问珊丹："你说哈斯巴根现在在干什么呢？"珊丹想了想，还是什么也没说出来。

此刻哈斯巴根坐在简单的帐篷中，田秀秀正给他缝合伤口。他喝一口酒看了田秀秀一眼，羊肉在他嘴里嚼得直冒油。

查力图、嘎力根和索王等人进来了，田秀秀一边缝伤口一边问："你们没给消毒，他伤口感染了怎么办？"

查力图笑了，说："指导员，这可不能怨我们，队长现在是病人，没有作战能力了，这要是你占他点便宜，他只能束手无措了，我们很担心啊！"

田秀秀见索王一直在笑，她的脸红了。哈斯巴根喷出一口酒来，缓了一下说："查力图，你小子真有良心啊！"

这一句话逗得所有人大笑起来，隔壁的金子正躺在床上，默默地盯着帐篷顶，她不敢动，一动浑身的伤口就疼，看着看着她的眼泪就流了下来。

第八章 营救

索王走出帐篷,正是中午,他四处看了看,见没人,便闪入长草之中,快速奔跑起来。突然身侧出现了一个人,索王刚要掏枪,一看是嘎力根。

「嘎力根,你干什么呢?」

「王爷,您去救伊德尔,我也去,他是我兄弟!」

嘎力根面无表情,胸膛却在不住地起伏着。

01

索王走出帐篷,正是中午,他四处看了看,见没人,便闪入长草之中,快速奔跑起来。突然身侧出现了一个人,索王刚要掏枪,一看是嘎力根。

"嘎力根,你干什么呢?"

"王爷,您去救伊德尔,我也去,他是我兄弟!"嘎力根面无表情,胸膛却在不住地起伏着。

索王急了,一指脚边的草丛说:"我就是这荒不见边的枯草,你们是枯草里新长出的草,我们烧也就烧了,死也就死了,可你们不行。"

"我不管,我对不起伊德尔!"

索王知道嘎力根是头倔驴,想了想说:"好了,好了,跟我去是九死一生呀,我可说明白了啊。"

"我知道!"

索王走在前面,嘎力根跟在后面。索王走了几步又停住了脚步,说:"哎——哈斯巴根上学去外面闯荡不在我身边时,伊德尔像儿子一样侍候我,他也是我的孩子呀!"

"索王,你啥都不用说了,死就是了!"

索王看了看嘎力根,啥也说不出来了,这头驴算是劝不回去了。

索王与嘎力根一前一后地向城内走去。

城内正是热闹时刻,一伙鬼子押着伊德尔正走在街上,特务们"呜噢"喊叫着,老百姓们木木地围着看着。到了十字街头,鬼子把伊德尔推下了车,推到一个木桩子前。

伊德尔静静地看着周围的人。

"这个人是索王府的人,天天往这儿押,怎么不枪毙呀?"人群中有人议论着。

"不知道小鬼子在唱哪出儿呢,这也是个爷们呀,你看,没有一丁点的害怕。"

太阳照在新发芽儿的树叶上,应该说挺温暖的,人们已经换上了单衣,如果在郊外,得忙着种地了。

人群突然被分开了,啪——啪——啪——啪,响起了枪声,鬼子一个—

个地倒下去，人们这才明白过来了，四散奔逃，哭爹喊娘。

　　鬼子似乎找不到射击的目标一样，举枪朝人群中打去。索王和嘎力根枪枪不走空，十几个鬼子眨眼之间就完蛋了。

　　嘎力根蹿向了伊德尔，伊德尔朝嘎力根直呜噜，急摆手，就是说不出话来。嘎力根抽刀割断绑伊德尔的绳子，伊德尔还是说不出话来，朝一个角落直比划。

　　嘎力根蒙了，看着伊德尔，伊德尔张了张嘴。嘎力根瞪圆了小眼睛，伊德尔的舌头没了。

　　突然角落里一声枪响，索王"哎哟"了一声，嘎力根才明白，角落里有鬼子，他把枪交给了伊德尔，自己跑向了索王。索王已经站不起来了，坐在地上射击。

　　"别管我了，我是枯草，你们快跑！"索王连急带疼，额头上直冒汗。

　　角落里射出的子弹隔开了嘎力根，跑出来的几十个鬼子七手八脚地把正在换子弹的索王弄走了。嘎力根上去撕打，眨眼就落了下风。伊德尔的胳膊被鬼子打伤了，枪掉在了地上。

　　"快走啊！倔驴！"索王一边挣扎一边喊。

　　嘎力根被踢了个跟头，一滚身起来，拉起伊德尔就跑。

　　角落里的山本四郎用日语喊道："别打死他们，放他们走！"

　　一群鬼子边开枪边追嘎力根和伊德尔。嘎力根和伊德尔穿街过巷，一路狂奔，子弹在他们身边嗖嗖地飞过。

　　老唐听见了枪声，急忙抽出一把短枪来，听了听又收了起来。刚进门的小罗有些不安地看着外面。

　　"没事，枪声不是朝这边打来的，快里面坐。"老唐热情地招呼小罗。

　　小罗刚开门进了里屋，老唐妻子开的店门口响起了一阵急促凌乱的脚步声。门被踢开了，道尔吉领人冲了进来。

　　老唐再拿枪显然已经来不及，肩头被道尔吉打了一枪。小罗在里屋出枪打倒了道尔吉身边的特务，缓了一下老唐的急。

　　老唐躲在柜台后面反击，一连打倒屋内的几个特务，道尔吉连滚带爬地跑了出去。

　　"小罗，快走啊！"老唐一边射击一边喊。

　　小罗边射击边说："我不走，我不能扔下你不管。"

"你可真是的,你有任务在身!"老唐又中了一枪喊道:"再不走,一个也走不了了!"

小罗咬了咬牙,上了炕,踢开后窗户,跳了出去。

不料,一个手雷扔到了柜台前,轰地一声响,屋内的杂物乱飞,老唐被炸晕了过去。道尔吉领人冲了进来,特务们把老唐抓住了。

道尔吉一晃脑袋,几个特务进了后屋,又押出了老唐的妻子。

"就一个女人,那个人跑了。"特务向道尔吉报告。

道尔吉乐了,他看了看老唐的妻子说:"这娘们长得,不愧是读书人,细皮嫩肉的。"说着,他伸手就去摸老唐妻子的脸。

老唐迷迷糊糊地醒过来,正看见道尔吉的无耻举动吼道:"畜牲!你别碰她!"

"哟,心疼了是不是?这么有味道的娘们,谁都心疼呀。"道尔吉转向了老唐说:"给你个救她的机会,说,铁血队在哪里?刚才走的人是谁,来干什么?"

老唐咬牙切齿地骂道:"道尔吉,你也是王族贝勒,哈斯巴根也是王族贝勒,你他妈的怎么和他比!"

这句话可真是扎痛了道尔吉,道尔吉推开特务,扑倒老唐妻子,连亲带咬,撕扯老唐妻子的衣服。老唐妻子拼命地推打道尔吉,可她的力气实在太弱小了。

老唐甩开特务,踢开道尔吉,四个特务上前扑倒了老唐,一通拳脚相加后老唐头上的血就流了下来。道尔吉站起来,揉了揉被踢疼的地方,说:"好啊,敢打我?兄弟们,这个娘们儿给你们了,我还不喜得要了呢。"

几个特务揪起老唐妻子,扔在柜台上,撕开了她的衣服。

"老唐,快点救我呀!"老唐妻子哀求道。

道尔吉找个椅子坐下,一个特务给他点了一根烟。老唐的汗都流了下来,突然坐在了地上。

"老唐,快点救我呀!"老唐妻子继续求道。

老唐用头撞了几下柱子,血流得满脸都是。

"老唐,快点救我呀!"

老唐突然转身跪着趴到了道尔吉腿边,说:"我说,只要你放了我老婆。"

"好啦,好啦!早这样多好啊,说吧!"道尔吉喷了老唐一脸的烟。老唐的泪水都流了下来,他妻子捂着胸口,滚下了柜台。

第八章 营救

老唐抱住妻子，妻子哭了起来。他脱下衣服盖在妻子身上。

"说呀，要反悔吗？"道尔吉得意了。

老唐低下头，想了想，说："我要向山本机关长当面说。"

道尔吉扔了烟头打了老唐两耳光，怒道："什么意思，啊？"老唐轻蔑地笑了笑说："我只向山本机关长说，有能耐你杀了我呀！"

道尔吉想了想，一挥手，说："带走！"

嘎力根和伊德尔被堵在了死角里，嘎力根只有一支短枪，击毙了几个鬼子后，没有子弹了。伊德尔抄起两块石头，挡在了嘎力根身后。

小鬼子一步步地靠近，嘎力根拔出一把蒙古短刀来。

"说话！"嘎力根碰了一下伊德尔。

伊德尔愣了愣，转过身来，张着嘴呜哩哇啦地叫了几声。嘎力根气疯了，扯过伊德尔，刚要冲出去。鬼子身后响起了枪声。

小罗看见了嘎力根，一连几枪，鬼子就闪到了街两边去了。伊德尔扔石头砸死两个鬼子，嘎力根跟在他身后，割了一个鬼子的喉管，捅死了一个鬼子。他们两个总算是跑到了小罗身边。

"快走，不宜恋战！"小罗掩护着嘎力根和伊德尔跑出了城。

跑进草原，跑到半路上，小罗看见了哈斯巴根和查力图。哈斯巴根和小罗抱了抱，直接问嘎力根："我阿兀呢？你是不是和他进城了？"

嘎力根的头都抬不起来了，答道："嗯，他被抓了。"

哈斯巴根看了看伊德尔，明白了，说："伊德尔，你怎么样？"

伊德尔眼泪一下子就流了下来。嘎力根的头还是抬不起来，说："他的舌头被割了。"

哈斯巴根一下子抱住了伊德尔，伊德尔呜呜地哭了起来，像个孩子，像迷路走丢了的孩子。

哈斯巴根突然松开了伊德尔，说："绕道回营地，快，后面有特务。"

小罗恍然大悟，还是哈斯巴根反应快，如果真要杀死他们，小鬼子怎么可能让他们三个出城呢？

七绕八绕的，总算回了营地。

田秀秀看见了嘎力根，没怎么地，看见了小罗吃了一惊，特别是看见了伊德尔，急忙问："伊德尔，你怎么回来了？"

哈斯巴根的脸色不太好看，说："阿兀和嘎力根救出来的，半路上碰见了小罗。"

"这、这……爹呢?"田秀秀知道事情不妙了。

"被鬼子抓了,简直是胡闹!"哈斯巴根发火了,同志们很少看见他发火。田秀秀拽着伊德尔说:"老王爷现在怎么样了,啊?"

伊德尔不敢看田秀秀,田秀秀擂了伊德尔一下,说:"你说话呀!"

哈斯巴根拉田秀秀坐下,说:"他说不了话了,舌头被鬼子割了。"

田秀秀上上下下地看着伊德尔,伊德尔蹲在地上,胳膊还流着血呢。哈斯巴根想了想,说:"小罗,有什么指示吗?"

"经过了一冬天,山上的粮食不够了,眼下正值春末,群众们的粮食也不够了,团长的意思是夺小鬼子的粮食,哪怕运不上山也要发给群众们。"

田秀秀拿着药箱,给伊德尔包扎。这时金子端着饭菜进来,看见了伊德尔她一哆嗦,饭菜都掉在了地上。伊德尔看见了金子,也不管田秀秀没包扎完,给了金子两个耳光,打得金子转了个儿倒在了地上。

伊德尔朝哈斯巴根一通比划,可哈斯巴根啥也不明白,反倒呵斥伊德尔,质问道:"你怎么打人呢?啊?疯了?"

伊德尔还在比划,金子满脸泪水地哭起来,像受气媳妇一样捡起碗筷,可刚站起来,又让伊德尔一脚给踢了出去,刚包扎好的伤口又流血了。

02

山本四郎看着老唐,又看了看老唐的妻子,伸手请老唐及妻子坐下,说:"请坐,唐先生,让您受委屈了。"

老唐也没客气,一屁股坐下,他妻子偎在他身边,一脸惊恐。

"唐先生,我开门见山地说吧,帮助大日本皇军的都是朋友,我们也从来不亏待朋友,所以我希望您是我的朋友,我也能做成您的朋友。"

山本四郎轻声细语,一直在看着老唐。

老唐叹了一口气,说:"好吧,既然已经这样了,不知机关长想知道点什么呢?"

"唐先生真是爽快人,道尔吉署长说刚才缉拿你时,还跑了一位,他是什么人?"

"他是山里到郭尔罗斯的交通员,不常来,一来就有任务,叫小罗。"老唐看着自己的妻子，妻子盯盯地看着他。

"他带来了什么任务？"

"还没等说，他刚进门，道尔吉就进来了，不过根据我对时下的判断，他来应该是动员铁血队弄粮食的。"

山本四郎想了想，问道："何以见得？"

"抗联主要有两大问题，一是过冬，二是吃饭，去年我们虽然抢了一次皇军的粮库，但那些粮食根本不够吃到新粮食下来之时，现在是春天，不可能一直吃野菜的。"

山本四郎笑了，说道："唐先生，你判断得很准确，应该是这样的，根据情报，在剿匪前线，经常有运输队被抢劫。道尔吉署长！"

道尔吉立正了。

"你给唐先生准备好房子，一定要好，一定要保护好他的安全，他现在是我的朋友，明白吗？"

"嗨！"道尔吉转向了老唐，说："唐先生，现在我们是同僚，刚才之事请你不必放在心上才好。"

老唐白了道尔吉一眼，起身搂着妻子走出山本四郎的办公室。

山本四郎拨了一个电话："喂，是额王吗？请你到我办公室来一下。"

放下电话，山本四郎笑了一下，盯着城防图琢磨起来。

不一会儿，额尔尼来了。他刚进山本四郎办公室，山本四郎站了起来，亲自给额尔尼倒了一杯水说："在城里住得还好吗？"

"还好，还好。"额尔尼接过水来，一口没喝。

"你坐下，我和你谈谈我与珊丹的婚事。"山本四郎自己走回办公桌后面。

额尔尼像傻子一样看着山本四郎。

"我明白，你一直怀疑我对珊丹的诚意，但我会用我婚后的行为证明我是真心喜欢珊丹的，只要结婚了，你很快就会看到的。"山本四郎停顿了一下说："关于结婚这件事，我做一回主，你回去查一下，找一个黄道吉日，就在这十天之内。"

额尔尼哆嗦了一下说："这是不是太着急了？珊丹根本不会同意的。"

"你帮我劝劝她，终身大事，父母之命嘛，结婚之后我给你建一个大宅子。"山本四郎闭上眼睛接着说，"我一直在杀人，也该享受一下人生了，请你不要怀疑我的诚意。"

额尔尼老态龙钟地看了看杯中的水。

"婚期订下来之后，我会广发帖子，请郭尔罗斯的名流们见证一下，大日本帝国不是不可亲近的，这样你总能放心了吧？"

额尔尼"嗯嗯"了两声。

营地帐篷中烛火明亮，哈斯巴根摸出一根烟来，点着了，狠抽了几口。

"你还犹豫啥呀，先救你爹出来，然后再寻机抢了鬼子的粮食。"田秀秀的声音很亮，明显带着脾气。

哈斯巴根又狠抽了一口，喷出一片烟雾说："这是个两难的选择，救阿兀就会惊了鬼子，再抢粮食谈何容易？"他扔了烟头接着说，"可不救阿兀出来，我比你们更难受。"

小罗一直坐在门口，春风吹进来却带不来舒服，他站了起来说："临时改变任务，必须救索王出来，他把他的全部贡献给党了，这要是不救，我们对不起良心，你——更要受良心的谴责！"

查力图推了一下哈斯巴根说："队长，你下决心吧，哪怕让我去攻打县城都行，福晋已经没有了，难道王爷也要扔吗？"

"这哪他妈的是扔？"哈斯巴根火了，"他是我亲爹，知道不？他光明磊落，他爱民如子，他大忠大义，你们不清楚吗？这时要是因为他一个人耽误抢粮食而饿死许多郭尔罗斯的百姓，就是救他出来，他能饶过我吗？他怎么面对这些供养他的郭尔罗斯子民？"

"可铁血队有一半的家底都是他的，不救他也说不过去！"田秀秀的声音倒是缓和下来了。

这时外面传来马蹄声，到了近前消失了，一个人像风一样钻了进来，弄得烛火直摇晃。哈斯巴根这才看清了，是柳成龙。

"山本四郎那个王八蛋要和珊丹结婚了，怎么办？啊，怎么办？"柳成龙扯着哈斯巴根的胳膊。

"什么时候的事？听谁说的？"哈斯巴根觉得头有些疼。

柳成龙的脸都变了颜色，说："今天下午，城里的兄弟们传回来的信，索王被抓，他又要娶珊丹，他这是要让我们两头不能兼顾。"

"你明白就好，千万不要冲动……"哈斯巴根还没说完，柳成龙就打断了他说："放屁！我能不冲动吗？她是我的女人！"

哈斯巴根直拍脑袋！

"哈斯巴根，我告诉你，我尊重你才来找你的，我信得着你才来找你，我

第八章 营救

觉得你能帮我一把,我才来找你,你不会不帮忙吧?"

哈斯巴根瞅着柳成龙把话说完,才说道:"恕我直言,我已经决定先抢鬼子的粮食送到山里,就是送不到山里也要发下去,不然得饿死……"

"你他妈的真不是人,你爹,你曾经的恋人,都在城里,他们都有死的可能,你他妈的还想着抢粮食呢?我不用你总行了吧?"柳成龙说完就要往外走。

哈斯巴根一把拉住了他,说:"山本四郎就等着你我攻进城呢,你的兄弟不值钱就去死吧,你们就算死光了也救不出珊丹的。"

柳成龙给了哈斯巴根一个大嘴巴,哈斯巴根的血顺着嘴角流了下来,柳成龙说:"妈的,我不知道吗,这不是求你来了吗?求你帮忙吗?"

哈斯巴根笑了,说:"我说不帮了吗?好汉爷,你听我说,山本四郎肯定不会在两三天内与珊丹结婚,我们完全可以坐下来研究一下。"

田秀秀半天没说话了,看着眼前的两个汉子一来一往,她觉得心里温暖,于是说:"我想到了一个拖延婚期的办法。"

柳成龙看着田秀秀。

"从今天晚上算起,铁血队天天到城下放几枪,杀几个鬼子,造成指不定哪天攻城的态势,山本四郎不可能不重视的,他已经输不起了,他还能有心思结婚?"

哈斯巴根点了点头,说:"好,山本四郎应该知道狼来了的故事,另外,成龙和我一会儿进城,我去拜访山本四郎,你去找珊丹,告诉她想办法摸清粮库的情况,让她想办法拖延婚期。"

"好,这就走吧!"柳成龙闪身就出去了。

"哎,这是不是太危险了?"田秀秀的心一跳一跳的。

哈斯巴根笑了笑,说:"你们骚扰完山本四郎,我再与他见面,没有任何危险的。"

小罗突然想起了老唐,说:"队长,老唐怎么办?"

"老唐是书生,未必能扛得住鬼子的酷刑,所以你们骚扰完守城的鬼子就向柳大叔他们靠近,一定要注意隐蔽!"哈斯巴根说完转身去追柳成龙了。

田秀秀等人马上出来,集合队伍,跟在哈斯巴根和柳成龙身后。

城下外的树林里,田秀秀看了看城上的情况,可以看得出山本四郎和中村大雄很注重守城的力量,上面鬼子多,枪眼多。

查力图过来问道:"指导员,枪和炮都用上吧?"

175

"好吧，看你的，你可是有名的神枪手啊！准备迫击炮！"田秀秀对身边的同志说道。

查力图拿起一把步枪，推上子弹，抬手一枪，一个鬼子倒了下去。这下可惊动了鬼子，他们纷纷朝城下看去。

查力图换了个地方，远离了同志们，又是一枪，一个鬼子又倒了下去。鬼子朝查力图的方向开了火。

查力图连换了几个位置，每换一个位置开一枪，每一枪打倒一个躲在城墙后面的鬼子。

田秀秀感觉差不多了，说："同志们后退，准备开炮！"

同志们纷纷退到远处，炮手装弹开炮，三发炮弹打在城墙上，城墙被打出三个豁口来，几个鬼子掉下了城墙。

只听一个鬼子打电话喊道："喂，喂，中村队长吗？我们遭到了袭击！"

03

哈斯巴根和柳成龙进了城，来到珊丹家附近，他们看见了守在外面的日本鬼子。哈斯巴根掏出短枪来，柳成龙笑了笑，闪身躲进了角落里。

哈斯巴根一连三枪击毙三个鬼子，转身朝宪兵队跑去，后面的鬼子追了上去。

柳成龙翻过墙头跳到院子里，听了听，朝一间还亮着灯的房间走去。院子里的家人纷纷出来，拿着枪跑出了大门。

柳成龙找了几个房间后闪身进了内室，突然他听见里面有人说话，原来是额尔尼和珊丹。

"我这也是为了你和你哥呀，人在屋檐下不得不低头啊，你好好想想吧。"额尔尼说完走出珊丹的房间，柳成龙急忙隐在门后。

不见额尔尼的身影了，柳成龙才闪进珊丹的房间。

珊丹以为又是父亲进来了呢，没抬头看。柳成龙看见珊丹，笑着拿出一捧马莲花来，送到珊丹面前。珊丹吓了一跳，一抬头见是柳成龙，眼睛睁得大大的。

柳成龙微笑着看着她，珊丹再也顾不了许多，扑进柳成龙的怀里，说："你可来了，你快带我走吧！"

第八章 营救

柳成龙闻着珊丹身上淡淡的香气，感受着她柔软的身体和温热的体温，直晕乎，不知道说什么好了。

珊丹像是在做梦一样，老是重复着那一句话："你可来了，你快带我走吧！"

好半天，柳成龙才轻轻地推开珊丹，看着珊丹红润的脸颊，珊丹眨着大眼睛看着柳成龙。柳成龙抱起珊丹扔到了床上，只见床上白色纱帐红色的被子，被子上绣着金黄色的并蒂莲。珊丹的双眼流下了晶莹的泪水，却紧紧地抱着柳成龙。

柳成龙顾不了许多，连脱带扯地除去珊丹的衣服……

"你听我说，你还得留在城里几天，我这次来原本是要接你走的，可是现在我们决定先端掉鬼子的粮库，那里是你哥和赵吉庆把守，我们进不去，你还得帮一下，不然郭尔罗斯在这青黄不接的时候不知要饿死多少人呢。"

珊丹掉了一下脸子，柳成龙又亲了她一下，她笑了。

"明天我去粮库找我哥，你假装成车夫跟我混进去。"珊丹掐了掐柳成龙的鼻子，说："你现在还是走吧，这要是让我阿兀看见了，非得先打断你的腿，后要你的脑袋。"

柳成龙咬了一下珊丹的鼻子，说："我还是走吧，我就在你家附近，对了，你要想办法推后和山本四郎那个王八蛋的婚期，这样我们的时间才更宽裕。"

珊丹没说话，看着柳成龙穿好衣服，突然间笑了。柳成龙一闪身就出去了。

哈斯巴根不断打倒鬼子，一路跑到了宪兵队，到了门口，他把双枪扔到了地上，用日语说："我是铁血队队长哈斯巴根，我要见山本四郎。"

那两个鬼子急忙将枪口对准了哈斯巴根。哈斯巴根笑了，说："不要紧张，领我进去就可以了。"

新建的宪兵队大楼，哈斯巴根也来过，一个人走在前面，后面的两个鬼子寸步不离地跟着，生怕哈斯巴根弄死他们两个。

山本四郎被门开的声音吓了一跳，看见哈斯巴根时，他更是被吓了一跳，直到看见哈斯巴根身后的两把刺刀，他才安稳下来。

山本四郎突然间不知道说点什么好了，哈斯巴根微笑了一下，说："来得突然，山本先生不请我喝杯茶吗？"

山本四郎倒了一杯茶水递给哈斯巴根，突然他也笑了。

"深夜造访,哈斯巴根会长是什么意思呢?我确实没想明白。"山本四郎坐在哈斯巴根对面,后面的两把刺刀一直对着哈斯巴根。

"其实也没什么意思,就是来感谢山本先生一直以来对我的信任。"

"你这是在挖苦我吗?"山本四郎的眼里有了变化,说:"你信不信我现在就杀了你?"

"我不是来挖苦你的,我也不信你现在就杀了我,所以我才来的。"哈斯巴根喝了一口茶,品了一下。

"为什么?"

哈斯巴根放下茶杯,看了看山本四郎,那眼神像是在商量事情一样,说:"山本先生心思缜密,心静如水,出身高贵,才智过人,所以你不能轻易地输给别人,特别是输给中国人,你的心里肯定不承认,如果你杀了我,就失去了证明的机会了。"

山本四郎愣了一下,鼓起掌来,说:"如果没有战争,我真的喜欢和你成为朋友。"

"可惜呀,现在就是战争年代,你我不可能成为朋友了。"

"你来终究得有点目的吧,不会真的来和我谈心吧?"

哈斯巴根站了起来,看了看山本四郎的军刀,拿了起来,抽出来,看了看又合上了,说:"我来是要向你下挑战书的。"

山本四郎笑了,来了兴趣,说道:"好啊,咱们之间真是越来越有趣了,我真的喜欢这样,说说你的挑战吧。"

"我知道你提出与珊丹结婚是想把珊丹及她一家人牢牢地控制在你的手里,我父亲也在你手里,你手上有了两个重量级人质可以要挟我,另外我也告诉你,我不但要救出珊丹和我父亲,我还要定了你粮库里的粮食,你认为我能做到吗?"哈斯巴根看着山本四郎。

山本四郎也站了起来,说:"你一定做不到!"

"我们拭目以待吧,时间就定在一个月内,怎么样?"哈斯巴根已经走到了门口,那两把刺刀向前挺了一下,逼到了哈斯巴根的胸前。

"放他走,就定二十天之内。"山本四郎突然精神了起来。

哈斯巴根大步地走出了宪兵队,山本四郎在窗前目送哈斯巴根离去,他不住地思索着,思索着思索着他的心凉了起来:哈斯巴根太了解自己了。

哈斯巴根回到营地时,天已大亮。他刚走到帐篷附近时,就听见了一群

第八章 营救

人在喊叫，接着就看见伊德尔在追打金子。金子头发散乱，一身泥土。

他在远处看了一会儿，田秀秀等人已经拉走了伊德尔，金子一个人坐在土包上，面朝东方，不住地流泪。

哈斯巴根走进帐篷，田秀秀很是惊喜，说："你回来了？"

"嗯，我不是说了吗，山本四郎不会把我怎么样的？"哈斯巴根见嘎力根在帐篷外面发呆，笑了笑，说："这几个傻瓜又闹了？"

田秀秀给哈斯巴根端点吃的，说："嗯，伊德尔回来之后总打金子，这么下去可不是个事，你找个机会说说他。"

"好吧，男人女人真麻烦。"哈斯巴根很快吃完了。

田秀秀突然想起什么来了，坐到哈斯巴根身边，问道："你找山本四郎干什么去了？我实在想不明白他为什么会放你回来。"

"我正大光明地向他发起了挑战，我说我不但要救出我阿兀、珊丹，还要抢他的粮食。"

田秀秀想了想，说："高招哇，但你别得意，你是顺着我的主意想出来的。"

"嗯，确实如此，不断骚扰城内，造成他极度紧张，我再明目张胆地向他挑战，他就会加快部署，我不信他露不出马脚来，只要他错一次，就足以致命。"

田秀秀乐了。哈斯巴根碰了碰田秀秀说："你没事时多多关心金子，她现在孤苦伶仃的，对了，山本四郎要娶珊丹了，也就这十天半个月的事了。"

"这个王八蛋，他怎么想的呢？"田秀秀替珊丹担心起来了，说："柳成龙呢？他在哪儿呢？"

在田秀秀问起柳成龙时，柳成龙正赶着马车拉着一些鸡鸭鱼肉往粮库赶去，不时地看着低着头的珊丹笑一下，珊丹开始不好意思，打他一下，后来索性就坐直腰，任凭他看了。

粮库就在城西，在快要出城的地带。柳成龙看见粮库了，这里一响枪，全城都能听见，鬼子就会立即增援。

柳成龙压低了帽子，停住了马车。珊丹跳下来，朝站岗的警察说："领我去见我哥！"

那个警察认得珊丹，点头哈腰地说："这就去。"

珊丹朝柳成龙摆摆手，柳成龙拉着马缰绳跟在珊丹后面。那个警察走了几步又停下了说："珊丹格格，署长和特务队队长有命，外人不许进来。"

珊丹给了他一耳光子，喝问："你说说谁是外人吧，我都快成山本夫人了，你还说外人？"

那个警察捂着脸，指了指柳成龙。珊丹笑了，说道："他不是外人，他是给你们送好吃的，你去看看车上拉的什么。"

那个警察赔着笑脸，说："那就不检查了，您请，您请！"

柳成龙的眼睛快速地四处搜看着，粮库不小，只有一个大门，大门两侧有门卫室，四个墙角有炮楼，大墙又很高，想攻进来很难哪。

珊丹见了道尔吉，在远处和道尔吉说了几句话，道尔吉张牙舞爪的，也没正眼看看柳成龙。他身边的一个警察过来指着柳成龙，说："你跟我来吧！"

柳成龙被领到伙食房前，那警察点了一根烟说："抓紧搬，搬完快点走人。"

柳成龙扛起麻袋走进了伙食房。进了伙食房，他东屋看看，西屋看看，似乎不知道那些东西应该放在哪儿。

做饭大师傅看了眼柳成龙，张嘴说了句："兄弟，放下就行了。"他正在找佐料，一样抓一点。

柳成龙把麻袋扔在了地上，上去抓了一小捏盐放在了嘴里，"好几天没吃盐了，身上没劲。"

"你的手干净不干净啊？"大师傅人挺好，没发大火。柳成龙笑了，说："没洗手，干粗活的哪管那个呀？"他又抓了一撮儿，这下把佐料的一小排缸子都碰到了地上。

大师傅不干了，说："你这人怎么这样啊？快收拾呀！"

柳成龙急忙帮着收拾，连忙道歉说："对不住了，对不住了。"

佐料收起来一点，大师傅看了看，说："完了，这也用不了几天了，还得买呀！"

柳成龙急忙说："对不住啊，对不住！您看我一着急就……。为了弥补我的过失，我告诉你个卖佐料的好地方，那里的货既便宜又好，你一次多买一些，还能从中……是不是？"大师傅笑了笑："行啊，行啊！"柳成龙转身走出了伙食房，赶着马车出来找珊丹，珊丹正等着他呢。

送珊丹回来时，柳成龙拿出一把小手枪来，碰了碰珊丹。珊丹笑了，接了过去。他想了想又要抢回去，珊丹急忙收起来，说："这个给得好，山本四郎要是作死的话，我就杀了他。"

04

柳成龙直接找到营地,看见凝眉不展的哈斯巴根坐在山包下面的长草旁,显得很小。

哈斯巴根见柳成龙兴高采烈的样子,紧张感一下子消失得无影无踪,他就一直看着柳成龙走到近前。柳成龙静静地看着哈斯巴根,有些得意。

哈斯巴根突然跳起来,扑到柳成龙身上,猛擂了他几拳,打得柳成龙快要窒息。喘了几下后,柳成龙笑了,笑得全身直抽动。

"啥也逃不过你的眼睛,我服到家了。"柳成龙看着已经坐到一旁的哈斯巴根。

哈斯巴根也笑了,说:"珊丹是个好姑娘,你以后要是敢辜负她,我就敲扁你的头。"

"熊样,吃醋了,有这吃醋的劲你当初怎么不娶她呀?"

"别说这些没用的,说说粮库的情况。"哈斯巴根严肃地盯着柳成龙的嘴,希望他的嘴能蹦出点好听的。

柳成龙拔出短刀来,在空地上划开了,一边划一边说:"你看,这个粮库处在城西,城墙里面只有一扇大门,大门两侧有枪孔,四角有炮楼,粮囤子远离大墙,并且里面守卫的不全是特务和警察,还有穿便衣的鬼子。"

"你怎么看出来里面有鬼子的?"

"特务和警察都没事闲逛,不可能站有站相,坐有坐相的,他们绝对不会有那样的素质。"柳成龙说得很肯定。

"火力配备情况呢?"

柳成龙不划了,擦了擦刀收了起来说:"我没侦查,我估计重机枪得有四挺,轻机枪得有十挺,迫击炮怎么也得有两三门吧,特务队和警察署的人加在一起得有三百人,也就是说步枪得有四百支左右。"

"如果这样的话,我们硬攻肯定是攻不下来的。"哈斯巴根说着看向了帐篷,那里有他的兄弟姐妹们。

"还是先想办法解救王爷和珊丹吧。"柳成龙看着哈斯巴根。

哈斯巴根看了一眼柳成龙,说道:"我阿兀关在哪里都不知道,怎么解救?你是不是想先接珊丹出来呀?"

柳成龙笑了一下，说："王爷这么重要还能关在哪儿，一定是关在宪兵队了，混进去，里应外合拿下它不就完了吗？"

"放臭屁，你以为那是鸡窝呀，说拿下来就拿下来？"哈斯巴根白了柳成龙一眼说。

柳成龙捏捏鼻子说："那你说怎么办吧？"

哈斯巴根搂住柳成龙的腰说："先回帐篷，和秀秀研究一下再说。"

柳成龙别扭，想挣脱没挣脱掉，只好随哈斯巴根向帐篷走去。这时，田秀秀和金子也走了过来，她们身上背着药箱子，药箱上的红十字很刺眼睛。

突然哈斯巴根捣了柳成龙一拳，正中肚腹之处，柳成龙叫了一声就倒了下去。田秀秀和金子朝他们这边看来，哈斯巴根指着柳成龙朝田秀秀笑了笑。

田秀秀挎着金子笑了起来，直接走向了帐篷。

"你这左一拳右一拳的，干什么呀？"柳成龙没站起来。

"把你想好的肯定奏效的办法给我说说，少在我面前装糊涂。"哈斯巴根说完就拖着柳成龙回到刚才他画地图的地点。

"不用看了，发挥你的最强项就行了。"柳成龙坚定地看着哈斯巴根说。

哈斯巴根笑了，一指快要走进帐篷的田秀秀身上的药箱。

柳成龙点了点头。哈斯巴根的眉头彻底舒展开来了。

山本四郎在沙盘前傻了一样地看着。这时，中村大雄、赵吉庆、道尔吉走了进来。

"中村君，我把我的作战方案说一下，你细细地听，有什么想法咱们再交流。"山本四郎说话的声音不高，"哈斯巴根已经来过了。"这句话把中村大雄、赵吉庆、道尔吉吓了一跳，赵吉庆和道尔吉互看了一眼。

"为什么不抓他？"中村大雄一时也没想明白哈斯巴根的意图。

山本四郎笑了笑，说道："他向我挑战，他既想要粮食，又要抢回索王，更要带走珊丹，所以我决定把你的士兵再调入粮库一部分，那里是重中之重，你本人带着剩下的士兵，由唐先生带路在半路上突袭铁血队，使他们不能靠近城墙，赵队长和道尔吉坚守粮库，我本人带特高科着便衣进入额王府，我倒要看看哈斯巴根如何进得来，如何出得去，如何带人出去。"

"山本君，哈斯巴根敢来向你挑战，就是要打一次心理战，你可千万不能慌了，所有人员都被派出去了，宪兵队怎么办？"中村大雄不解地问。

"宪兵队索性给他了，如果他想要的话，但我断定哈斯巴根没有这么大的

第八章 营救

胃口。"山本四郎的声音还是不那么大。

中村大雄想了想说："听听赵队长的想法吧。"

山本四郎看向了赵吉庆。

赵吉庆没看着沙盘说："我的责任是负责防守粮库，粮库除了炮楼外没有任何掩体，所以我已经安排特务队用装粮食的麻袋构筑了工事，争取哈斯巴根来攻时，我们用较小的代价换得最大的战果。"

山本四郎点了点头。

道尔吉迫不及待地说："我把我们家的大门留着，其他小门全部封死，并已加派人手了。"

山本四郎又点了点头。

"山本君，弹药库的弹药全部下发，油库的油也全部下发，这样我们就没有后顾之忧了，最大的问题在于索王如何处置？"中村大雄终于提出了他最为忧虑的问题。

山本四郎俯在中村大雄耳边说了两句话，中村大雄笑了点点头，大声说："绝招！真是绝招！我把城防弄得薄弱一些，我们得让哈斯巴根先生进来，是不是？"

山本四郎笑了起来说："中村君，你出发时多带两部步话机，随时与我联系，如果铁血队真的进来了，你就回援，这次一定要消灭铁血队。"

"好的，我这就去准备。"中村大雄走了出去，赵吉庆也随了出去。

山本四郎叫住了道尔吉，笑着说："我们不能给哈斯巴根太多的时间，我与珊丹结婚之日就是决战之时，所以有些工作还需要你亲自去办。"

"机关长，有什么事请吩咐。"

"很简单，你找一处像样的又离宪兵队近的房子，收拾一下，买些家具，作为我与珊丹的婚房之用。"山本四郎说得很认真。

"这好办，几天就办好。"

"好，收拾完的第二天就是我与珊丹的结婚之日，你要在结婚之日的前两天就把消息放出去，这个时间很重要。"

"我明白，给哈斯巴根通个信，看他如何进来，看他又如何出去。"道尔吉并不关心哈斯巴根，他关心的是珊丹与山本四郎的婚事。

珊丹迷迷糊糊地醒过来时，吓了一跳，她在一座房子里，躺在一床红被子上，幔帐也是红色的，山本四郎身披红花就坐在椅子上看着自己。

珊丹急忙摸了摸身上的衣服，衣服完好无损，感觉了一下身体也并没有什么异样。

山本四郎站了起来，走向床来。珊丹掏出手枪对准了山本四郎说："你别过来，过来我就打死你。"

这时，山本四郎一愣，随即笑了一下说："别这样，有话可以慢慢地说。"

"我和你没什么好说的，我可没答应嫁给你。"珊丹拉了一下枪栓。

山本四郎一指珊丹手中的枪说："我明明知道你身上有枪，我都没让老妈子拿走，可见我并不想强逼你，我们可以好好谈谈。"

珊丹想了想，山本四郎说的话把她弄糊涂了，"谈什么？"

"你把枪收起来，我不会强迫你的，什么时候想通了什么时候你我再同床共枕。"山本四郎说得极为诚恳。

珊丹的枪还握在手里，不过不对着山本四郎了。

山本四郎吃了一颗花生，眼睛有些湿润，哽咽了起来，说："其实我有一个恋人，她也在中国，原来我很喜欢她，我们有共同的理想、共同的爱好，可是她和中国男人混到了一起，她不纯洁了，你则不同。"

珊丹看着山本四郎，她听不明白这个禽兽的话了。

"你像这瓶子里的花。"那花是柳成龙给珊丹的，此时已经被放在瓶子里了，山本四郎盯着马莲花，像受了咒语一样，说："更像草原上的马莲花，接一点雨水，就开得艳丽芬芳，纯洁得不沾一点世俗，我就喜欢你这一点，这一点对于我来说足够了。"

"可我不喜欢你。"珊丹不想听山本四郎那冠冕堂皇、恶心至极的话语。

"我知道，我原来计划占有你后，你哥、你爹会更配合我，柳成龙会疯了一样钻进我布下的天罗地网，可我突然不想那样了，我自己都不知道为什么。"山本四郎吃了一颗枣。

珊丹听到柳成龙这个名字，心里一跳，想起了他说过的话，便说："我知道我哥、我阿兀喜欢你给的所谓的荣华富贵，你要是真想娶我，那就得在烧毁的王府上盖几间房子，从那里把我娶过来，那才是我的家，你这样算什么呀？"

"婚礼明天必须照常走一下仪式，但我绝不碰你一根手指，等我消灭铁血队之后，再商量真正结婚这件事，你休息吧。"山本四郎嚼着一颗桂圆走了出去。

此时，柳成龙等人正在听哈斯巴根布置作战任务。

营救 第八章

"我想了又想,只要粮库抢下来,我们就主动了,所以明天除铁血队外,所有同志归秀秀和柳大叔指挥,你们的任务是负责设伏,力争全歼中村大雄,他一定会出来的,山本四郎太想大赢我们一把了。"哈斯巴根的声音似乎有点高,"成龙明天中午还得进一趟城,干啥你知道。"

"粮库接近城西门,我们就从西门进城,前提是不开枪但必须打掉为数不多的鬼子,当然了,也有可能是特务或警察伪装的鬼子,山本四郎一定以为我们不敢从西门进去。进了城直奔粮库,不管是铁血队的马还是动员来的百姓的马必须裹上蹄子和捂上马嘴,动静不要太大,一旦得手,除铁血队的同志外,所有参与运粮的人必须马上撤离,明白吗?"

同志们答应了一声。

"所有迫击炮和机枪、手榴弹都留给打伏击的同志们,对了,对了。"哈斯巴根拍了拍脑门接着说,"粮食抢回来后马上运走,分给百姓时告诉他们一定要把麻袋烧毁,防止鬼子报复,我说得清楚吗?"

"清楚!"

同志们陆续走出帐篷,柳成龙拍了拍哈斯巴根的肩头说:"婚礼现场,我等着你!"

哈斯巴根笑了,田秀秀看着眼前的两个男人,一直在微笑。

05

快到中午了,城里的额尔尼王府门前热闹非凡,人来人往,络绎不绝。附近几条街的小商小贩正在卖力地吆喝着。

门口只有几个鬼子荷枪实弹地在站岗,像死了一样,一动不动。

哈斯巴根简单地化了装,提着一些礼品,不时地看着西边的方向,自然是在等柳成龙了。柳成龙跑到近前,顺了下气,走到哈斯巴根身边,拍了拍他。哈斯巴根笑了笑,两人一起向额尔尼府里走去。

进了府里坐下,柳成龙在人群中搜寻着珊丹。下人们陆续上菜,人群里不住地赞叹菜色、香味。额尔尼的管家吐斯勒快步走了出来,"诸位,诸位,静一静!"

人群静了下来,吐斯勒看了看众人说:"新郎山本四郎机关长是大日本帝国的优秀军人,新娘珊丹是蒙古王族格格,所以他们结婚采用新式婚礼,直接招待一下各位亲朋，省掉其他繁琐的礼仪，其实呢昨天他们就已成婚了！"

人群里发出一声惊呼，柳成龙的脸立马变了颜色，猛地站起来，哈斯巴根又拉他坐下了。

吐斯勒又说："过会儿呢，新郎、新娘出来给大家敬酒，婚礼宴席现在开始！"

人群里一阵议论，下人们还在上着菜。

哈斯巴根给柳成龙倒了一杯酒，他平静地看着柳成龙，柳成龙的脸都变形了。柳成龙拿起酒杯，一口喝光了，重重地放在桌子上。同桌人都在看着他，有的人认出了柳成龙，马上就开始哆嗦了。

珊丹身穿大红喜服出现在众人面前，人群里响起一阵掌声。山本四郎拉着她，不住地向人群点头示意，他穿了一身蒙古族衣服。

山本四郎拉着珊丹来到人群中，给人们敬酒。这时有个下人给柳成龙这桌上菜，柳成龙突然感觉这个下人很奇怪，没有吆喝声，上菜动作也僵硬。他抬手抓住那个下人的手，那个人刚一愣就被柳成龙扔了出去。那个人恰好被摔向了山本四郎敬酒的这桌。

一下子桌子被砸了个粉碎，酒菜洒落了一地。人们都愣住了，山本四郎一手牵着珊丹，一手端着酒杯，笑着向柳成龙走了过来。

"谢谢二位风云人物光临鄙人婚礼，我敬二位！"山本四郎看着柳成龙、哈斯巴根，有滋有味地喝了下去。

珊丹挣脱了山本四郎的手，跑到柳成龙身后，说："成龙，杀了他！"

哈斯巴根端起酒杯，站了起来，走到山本四郎身边，朝柳成龙、珊丹举杯道："我给你们道喜，祝你们白头偕老，恩爱百年！"

哈斯巴根喝了下去，又看了看山本四郎，说道："他们是佳偶天成，我不能祝贺你了！"

山本四郎的手剧烈地抖动起来。便衣的鬼子早已把门外堵住，枪口就对着哈斯巴根、柳成龙和珊丹三人。

山本四郎坐下，指了指椅子，示意哈斯巴根坐下，他身后站着柳成龙和珊丹。

"我确实深爱着珊丹，看这情形，你也带不走她，你目前肯定不知道索王关在哪里了，我真搞不明白，你和柳成龙怎么还敢来到此地呢？"山本四郎一脸的凝重。

哈斯巴根后仰头看了看柳成龙，又看了看山本四郎，说道："你摆了迷魂阵，我不能不接招吧？你困住了我阿兀、珊丹，又派中村大雄围剿铁血队，

第八章 营救

粮库又有重兵把守，我确实无能为力，但我是汉子，成龙是我兄弟，就是死我也得陪我的兄弟呀，所以我来了！"

哈斯巴根看着山本四郎，显然山本四郎不相信哈斯巴根的话，可他的脑子里有点乱，一会儿是粮库，一会儿是中村大雄，一会儿是珊丹！

额尔尼倒了一杯酒，送到了五花大绑的索王嘴边。索王想站却站不起来，大声吼道："你给我滚开！"

"索王，我还是你兄弟，这是喜酒，珊丹的喜酒，你不能不喝呀！"额尔尼再次把酒送到索王嘴边。

索王青筋直冒，说："我没有你这样的兄弟，你是郭尔罗斯的败类，你不配做我的兄弟！"

额尔尼自己把酒喝了，看着胸膛不断起伏的索王说："老兄弟，你听我说，自小我们一块在郭尔罗斯长大，我没有齐王聪明，自然也不会像他那样敛财；我没有你英武，也没给郭尔罗斯牧民们做过什么像样的事情，我就这样了，我也把自己看透了，如今咱们老了，我的孩子不争气，我能做什么呢？"

额尔尼又倒了一杯酒喝了下去，眼里有些泪花，"你以为我愿意给日本人当狗吗？我难道不知道珊丹不喜欢山本四郎吗？我都知道啊！"他顿了又顿说，"可我有什么法子，我当狗还不是为了孩子们吗？我希望他们能好好地活着，有吃有穿有住，不干累活，我……"

"给我来一杯酒！"索王白了额尔尼一眼说。

额尔尼没倒酒，走到索王近前，用壶嘴对着索王的嘴，说道："小时候咱们就这样，你就这样喝酒，咱们再喝一次！"

索王一口气喝干了壶中的酒，破口大骂道："额尔尼，你不是人，你把孩子也不当成人，你当他们是什么？"

额尔尼一愣，索王又道："你知道现在有多少人在和小鬼子死战？那才是人，是郭尔罗斯人！"

确如索王所说，很多郭尔罗斯人正在和小鬼子进行血战。此刻，田秀秀和柳八爷正在指挥同志们与中村大雄进行血战！

中村大雄被压制在山沟里，两侧山顶上的子弹像漫天飞降的冰雹，打得鬼子们抬不起头来。中村大雄一把拉过老唐来，吼道："你的良心大大地坏了！"

"太君，太君，你让我领你们找铁血队的，现在找到了你怎么又怨起我来了？"老唐反问道。

"我们被包围了，你是故意领我来的！"

老唐看了看死了一地的鬼子，说："这可不能怨我呀，谁知道他们在半道上设埋伏呀。"

中村大雄松开老唐，走到炮兵近前，说："朝山顶开炮！"

鬼子的迫击炮装上弹，朝山上开始发射。老唐拔出手枪来，也朝山上打起枪来。迫击炮压制住了山上的火力，鬼子趁势寻找掩体，直往草丛中钻。

田秀秀转身跑到迫击炮近前，说："先不要开炮，等鬼子安稳下来，一口气打掉他们的炮！"

一会儿，田秀秀又跑了回来，鬼子的炮火太猛烈了，几颗炮弹在她附近炸响，一摊摊泥土飞了起来。柳八爷看了看田秀秀，说道："秀秀，鬼子的火力太猛，我们没想到啊，这样打下去，我们要吃亏呀！"

田秀秀想了想，拿起望远镜看了看，她看见了老唐。老唐已经凑到中村大雄身边，她预感老唐要有所行动。

果然，老唐突然蹲起，抱住中村大雄就滚向了鬼子的迫击炮群。中村大雄没有防备，一边滚一边磕打老唐的胸口。老唐被他打得直吐鲜血，他刚站起来，被老唐一枪击中胳膊。中村大雄连忙躲到草丛中，老唐见鬼子的炮兵还在装弹，他站起来纵身一扑，死死地压住迫击炮。鬼子们吓得哇哇直叫，刚站起来就被山上飞下来的子弹击中。

一声闷响后，鬼子的阵地开始了连环爆炸。

田秀秀眼含热泪，喊道："开炮！"

铁血队仅有的几门迫击炮开火了，鬼子只能藏在草里不动。田秀秀见状，喊道："轻重机枪，朝草堆里射击，子弹我们有的是，狠打！"

草丛里不断有鬼子倒下去，最后中村大雄领着一群鬼子缩到一块空地上。中村大雄突然感觉不妙，他身后的草丛着起了大火。他不明白，绿油油的草怎么突然着起大火来，那热浪滚滚，不住地涌了过来。

中村大雄明白，他只要一动就会成为活靶子，已经有一些人刚站起来就被打倒了，但就这样憋着，不是热死就得渴死。

于是中村大雄命令道："割倒附近的草丛，快！"

草丛被割倒了，火势被控制住了，可是他们也早已经暴露了。原来柳八爷的兄弟们光着膀子跟在火势后面就等着鬼子割草呢。

中村大雄发现了，但已经晚了。对面光膀子的人一通乱枪、手榴弹压过来，根本没有还手的机会，鬼子们像木头一样倒了下去。

第八章 营救

哈斯巴根大吃大嚼着,喝了一杯酒,看了看山本四郎,他笑道:"山本先生,你的中村君回不来了。"

山本四郎摆了摆手,一个便衣鬼子走了过来,"给中村君发报,询问一下情况。"山本四郎吩咐道。

哈斯巴根又笑了笑,看了看身后的柳成龙,柳成龙根本不看别人,与珊丹甜情蜜意地对视着。那个鬼子很快跑了回来,说:"报告机关长,联系不上中村队长!"

山本四郎站了起来吼道:"八嘎,唐先生是双面叛徒!"

"山本先生,你还是坐下吧,老唐怎么可能是叛徒呢?他是在掩护小罗安全撤走之后才假意归顺你们的,如果他真的要叛变,小罗也应该被你抓到啊!"哈斯巴根见窗外的光线已经暗了,屋里只剩下他们几个人,那些所谓的来客早已跑光。

山本四郎刚坐下,哈斯巴根突然掀起桌子砸向了山本四郎。桌子上的盘子、碟子四处乱飞。

柳成龙早已经拉珊丹滚到了角落里,拔枪便开始射击。哈斯巴根滚到了另一个角落里射击。

"哈斯巴根,你爹还在我手里!"山本四郎被桌子撞了跟头,顺势拉着桌子往后退,挡住了几颗子弹。

哈斯巴根打倒了几个鬼子,喊道:"山本先生,中村大雄回不来了,现在枪声大作,就得开始我的了!"

山本四郎撤到了门外,他想不明白,哈斯巴根到底要干什么,"冲进去,抓活的!"鬼子们往屋里冲,手雷不断扔进屋内,砖头、木屑横飞。

王府外面响起了哨声,宪兵队的鬼子朝王府跑来。

06

查力图和嘎力根领着铁血队队员来了城西。城西的城墙上已经亮起了灯光,鬼子们站在城门旁边,像被钉住了一样。

查力图看了看城墙上面,又看了看城墙下面,说道:"嘎力根,你带领尖刀小组靠上去,一会儿我这边一放箭,你就马上占领城门上下。"

"好!"嘎力根一挥手,领了十几个身穿鬼子军装的人猫着腰从两侧向城门口跑了过去。

查力图感觉时间差不多了,说:"不许开枪,准备弓箭,集中射向城门上下!"

一百多张弓被拉开,搭上长箭,查力图一摆手。一百多支长箭上上下下地射了过去。城门口的鬼子身中数箭倒了下去,城上的鬼子在倒下去时有的还掉了下来。

跑到近处嘎力根抬头向上看,看见几支从城内射出的箭飞了过去。原来是柳成龙中午进城安排的。

嘎力根跑到城内,顺着台阶跑了上去,后面的队员也不慢于嘎力根。只是一晃,这十几个队员便跑到了城门上。

嘎力根等人把死了的人扔到城下,然后站在上面,朝查力图打手电筒。查力图一看得手了,便手一挥喊道:"跟我上!"

一百多名铁血队队员向城门跑去。

到了城门口,查力图看了看同志们,指挥道:"穿鬼子军装的上城门,听嘎力根指挥,其余的跟我来!"

查力图领着同志们刚跑出去几步,两个人迎面过来,正是老唐的妻子和小罗。

"从城门到粮库这一道上都有我们的人,快去吧!"老唐妻子说话的声音有些异样。查力图点了点头说:"同志们跟我来!"

伊德尔手里拎着鬼头刀,紧跟在查力图身后。

跑到了粮库门口的胡同里,查力图拿出望远镜向粮库看去。门口的特务们已经倒在了地上,借着院子里的灯光看去,也有人零星地躺着。

查力图拔出蒙古短刀小声说:"同志们,进去时要小心,尽量不要开枪,不听话的就捅死他,听话的是俘虏,比一比,看谁抓的俘虏多!"

查力图先跑进粮库,把倒地不醒的特务、警察堆在一起,用绳子绑了个结结实实,一串一串的。

同志们也不明白,这些特务、警察是怎么了,他们碰见迷迷糊糊的就给一刀,一点动静也没有。

伊德尔四处跑,专找迷迷糊糊的,一刀一个,不一会儿就砍了一身血。查力图怕出事,说:"别忘了堵上他们的嘴!"

说完,他跑到伊德尔身边。这时他们二人已经来到了粮囤子的下面,上面的特务、警察不断地滚下来,嘴里吐着沫子,说死吧又没死,没死吧神智

第八章 营救

又不清醒了。

其他同志也跟了过来，连扯带拽的，把没死的特务归拢到一起，绑好了。

伊德尔看见赵吉庆走了出来，一边走一边晃头，险些摔倒，根本就站不住。他抡起大刀，劈向赵吉庆。赵吉庆的头立马飞了出去，身体还在扭动，一股血线喷向了高空。

查力图一看差不多了，喊道："伊德尔，你带人守住大门口，快！"伊德尔领着二十几个同志便跑向了大门口，把鬼子的装备调转了方向。

查力图看了看方向，找了一个地方，说："过来几个人，用铁锯把这段墙拉开，然后推倒，把墙根拿东西打平了，其他人上炮楼警戒！"

同志们按查力图的要求各自行动开来。他跑到粮库门口找到小罗说："完事了，让乡亲们快进来搬粮食！"

小罗转身跑向城门，片刻便领来了几十辆大车，还有很多牧民们自家的木轱辘车，二三百人跟着过来了。

乡亲们进了粮库就不客气了，扛麻袋，装麻袋，干得欢心鼓舞，就是没人吱声。

额尔尼王府里房倒屋塌，火光闪闪。外面的鬼子围着打，里面的鬼子冲不出去。山本四郎站在院子里，看了看城西，听了听，没有什么动静。

珊丹在柳成龙身后给他和哈斯巴根压子弹，压着压着，说："不好了，子弹快没了。"

柳成龙看了看哈斯巴根，哈斯巴根笑了笑，说："再逗他们玩一会儿，然后跟山本先生谈谈。"

四支短枪齐射，封住了进到屋内的门口。屋里屋外直冒烟，那烟呛得珊丹直咳嗽流泪。鬼子学乖了，不再愣进了。

山本四郎突然觉得哪里不对劲了，说："扔手雷，扔手雷！"

几颗手雷扔进屋内，柳成龙用身体盖住珊丹，扯过来一只桌子挡在前面。哈斯巴根快速捡起一颗还没响的手雷扔了出去。同时屋内响起了连环爆炸声，顿时屋里碎屑横飞，烟尘滚滚。

好半天才平静下来。哈斯巴根趴在地上咳嗽了几声，把枪扔出了门外，柳成龙也把枪扔了出去。

山本四郎举手制止鬼子们开枪，说："出来吧，出来咱们好好谈谈。"

哈斯巴根站起来，走了出去，外面已经灯光通明了。

"咱们停停打打地玩了一下午了，真得好好谈谈了。"哈斯巴根拍了拍身上的尘土，搓了搓手。

山本四郎笑了一下，没吱声。

柳成龙和珊丹也出来了，他们两个还好，手拉着手站在哈斯巴根后面，四周的鬼子枪口对着三人。

"打了一个下午，我想明白了，我阿兀就在这个府里，把他请出来吧！"哈斯巴根平静地看着山本四郎，山本四郎突然哆嗦了一下。

额尔尼押着索王从后院走了出来。

索王看着额王府浓烟滚滚，鬼子倒了一院子，笑道："好，打得好，这才是我的好儿子，儿子，死没有什么可怕的。"

哈斯巴根笑了笑，说："阿兀，这大好的春末夏初的天，哪能轮到咱们父子死呢？"他又看向了山本四郎，说："山本先生，摊牌的时候到了。"

山本四郎仍然没吱声。

"困住我阿兀和珊丹，你明知道我都得救，这是两线作战，派出中村大雄是第三条线，守好粮库是第四条线，你认为我肯定忙不过来，我没有那么多的人手，对吧？"

山本四郎承认哈斯巴根说的是对的，他就是这样设计的。

"我也确实忙不过来，但我找到了一个最根本的地方，那就是粮库，你通过老唐必定得知我们是一定要抢粮食的，这样你大日本帝国的士兵一定守在那里，当然穿着警察和特务的衣服，所以只要我能活捉那里的日本士兵，我就主动了，你说对吗？"

山本四郎一阵眩晕。

"我再打掉中村大雄，你就没啥了，打掉中村大雄就不说了，既然你知道了老唐的计策，那我给你说说怎么抢粮库活捉你的士兵吧。"哈斯巴根走到山本四郎身边，山本四郎在哆嗦，他轻蔑地看了山本四郎一眼，接着说，"如果硬攻，那肯定不行，这个问题开始难坏了我，可后来我发现解决之道就在我的身上，我是医生嘛，医生可以救人，当然了，在必要的时候也可以伤人，注意，是伤人，于是成龙拿着我配好的药混进了粮库的伙房，于是你的精英们就成了废物！"

山本四郎看向城西。

"不用看了，进城时是用弓箭射掉城上的人，所以那里一直没有枪声，现在你可以押着我们四个人去看看了。"

第八章 营救

山本四郎领着鬼子押着哈斯巴根四人来到粮库门前时,他蒙了。粮库门前堆满了人,都用绳子绑着,嘴里都堵着。

一个铁血队员拎着水桶,朝山本四郎一笑,拿着水瓢盛着水,浇在了那些被绑着的人头上。那些人像做梦突然醒过来一样,醒是醒过来了,发现自己被绑上了,嘴里"呜呜"地叫着。

山本四郎不会说话了,只是那么发愣地看着。

哈斯巴根走了过来,说道:"山本先生,咱们再谈谈吧!"

"谈什么?!我不需要和你谈!"山本四郎狂叫起来,抓住哈斯巴根的领子,两眼冒火光。

哈斯巴根笑了笑,说:"还是谈谈吧,谈谈地上那些人怎么处理!"

"我可以不要他们,我要杀死你们!"山本四郎哆嗦着掏手枪。

这时一声枪响,被绑着的人倒下去一个。山本四郎还在哆嗦着。又响了一枪,又有一个人倒了下去。枪响的声音明显快于山本四郎掏枪的动作。

山本四郎的枪还是掏了出来,对着哈斯巴根的胸口。

哈斯巴根冷笑了一下说:"中村大雄没了,粮食没了,你还有啥?那些人都死光了,你可啥都没有了。"

不知怎么的,那群人中突然发出爆炸声,几个人被炸死了,临近的人也被炸伤,没死的人开始没命地叫唤。那叫唤声像刀一样,在一下下地捅着山本四郎的心。

山本四郎突然发现他的周围亮起了火光。

"还是谈谈吧,你目前已经被包围了。"哈斯巴根还是很平静。

山本四郎拉开枪栓就要开枪,突然一声枪响,他的胳膊中了一枪,手枪掉在了地上,他已经面如死灰了。哈斯巴根捡起枪,装进山本四郎的枪套里说:"消消气,咱们还是谈谈吧!"

柳成龙和珊丹笑出声来。柳成龙蹲在地上,笑得不住地抖动肩头。

哈斯巴根转头看了看柳成龙,踢了他一下,说:"站起来,严肃一点,我要和山本先生好好谈谈,你有个样子好不好?"

柳成龙站了起来。

哈斯巴根轻声细语地说:"山本先生,你只要放了我们四人,那些人就能活命,对了,还有这些人,当然了也包括你自己,都能活命!"

"我们大日本帝国士兵不怕死,我们是勇士,是武士!"山本四郎已经咆哮了。

"别激动,别激动!我知道你们是勇士,是武士,不怕死,可你想过没有,你啥都没有了,以后咱们两个怎么交朋友呢?"哈斯巴根摸出来一根烟,点着了,说,"这是喜烟,我刚才拿的!"

山本四郎突然笑了,笑出了泪花。

哈斯巴根把烟扔了,山本四郎也不笑了,说:"按你说的办!"

"铁血队员们都听着!我们是讲信用的,一会儿我们四人归队,然后就撤离,谁都不许开枪!"哈斯巴根说完,走到索王近前,解开他身上的绳子,与柳成龙挎着珊丹的胳膊走进了粮库。

山本四郎挥手,示意手下人解开绳子。一群鬼子跑上前去解绳子,这时,山本四郎发现上当了,大喊:"隐蔽,隐蔽!"

粮库大门两侧枪声大作,一片片的鬼子倒了下去。

此刻,哈斯巴根等人从新打开的墙缺口处走了出去,退到城外上了马有说有笑地跑远了。

"你为什么不杀了山本四郎?"坐在柳成龙怀里的珊丹问哈斯巴根。哈斯巴根笑了笑,说:"现在不能杀他,他已经崩溃了,已经没有自信了,如果杀了他,那么关东军还会派一个人来,新来的人不了解我,我也不了解人家,那样的话我们就被动了。"

"你说得太麻烦了,这就好比过年不杀母猪一样,留着它下崽子,咱们好多吃些肉!"柳大叔的比喻不太恰当,但却说得更好玩,同志们都哈哈大笑起来。

第九章 囚战

长草之中的哈斯巴根看着向不远处的帐篷围过去的日军,心里想:最近小鬼子怎么了,为什么只亲女人、孩子,男人都被弄哪儿去了呢?他越想越感觉蹊跷,不得已想出一个策略。旁边的田秀秀见哈斯巴根紧凝双眉,说道:『小鬼子怎么敢分成小队出来呢?这不太对劲呀?』

01

  长草之中的哈斯巴根看着向不远处的帐篷围过去的日军，心里想：最近小鬼子怎么了，为什么只杀女人、孩子，男人都被弄哪儿去了呢？他越想越感觉得蹊跷，不得已想出一个策略。旁边的田秀秀见哈斯巴根紧凝双眉，说道："小鬼子怎么敢分成小队出来呢？这不太对劲呀？"

  "一定是小鬼子的增兵。"

  "增兵应该逃不过我们的眼线哪，从郭尔罗斯到乌京这一路上都有我们的同志。"

  "应该是从黑龙江调过来的。"哈斯巴根的脸色更不好看了。田秀秀想了一下说："这么说，抗联的处境不妙啊。"

  哈斯巴根点了点头说："应该是这样的，不然咱们抢回来的粮食怎么运不到山里去呢？分出几个小组注意警戒，先干掉这支小鬼子再说。"

  那股鬼子在向帐篷靠近，帐篷周围一些蒙古族"女人"正在干活。

  小鬼子突然扑了上去，扔了枪就开始抢"女人"。那些"女人"东躲西藏，乱成一团，冲得羊群四处乱跑。

  小鬼子还是扑上去了，那些"女人"掏出短枪对着鬼子开始射击，鬼子们毫无防备，顿时被打蒙了。有的"女人"还和鬼子拼上刀了。"女人"们拼掉了头上的围巾，鬼子这才发现这些"女人"们根本不是女人，是一群杀红了眼的蒙古族男人。

  帐篷里又分别冲出一股男人，伊德尔像天神下界一样，没命地砍起来。嘎力根挥舞大鞭子，专找要跑的小鬼子。

  哈斯巴根站起来连连射击，身边的同志们也跟着就围了上去。

  不一会儿，小鬼子死光了，哈斯巴根出了一口气，说："打扫一下战场，然后快撤！"

  嘎力根被刺了一刀，好在没伤到要害，伊德尔一直抱着嘎力根；那一刀是替他挡的。

  查力图领着一群铁血队队员骑马跑来，来到哈斯巴根近前，说："队长，这一招很奏效啊，我们杀了大概一小队鬼子吧，总算替惨死在小鬼子刀下的姐妹们报仇了。"

  "查力图，你没觉着哪里不对劲吗？"哈斯巴根看着鬼灵鬼灵的查力图，严肃地问道。

查力图眨了几下小眼睛,"我也感觉到了,小鬼子杀了老人、女人还有孩子,那我们的兄弟被整到哪儿去了?就这个问题我没想明白。"

柳成龙他们也过来了,只见有的兄弟身上扛着两支枪,都兴高采烈的。

柳成龙开口说道:"哈斯巴根,我觉得我们的行踪暴露了,各地被杀的全是女人,小鬼子要男人干什么呢?"

"你不愧是讲武堂出来的,一眼就看到了要害,小鬼子抢我们的兄弟要干什么,现在还不得而知,现在最重要的是分散老百姓,特别是归我家所管的,让他们分散到额王、齐王的地界上去,要尽量避免损失。"哈斯巴根又想了想,说:"我们就分别跟在他们身后,发现鬼子就拦截一下,然后就撤,千万不要恋战,鬼子肯定是有增兵了,不然他们不敢出来嘚瑟。"

"好吧,按你说的来,那我们先走了。"柳成龙、珊丹转身就要走。珊丹突然呕吐起来,柳成龙直给她拍背部,珊丹就是抬不起头来,柳成龙于是问:"你是不是吃啥坏东西了?"

珊丹推开柳成龙,回头看了一眼田秀秀,田秀秀正朝她双手竖大指呢,羞得珊丹低头就跑开了。柳成龙笑了起来,朝自己胸口狠擂了一拳。

只剩下一条胳膊的中村大雄很恭敬地开门,让进一位五旬左右的军官。山本四郎快步走过来,敬了一个标准的军礼说:"您是野泽将军?"

"是的,请坐山本君!"野泽自己先坐下了。山本四郎恭敬地站在一旁,一脸兴奋的表情。

"山本君,请原谅我迟到的拜访,我与中村君已经行动了,初步掌握了铁血队的行踪。"野泽说得很轻松。

山本四郎又一个立正说:"将军做得对,我深表佩服!"

野泽笑了笑说:"你们二位请坐,就目前的态势来讲,抗联基本上失去了战斗能力,这是帝国费了很大力气才做到的,可我们的后方却出现了铁血队,这是不能容忍的,所以要坚决消灭他们。"

"嗨!"山本四郎本能地叫了一声。

"我仔细地听中村君介绍了你与铁血队交手的过程,不是山本君无能,而是铁血队里的哈斯巴根确实心思缜密,非同凡人。"

山本四郎的头深深地低了下去说:"是我无能!"

野泽笑了,站起来拍了拍山本四郎的肩头说:"年轻人,千万不要自暴自弃,胜败乃兵家之常事,这次我们以优势兵力对付他们,前提是你不能这个样子。"

"嗨！"山本四郎的声音明显高了许多。

"在消灭铁血队的同时，我们还要完成一项秘密计划，这关系到帝国能不能在满州乃至亚洲站稳脚跟的重大计划。"野泽的身体都激动得抖了一下，显然他为自己能肩负那个绝秘计划而激动。

"嗨，请将军吩咐！"山本四郎的底气提高了不少，因为有人给他撑腰了。

野泽走到地图前，说道："我们做一下分工，我，负责消灭铁血队，你与中村君负责把那两千蒙古族男人看押在查干湖里，具体计划，由中村君向你介绍。"

山本四郎的双眼冒光，说："嗨！这次我们一定要亲手捉到哈斯巴根，将他碎尸万段！"

"还有柳成龙，他胆敢抢山本君看中的女人，这也是奇耻大辱！"野泽的声音也高了起来。

山本四郎"啪"地双脚靠拢，说："嗨！谢谢将军！"

"现在，你应该看看你的岳父大人去了。"野泽别有内容地看着山本四郎，山本四郎愣了一下，说："嗨！"

山本四郎拎着一些礼品来到额王府，额王府像是被砍得残缺不全的野兽般蹲在那里不动一样，有说不出来的可笑。

额尔尼老了，仅仅一个月的时间，头发花白花白的。他看了一会儿才看清是山本四郎，说："机关长！"

山本四郎把东西放在桌子上，似乎不忍心看额尔尼，说："岳父，我能这样叫你吗？"

额尔尼一听，一屁股坐在了椅子上，喃喃道："我天天想珊丹，天天梦见你杀了她。"

"不会的，我不会杀她的，我这不来看你了吗？"说完山本四郎想走出去，恰好道尔吉进来了。

"机关长，抓那么多男人干什么呢？连僧人也抓，这我实在是不明白。"道尔吉实在是太好奇了。

山本四郎看了看道尔吉，笑了一下说："这个你不需要知道，照顾好王爷吧。"

山本四郎刚走到门口，额尔尼突然说："不要杀那么多的人啦，我的子民你也抓吗？"

山本四郎转过身来，说："岳父，这是为了更好地建设王道乐土，他们不会有什么大麻烦的,你放心好了。"

柳成龙与珊丹见到哈斯巴根时,哈斯巴根正往帐篷里拉伊德尔,金子捂着腰眼痛苦地抽搐着,眼泪无助地流了下来。见此情景,田秀秀的脸色都变了,说:"伊德尔,你打女人算什么能耐,滚回去!"

田秀秀扶起金子,金子弯着腰,一步一步地走回帐篷里。

柳成龙一指田秀秀,珊丹便跑了过去,问:"秀秀姐,伊德尔怎么动手打人呢?""他抽疯了!"田秀秀答道,一边扶着金子,一边给金子揉着腰眼。

进了帐篷,金子就狂哭起来。

柳成龙走进哈斯巴根的帐篷时,哈斯巴根抽出一根烟点上了,正大口大口地抽着的时候看见了柳成龙。

"事情很不妙,掩护牧民搬家时,兄弟们没少损失,弹药消耗也不小,突然间出现的小鬼子作战能力很强。"柳成龙看哈斯巴根抽烟的样子有些好笑。

伊德尔气呼呼地坐在一旁,两眼盯着外面。

"嗯,我知道了,查力图和嘎力根回来也是这么说的,现在看来小鬼子调来了野战部队,这对我们确实是个威胁,据说布仁大师还有其他僧众也被抓起来了,小鬼子到底要干什么呢?"

嘎力根踢着一个十六七岁的小鬼子进来了,粗声道:"抓了一个活的。"

哈斯巴根看了看哆嗦不止的小鬼子,用日语说道:"你不要害怕,我们不杀俘虏,小兄弟你叫什么名字?"

小鬼子很惊讶哈斯巴根的日语水平,答道:"我叫井上福康。"

哈斯巴根给他倒碗水,他刚要喝,被伊德尔抢过来就扔了。哈斯巴根给了嘎力根一个眼神,嘎力根拉着伊德尔出去了。

哈斯巴根又给井上福康倒了一碗水,轻声说:"慢慢喝。"

井上福康喝了两口水,喝得极为斯文。

哈斯巴根说道:"我估计你没杀过中国人,但你应该没少看到日本士兵在中国杀人。"

井上福康低下头,又点了点头说:"我没法杀人,那太残忍了。"

哈斯巴根看了看柳成龙说:"走,我们去找秀秀她们,有件事必须得说清了。"他拍了拍井上福康说:"你跟我来。"

井上福康一脸惊恐的样子。

到田秀秀的帐篷里时,她正和珊丹给金子擦眼泪呢。

哈斯巴根坐到了金子对面,问道:"金子小姐,你是日本人,并且是特高课的，对吧？"

金子点了点头，脸上全是绝望。珊丹和柳成龙都是一愣，帐篷外面的嘎力根更是一愣，像定住了一样。

"其实你的身份我很早就看出来了，只是不想说破，特别是看见你和伊德尔在一起有说有笑的时候，我不愿意相信这些是真的。"哈斯巴根轻声细语地说。

"你是如何看出来的？"金子索性不哭了。

"你不要有任何心理负担，我们不会杀你的。那天到医院欺负你和秀秀的流氓无赖还记得吗？"哈斯巴根见金子点了点头，"你能杀企图侮辱你的鬼子，你怎么能不敢杀本地的无赖呢？这是其一；其二是你在医院闲暇时总是喜欢看东方的日出，我在学医时老师曾告诉过我，旅居外地的日本人都有这个习惯，因为他们想念家乡亲人；其三呢不说你也明白，你分化了嘎力根和伊德尔，从伊德尔酒后的口中得知了铁血队的情况，因此闹出了流言蜚语，在秀秀被捕时，你和伊德尔等人要逃跑，你杀了另外的两个人，又使苦肉计回到了我们的身边，当然苦肉计是在防备秀秀被我们救回的前提下设计的，但你不知道，我早已经猜到了你是特高课的人，所以你传给山本四郎的任何情报都是假的，也可以说是我设计好的，这一点请你原谅。"

金子不相信自己露出了这么多的破绽，吃惊地看着哈斯巴根。

"我被绑和与珊丹结婚的时辰也是你告诉山本四郎的。"哈斯巴根说着说着有些难过，他想起了他的额吉，说："杀我额吉的主意不是你出的，应该是山本四郎或中村大雄策划的，这与你无关。"

"你说的我都承认，山本君败在你的手上还是值得的，有件事情你还不知道。"金子的眼泪又流了下来。

哈斯巴根等人都在看着金子。

"山本君是我的恋人，原本是要结婚的，谁也没想到他能被调到郭尔罗斯来，几次失利后他与我商量，让我打入你们的队伍中来，我更是没想到你把每一步都想得极为周到，我始终破解不了你们的秘密，所以只好分化嘎力根和伊德尔了，我实在是太想帮他了，可我没……我现在有此下场也是罪有应得。"

金子的话让众人都大吃一惊，眼前坐着的女子竟是山本四郎的恋人。

02

金子和珊丹走出了草原,快走到城门口了。金子发现四周是比较开阔的地方,她转身看了看。珊丹笑了,说:"没人怀疑你要帮助嘎力根取药的诚意,所以我陪你来了。"

金子也笑了,说:"你们确实坦荡,我明白山本君为什么要娶你了,你说句实话,你喜欢他吗?"

"你还是别恶心我了,我怎么能喜欢一个杀人如麻的人呢?我陪你来也是想顺便看看我阿兀。"

"你不怕我杀了你,或者山本君不让你再出来吗?"金子盯着珊丹的眼睛。珊丹又笑了说:"我又不喜欢你的山本君,也没抢他,你没有理由杀我吧?我肚子里已有柳成龙的孩子了,他不让我出来恐怕也不行。"

金子笑了,她自己恐怕都不知道自己在笑什么。

"别笑了,希望你能遵守诺言,嘎力根的伤口已经化脓了,再不打消炎药,估计要截肢了,进了城我就回家。"

"好,我了结了我和山本君的事就去找你,然后带你出城。"金子挎着珊丹向城内走去。

路过哈斯巴根废弃的医院时,金子感伤地看了一眼,转身就要走,珊丹拉住了她,说:"小心点儿,别、别刺激,别刺激他……"金子笑了笑,点了点,转身朝宪兵队走去。

珊丹看见道尔吉,喊了声:"哥!"

道尔吉在人群中找了找,这才看清了珊丹。他走了过来,一步三晃,还是那个熊样,说:"哎呀,机关长夫人,您跑哪儿去了,怎么才回来呀,机关长前两天还拿着东西看阿兀了呢?"他怕别人听不见,声音不小,引得路人不断侧目吐口水。

"你找两个人送我回家。"珊丹白了道尔吉一眼说。

道尔吉牛气哄哄地摆了摆手,喊道:"来俩人,送机关长夫人回我们家,道上再买点好吃的。"

一会儿,过来两个警察,拦了一辆人力车说:"夫人请上车!"珊丹上了车,车夫拉着她向额王府跑去,那两个警察在旁边跟着,一个劲地傻笑。

道尔吉转身回了满蒙协会会馆。

医院里的柳成龙拍了拍胸口道："谢天谢地，金子果然没下手！"哈斯巴根碰了一下柳成龙，说："别看了，快回地下，别暴露了！"

珊丹到了家门口，接过一个警察递过来的东西，说："行了，你们回去吧。"塞给车夫一些钱后，她走进了额王府。

此时，山本四郎在家里正与额尔尼吃饭呢，看见珊丹就是一愣。额尔尼也愣住了，连忙过来拉住珊丹，说："宝贝女儿，你可回来了，快坐下吃饭。"

珊丹坐下，白了山本四郎一眼说："我不吃，你快点吃，吃完快点走人。"

山本四郎一口一口有滋有味地吃了起来，不时地看看珊丹，额尔尼一只手握着拐棍，另一只手在桌子下面插入裤兜里。

山本四郎的饭还没吃完，金子就走了进来，一步一步地走到山本四郎身侧，抽出一把椅子坐下，抄起筷子吃了几口菜，说："好吃，却不是日本菜的味道啊，你怎么吃得如此有滋味呢？"

山本四郎狠狠地把碗墩在桌子上，吼道："你出去！你不配走进来！"

金子平静地看着山本四郎，说道："我出去了能去哪里呢？我父亲、我哥哥都死在了战场，母亲贫病交加死了，你想让我去哪里呢？"

"每一个日本人都应该考虑的不是个人，而是整个帝国！这你都忘记了吗？"

金子笑了一下，说："嗯，所以今天无数个日本家庭因此而破灭，你不也一样吗？"

山本四郎掏出手枪来，珊丹忍不住了，说："山本四郎，你还是男人吗？战争本就不关女人的事，是你硬把她拉进来的，她现在没有用了是吧？我们家是不是也快没有用了？"

山本四郎收回了枪，恶狠狠地看着金子。

夜里，野泽在办公室里直转悠，中村大雄敲门进来，说："将军，您找我？"

"嗯，我在白天时发现哈斯巴根的医院附近有一些人家的墙都重新抹上了泥，恰好那些人家形成了一条直线，这说明了什么？"

中村大雄想了一下，说："将军不愧是将军，以前就发现了那里有秘道，只不过后来他们给堵死了，这也印证了铁血队为什么突然消失了，原来他们就在我们的眼皮子底下。"

"现在，我们指望不上山本君了，他的心智似乎出了问题，所以你要格外注意那个医院，加强对查干湖的封锁，现在原木还差多少了？"

第九章 囚战

"报告将军,因为郭尔罗斯草原上牧民住得比较分散,所以不好捕捉原木,不过也差不了多少,还差不到二百人就够关东军总部的要求了。"

"好,831计划不能拖延,实在不行就把警察署的人抓过去,我们总不能白养一群废物吧?"

"我明白将军的良苦用心,我这就去安排,尽快把原木送走,抗联已经完蛋了,我们的兵力绰绰有余,还要那些废物有什么用!"

野泽点了点头,说:"不能因为我们的兵力充足而大意,查干湖上的临时牢房一定要考虑周到,不能出现任何纰漏!"

"嗨!"中村大雄出去了。

晚风吹进破烂不堪的医院里,有一丝凉意。哈斯巴根向外看了看,喃喃道:"查力图出去了,应该靠近宪兵队了吧。"田秀秀向哈斯巴根靠了靠,说:"你抱抱我!"

哈斯巴根伸手将田秀秀抱到了怀里,下巴不住地摩擦着田秀秀的头发。田秀秀笑了一下,说:"成龙这小子下手挺快呀。"

哈斯巴根笑了,问:"我下手慢了?"

田秀秀用肘撞了一下哈斯巴根,问:"什么时候能把小鬼子赶出去呀?"

"用不了多长时间了,你看井上福康才多大呀,这表明小鬼子已经不行了,只要我们坚持住,胜利一定是我们的。"

"嗯,我也相信这一点,亲我一下。"田秀秀仰脸在黑暗中将嘴朝向了哈斯巴根,哈斯巴根很自然地亲了上去。

一个人影跑了过来,惊醒了哈斯巴根和田秀秀。那个人麻利地跳进医院,哈斯巴根定睛一看是柳成龙,穿了一身叫花子的衣服,只听见柳成龙说:"有鬼子过来!"

哈斯巴根想了想说:"秀秀,你先走,你带人去端了齐王府,抢弹药,快!"

"你们怎么办?"田秀秀意识到了危险关切地问道。

"我们打一阵子,掩护一下查力图就撤,快走!"哈斯巴根掏出双枪,快速地推上子弹,拉开了枪栓。

"快走!"柳成龙也在做着准备。

田秀秀顾不上羞涩了,奔向医院后院,转眼就不见了。

一队鬼子跑了过来,哈斯巴根和柳成龙弹无虚发,拦住了小鬼子。城里顿时枪声大作起来,子弹带着火线飞来飞去。

哈斯巴根听见身后方响起了枪声,朝柳成龙喊道:"快,从后墙翻出去,干掉后面的小鬼子!"

柳成龙调头跑到后院，翻墙而出，沿抹新墙的房子一路追过去，打倒了一些穿便衣的鬼子。田秀秀也闪进胡同里不见了。

柳成龙回来时，哈斯巴根的胳膊已受伤了却还在射击，于是说道："走吧，秀秀安全了。"

柳成龙与哈斯巴根扔出几颗手雷后，翻墙而出，拐几条街也不见了。

第二天上午，哈斯巴根和柳成龙发现街上的鬼子多了起来，警察署的警察一直在检查过往的行人。

"怎么办？总不能现在出去吧？"柳成龙有些焦急。哈斯巴根想了想说："别慌，我们还得回到医院附近，不然查力图找不到我们，然后再想办法出去。"

"你的胳膊怎么办？这大热天的，弄不好要感染的？"

哈斯巴根看了看用布条缠起来的胳膊，又想了想说："我们只有在小鬼子眼皮底下活动才能更安全。"

"问题是现在我们出不去呀，出去就得被发现。"柳成龙一直在想法子。哈斯巴根笑了笑说："你在地上打几个滚，像驴子一样，然后再把衣服撕成条，头发整得像鸡窝似的，墙根那儿有个破碗，拿着，就可以出去了。"

柳成龙明白了，找了一个泥坑踩了进去，弄了一身泥，把衣服撕成条，又沾了一些干土，头发弄得乱糟糟的，随手抓起一把引火的草末弄到头上，真就出去了。

哈斯巴根照柳成龙的样子把自己也弄得脏兮兮的，拿起那个破碗看了看，里面的流食已经馊了，倒在了身上。看样子差不多了，哈斯巴根就出去跟在了柳成龙身后。

那些警察一看柳成龙和哈斯巴根直捂鼻子，摆手让他们俩快滚。

到了医院的斜对角，找了个臭烘烘的垃圾堆，在旁边半坐半躺着，看着小鬼子和警察在他们眼前来来去去的。

山本四郎坐着车来到了医院，进去里里外外看了看，说："全城戒严，每一条街道口，每一米的城墙上都必须有人站岗检查！"

山本四郎的车从哈斯巴根的身边开过去，哈斯巴根朝着车上咧嘴直笑。

查力图出现了，他身穿一套鬼子军装，还是有军阶的。他大摇大摆地走到医院前面的街道上，看了看，又拐了过来。

柳成龙找了一小块砖头，弹了出去，打在正拐弯的查力图身上。查力图放慢了脚步，突然转过身来，走到柳成龙跟前，开始踢柳成龙。

柳成龙趴在地上不动了,哈斯巴根刚要上前扶柳成龙,查力图给了他一嘴巴,哈斯巴根倒在墙下不敢动了。查力图拿出三张纸来假装给哈斯巴根擦鼻血,一边擦一边打哈斯巴根。擦完了,查力图狂笑着离开了。哈斯巴根把纸团拿过来,在身底下悄悄打开。

哈斯巴根只看了一眼,就全身震颤了一下。

把纸团撕成纸粉后,哈斯巴根揉了揉鼻子,血又流下来了。他碰了碰柳成龙,悄声说:"抓成年男子是给小鬼子做实验的,你去额王府找珊丹,打听一下那些人被困在哪里。"

柳成龙拱扯起来,抢过哈斯巴根的饭碗跑了。哈斯巴根直想笑,可他又笑不出来。鬼子的汽车拉着一群人开了过来,有一个鬼子直朝他比划。

汽车停了下来,跳下来几个鬼子,直奔哈斯巴根而来,哈斯巴根明白了,索性把鼻血抹了一脸。小鬼子架着他,走向汽车,将他推上车就开走了。

哈斯巴根在车上找了个角落坐下去。

03

道尔吉醉醺醺地在客厅里晃荡,白衬衫上的扣子还掉了一颗,喝了一口茶,烫得他直咧嘴,嘴里直嘶嘶着。额尔尼白了他一眼。

道尔吉乐了说:"阿兀,你别用那种眼神看着我,我如今是机关长的大舅哥了,你看他多照顾我,明知道警察一队被送去当原木了,却拦着我,不让我去查干湖,这不是怕我被抓去送死吗?"

"你个混蛋,那只是说明你还有用处,你的兄弟们没用处了。"额尔尼的气直线往上蹿。

珊丹听见了,她在心里想,如何告诉柳成龙和哈斯巴根,突然又恶心起来了。她急忙跑到痰盂边上呕吐起来。

道尔吉乐呵呵地过来说:"哟,妹妹有了!机关长厉害呀!"

珊丹回头给了他一耳光,说:"你胡说什么呀?"金子安静地坐在那儿,一动不动,像死了一样。

道尔吉没生气反而小心翼翼地扶着珊丹,说:"打得好,打得好,只要你好就行,只要你好咱家就好了,别动了胎气。"

珊丹甩开了道尔吉,额尔尼惊喜交加地走过来,上下看了看珊丹。珊丹羞得低下了头,说:"阿兀!"

额尔尼一拐杖吓走了道尔吉，对珊丹柔声问道："珊丹，真的是有了吗？"

珊丹还是没抬起头，却像鸡吃碎米一样点头。额尔尼突然老泪纵横，拐棍连连点地说："好，好，好哇！我当姥爷了。"他刚转动脚步，又停下来说："谁、谁的？"

珊丹猛地抬起头，笑着看着额尔尼，小声道："成龙的。"

额尔尼全身一震，像触电了一样。他看见柳成龙从后屋走了进来。道尔吉也看清了柳成龙，拔出手枪就拉上了枪栓。

"把枪放下！"额尔尼像从愤怒中刚睡醒的狮子一样。

珊丹喜出望外，说："成龙，鬼子把他们押在查干湖上了，咱们走！"

柳成龙笑着点了一下头，又笑着看了一下额尔尼。额尔尼看了看墙上的钟，说："吃完饭再走吧？"

"额王，夜长梦多，小鬼子封城封得很严，我怕出意外。"柳成龙说完拉起珊丹刚要走，道尔吉举枪对准了柳成龙。额尔尼一拐杖打掉了道尔吉的手枪，疼得道尔吉"啊"地一声叫。

道尔吉一边甩动手腕一边说："阿兀，咱们的一切都是机关长给的。"

"你个混蛋，他是你妹夫，杀人也得看看是谁吧？"额尔尼眼前冒金星，突然他看见了一闪亮光，他连连后退挡在柳成龙面前，一支飞刀扎在了他的肩头上。

金子还坐在那里。

道尔吉就地一滚拿起了手枪，连开两枪。幸好柳成龙拉着珊丹躲闪及时，两枪都打了空。额尔尼直哆嗦，冷汗流了下来。

道尔吉见柳成龙没开枪，胆也壮起来了，走了过来，他的枪刚逼住柳成龙，自己就倒了下去。柳成龙睁大了眼睛，额尔尼拔下肩头的飞刀把道尔吉捅了透心凉，血染了他一手。

额尔尼反而镇静下来了。

珊丹抱住道尔吉，喊道："哥，哥！"

道尔吉吭哧了几下，一指柳成龙，说："他、他、他没机、机、机关长，有权……"珊丹的眼泪还是掉了下来。

额尔尼到道尔吉身上又找出了一把飞刀，扎在了自己的肩头上，说道："成龙和金子先藏在府上吧，我想办法送你们出城！"

查干湖上碧波荡漾，飞鸟起起落落，与长长的芦苇相衬，动静相宜。哈斯巴根等人被送到了湖中心。原来鬼子把湖中心的长草割倒了一大片，又将一些小船绑在了一起,许许多多的男子被困在其上。四周架起了铁丝网和瞭望塔,每一座塔上都架着几挺歪把子机关枪。

查干湖芦苇荡　　　　　　　　　　王胜臣 摄

哈斯巴根一边向着铁丝网内走去一边细心地观察着周围环境。哈斯巴根这些人都被赶了进去,那些穿着警察制服的人刚要转身,后面的鬼子命令道:"你们也进去,快快地!"

那些警察蒙了,说:"咱们是自己人哪!"

鬼子笑了,哈哈大笑,说:"你们是你们,我们是我们,快快地!"

突然响了一枪,一个警察倒在了湖水中。其他警察都不敢吱声了,走进了铁丝网内。

哈斯巴根坐在船上,看见了布仁大师,他明白了,小鬼子怕走露风声,连布仁大师也抓进来了。

布仁大师看见了哈斯巴根,先是一惊,继而单掌竖起,朝哈斯巴根低了一下头。哈斯巴根悄悄地把衣服撕下了一条,把枪拴好,放进水里,另一头系在了船帮的铁钉上。

船上的人都低着头,死气沉沉的。那些刚进来的警察开始哭上了,仿佛被传染了一样,很多人都哭了起来。

哈斯巴根远远地看见了山本四郎和一只胳膊的中村大雄,他略微笑了笑,撕开包着伤口处的衣服。伤口已经是红紫黑交织了,烂肉向外翻着。

他站起来走向了布仁大师。

"大师，此地既是生地，也是死地，生死只需大师简单地说佛弘法。"

布仁看了看船上的人，特别是那些哭着的警察，点了点头，对身边的僧众说："你们可以安抚一下他们。"他又看了看哈斯巴根，说："你似乎有话未说尽吧？"

"大师果然能察人内心，你我见一见山本四郎如何？"哈斯巴根下了很大决心才说出来。

"走出地狱方是极乐之土，有何不可？"布仁大师说道。

哈斯巴根站了起来，用日语高声喊了起来："山本先生，中村队长，我是哈斯巴根，我要与你们谈谈！"

远处的山本四郎和中村大雄果然转过头来，并拿起望远镜朝铁丝网里看了看。不一会儿，一只小船划了过来，几个鬼子押着哈斯巴根和布仁大师出来上了船，划到了山本四郎的面前。

山本四郎和中村大雄相视一眼笑了，他们站在快艇上，居高临下。

哈斯巴根和布仁大师被押上快艇，快艇里面船舱很大。山本四郎倒了两杯清酒，递给中村大雄一杯，他们俩碰了一下杯，一饮而尽，喉结在不断地鼓动着。

山本四郎突然用酒杯扣在了哈斯巴根的伤口上，脓与血一起流了出来，哈斯巴根一阵眩晕。

"你想和我谈什么？"山本四郎看向布仁大师说，"你与他一起把祖陵碑藏了起来，对吧？"

"你错了，那不是藏，是换个地方放一下，那是我们的东西。"布仁大师还是那么地平静。

山本四郎围着哈斯巴根转了转，问："说，你想谈什么？"他围着哈斯巴根又转了转，接着说："中村君，你说他为什么要自己出来呢？"

中村大雄也没想明白。

"咱们谈谈战争吧，谈这场你们自以为是的战争。我们这些人是被你们拿去做实验的，你们为什么要这样做呢？"哈斯巴根看着得意的山本四郎，山本四郎愣了一下。

"这就是你们所谓的王道……"哈斯巴根没说完，山本四郎一膝盖顶在了他的腹部。哈斯巴根痛苦地倒了下去。

山本四郎说道："你们也配王道乐土吗？"

"中村君，你说，他们为什么要站出来？是向我们挑战吗？还是想早些死？"山本四郎突然抓狂了。

"这是挑战！"中村大雄又给了哈斯巴根一脚，哈斯巴根开始痉挛了。

山本四郎不可思议地看着哈斯巴根喊道："好，我们接受你的挑战，中村君，给野泽将军发电，就说在此捉住了铁血队队长哈斯巴根！"

中村大雄转身走了出去。

"山本四郎，我怎么可能屈服呢？我们所做的每一件事都可以昭示天下，你呢？哈哈……"哈斯巴根狂笑了起来。

哈斯巴根的话没说完。山本四郎扯起哈斯巴根就是一顿猛揍，直累得他大汗直流，哈斯巴根真的起不来了。

"给他上药，不要让他死了，把这个和尚吊起来！"山本四郎快要疯了，一丁点斯文都没有了。

山本四郎和中村大雄站在快艇之上，看着被吊在瞭望塔上的布仁大师，开心地狂笑起来。躺在铁丝网里船板上的哈斯巴根痛苦地闭上了眼睛，心想身处绝境怎么与秀秀、成龙他们取得联系呢？鬼子增兵了，即使联系上了秀秀、成龙，又怎么破开这个局呢？

04

野泽看着山本四郎，不禁也拧紧双眉，救那两千原木是铁血队的目标，可哈斯巴根为什么要主动站出来，还不到铁血队行动之时吧？他被关在查干湖上，谁来领导铁血队呢？不会愚蠢到里应外合吧，如果想里应外合，他也不会出来呀？

山本四郎恢复了所谓的平静，野泽还是看出了他的志得意满，说："山本君，这次一定要小心，昨天额尔尼府上传来了枪声，你过去看看吧！"

山本四郎敬了一个军礼，转身走出来，上了汽车，直接开到了额尔尼府上。

下了车，他看见门口一群人披麻戴孝，哭哭啼啼的，一队人车正要往外走。他快步走了过去，额尔尼阴着脸，正指挥下人们，说："快点，快点，不要误了下葬的时辰！"

"岳父，这是？"山本四郎还没忘了岳父这个词。

额尔尼阴阴地看着山本四郎，说："机关长，道尔吉死了，知道怎么死的吗？"

山本四郎不敢相信道尔吉死了。

"你们三步一岗，五步一哨，要捉哈斯巴根、柳成龙，对吧？柳成龙昨天到我家，杀死了道尔吉，我，老来无子了！"

山本四郎看见额尔尼的家人都在哭，整个府里挂满了白布、白花，道尔吉死了应该不会是假的。珊丹坐在棺材旁，也哭成了泪人。

"岳父，你……"

额尔尼打断了山本四郎的话，说："别叫岳父，明白吗？"他的声音大了起来。

山本四郎也不知从何说起。额尔尼一挥手，说："去祖坟！"一长溜人车就出发了。山本四郎没法子，上车走了。

车队来到城门口，鬼子拦住了车。额尔尼骑着马狠狠地抽了那个鬼子一马鞭，吼道："滚开！"

那个鬼子火了，掏枪就要开火。他后面的鬼子全都举枪对准了车队。这时山本四郎到了，挥手道："住手！"

山本四郎快步走到近前，说："让他们出城，我带队看护！"

额尔尼拍马出城，车队跟着出了城。车队里撒出的漫天纸钱飘飘洒洒。山本四郎换车为马，一挥手，一小队鬼子跟着出了城。

到了坟地，额尔尼选了一块地，说："就这里吧！"

下人们穿着白孝衣开始挖，其他人把马车聚集到了一起，纷纷做着各自的事情。山本四郎远远地看着，白影来回闪动，忙个不停。

棺椁下葬了，墓碑立了起来。山本四郎出了一口气。这时，突然下葬的人群散开出枪，一通乱射，打倒了山本四郎身边的鬼子。

山本四郎摔下马去，险些被子弹打着了，急忙喊："射击，射击！"

双方开始对射，不断地有人倒下去。山本四郎糊涂了一阵，看见了柳成龙和金子。他明白了，葬礼是在掩护他们出城。

山本四郎抢过一把长枪，不断地射击。不料，山本四郎中枪了，其他鬼子转身就跑。

额尔尼长出了一口气道："柳成龙，你一定要好好待珊丹，我就这么一个宝贝了。"他老泪纵横，似乎有些委屈。

"额王，你放心，跟我们一起走吧？"柳成龙见珊丹还在流泪，看着她似乎在征求她的意见。

"阿兀，跟我们一起走吧？不然你还能去哪里呢？"珊丹见就阿兀一个人了，不风光了，也老了，心里像滚进了一个刺猬，扎得难受。

额尔尼刚要转身看看他的领地，突然看见山本四郎在举枪，他横身挡在柳成龙面前，一枪打在了他的胸口，天旋地转地倒了下去。

第九章 囚战

柳成龙拔枪朝山本四郎射击，山本四郎只是肩头受了伤，滚进了长草之中。珊丹抱住额尔尼，喊道："阿兀，阿兀！"

额尔尼只是笑了一下就闭上了眼睛。

远处跑来了一队鬼子。柳成龙拉起珊丹，说："快走，后事再料理吧，金子，快走！"

三个人刚钻进草丛里，远处又响了一枪，金子一歪就倒在了长草之上。柳成龙拉着珊丹蹲下转身去看金子时，金子的衣服已被血染红了一片。

金子拿出一盒药，说："我要能像你、你们一样，死了也值了。"她死了，没闭上眼睛。

柳成龙身后响起了一片枪声，是田秀秀领人过来了。

井上福康跑了过来，说："金子姐姐！金子姐姐！"他哭喊了起来，金子走之前还给他缝了一个扣子，笨手笨脚的，不像他妈妈那样熟练，却像妈妈一样认真。

田秀秀给嘎力根打完针上完药，摸了摸嘎力根的额头，烧退了一些。看着那盒沾着金子鲜血的药盒，她的眼睛有些湿润。

柳成龙进来。他没看见哈斯巴根，说："那小子怎么还没回来，是不是出事了？"

"哪小子？要么叫队长，要么叫老同学，就是叫兄弟也比叫那小子强吧？"田秀秀有些湿的大眼睛看得柳成龙不好意思了。

柳成龙笑了笑，说："叫队长你更愿意听是吧？那以后就叫队长了，我很担心他。"

"他可能在查干湖附近，我们的同志侦查回来说，查干湖中心突然出来几个高塔，那两千人应该在其中。"田秀秀说得很坚决。

"那两千人确实在那里，可队长不一定吧？"柳成龙问。

"成龙，你是判断不出来，还是不愿意相信呢？到了这个时候，我们就要面对一切，我们目前要想的就是如何救出那两千人。"

柳成龙明白了为什么哈斯巴根会喜欢秀秀，而放弃了珊丹。

"查干湖水面那么大，水很深，我们没有快船，行动不便；那里水草很长，又便于小鬼子设伏；没有过硬的武器，现在人数又不占优势，力量也小了一些，况且队长又找不到，确实很麻烦。"柳成龙也感觉到了麻烦。

田秀秀知道柳成龙说的都是事实，却直接问他："如果你是队长，你会怎么办？"

"攻城调开鬼子是最应该想到的办法,可是现在不行,鬼子防守很严密;硬攻查干湖,也不行,刚才已经说过了,我认为最好的办法是找到鬼子接那两千人的地点,直接救人!"

查干湖水面　　　　　　　　　　　　　　王胜臣 摄

田秀秀想了想,柳成龙说的是个办法,可那个地点不好找到,鬼子没出动,一点迹象都没有。

"没有其他办法了吗?"田秀秀显然不认可柳成龙的办法,但也没想到什么绝招。

"要不我们反其道而行之,既然救不出来,就堵住小鬼子的去路,那两千人运不走不就完了吗?"柳成龙终于说出了他最看好的办法。

"这倒是个好办法,只不过与鬼子纠缠起来,我们恐怕损失会很大,这也是鬼子最愿意看到的。"田秀秀戳到了这个办法的痛处。

查力图进来了说:"指导员,那个小鬼子跑了,怎么办?"

柳成龙抽枪就要去追,田秀秀拦住了他说:"别追了,他不见得会出卖我们,我们做好准备就是了。"

小罗骑马飞奔而来,跳下马就跑了进来,头上大汗淋漓,身上尘土沾衣,胸膛剧烈地起伏着。

小罗挡开了查力图端过来的水说："乌京的同志说，团长被鬼子抓住了。"

田秀秀的眼泪一下子就流了出来，说："那两千人还没救出来，事不宜迟，小罗你回乌京继续打探消息，这边的事情一结束我们就去找你。"

小罗点了点头，喝了几口水，转身出去上马，飞快而去。

这时，索王、柳八爷、珊丹也都进来了。田秀秀控制了一下情绪，说："正好都来了，我们研究一下怎么救人。"

野泽走上快艇时，中村大雄正一只手抓住井上福康的领子质问："说，你是怎么跑回来的？"

"他们正在研究怎么救这里的人，所以看守松了，我就跑回来了。"井上福康弱弱地答道，在中村大雄的手中像一只小鸡崽子。

"那你领我们去消灭他们！"中村大雄松开了井上福康。

井上福康倒在了船上，说："我不去，我要回日本。"

中村大雄怒气上来了，咆哮道："你说什么？"

"我要回日本。"井上福康的样子气坏了中村大雄。中村大雄单手抽出战刀就要砍井上福康。

"慢着，一个孩子嘛，他跑回来铁血队肯定发现了，这时候他们早都转移了，你让他怎么领你去找呢？"野泽笑容满面地走了过来。

野泽扶起了井上福康，说："这么小的年纪怎么能打仗呢？让他去看守那些原木吧！"

中村大雄一挥手，过来两个鬼子扶走了井上福康。

"将军，深夜来此，不知您有什么事情吗？"

"我们的山本君被他的岳父打伤了，这太可笑了，我怎么能放心呢？"野泽看了看中村大雄的空衣袖子说，"快艇一定要够用，水边的汽车一定要够用，兵力也一定要够用。"

"嗨！我明白，将军，您是要我们保证速度够快！"

野泽笑了笑说："领我去看看那个哈斯巴根队长！"

野泽在中村大雄的带领下，走出了船舱，他看见了布仁大师，笑了笑。

走到铁丝网近前，哈斯巴根站了起来，有些摇晃，他比伤兵还惨。

"哈斯巴根队长，久仰大名，果然英俊潇洒。"野泽看见哈斯巴根在笑，接着说，"其实呢，不管你有什么样的谋略，这次都没用了，你前几次能赢山本君、中村君，无非是多方用兵，那时我们正忙于消灭抗联也没有多余的兵力派到这里来，可现在不一样了，你承认吗？"

"我承认，我只是承认我、我们遇到了比以前更大的困难，仅此而已，你们的周围都是我们中国人，你是防范不了的，不信咱们看结果吧，希望看到结果之前，你别杀我。"

野泽笑了说："我不会杀你的，你的体质远好于其他人，做实验不是更好吗？所以你是能看到结果的。"

"你留着我更好，我一定会看到我想看到的结果，将军阁下，您很优雅！"

野泽看了看无边的夜色，看了看四座瞭望塔上的十几挺机关枪，撇了撇嘴，转身走了。

05

田秀秀拿着一块湿漉漉的布快步走进帐篷之中，柳成龙急问："怎么了，你干什么呢？"

"这是井上福康送来的，哈斯巴根的。"田秀秀展开湿布愣住了，问："这是啥意思呢？"

"小子挺够意思，他说啥了没有？"柳成龙接过田秀秀手中的湿布，放在桌子上。

"队长为什么不告诉我们鬼子接人的地点，偷袭救人呢，他为什么要带出这么一块湿布来呢？"田秀秀眼巴巴地看着柳成龙。

柳八爷进来了，一边走一边甩动胳膊，嘴里直"哎哟"。柳成龙笑道问："阿兀，你怎么了？"

"年纪大了，这老伤口开始疼了，估计要变天了。"柳八爷看了看外面的天，外面的天确实不那么热烈了。

"这啥玩意儿？"柳八爷也看到那块布。田秀秀给柳八爷按了按说："正好你老人家看到了，这是哈斯巴根托井上福康送来的，这是啥意思呢？"

柳八爷看了看那块布。那块布一面很直，一面像半圆形，直的一面突出一个小头来。他一拍桌子："哎呀，这不是弓箭吗？他是蒙古族，蒙古族人用这玩意儿厉害着呢。"

田秀秀恍然大悟，说："对，对，大爷说得对，这是弓箭，队长在暗示让我们水下运去弓箭。"

柳成龙高兴得直打转，说："对，对，暗度陈仓，暗度陈仓，高招，高招啊！"

田秀秀示意柳成龙小点声，说："那好，我们分头准备弓箭，然后派几个得力的同志运过去。"

"好的，把从齐王府抢来的弹药拿出来，做成小包的，加上导火索，那就不是简单的弓箭了。"柳成龙突然想到了。

田秀秀高兴得眼泪都流出来了。

柳成龙看了一眼田秀秀转身出去，他不敢多待。哈斯巴根就在查干湖上，如果鬼子发现了……他不敢往下想了。

柳成龙并没有留意已经走到帐篷边上的索王，索王花白的头发被温温的风吹得不停地飘荡。

索王进了帐篷，田秀秀不敢看索王。索王还是那样硬朗，问："有哈斯巴根的下落了？"

"嗯，阿兀，我说了，你可别着急……"

索王打断了田秀秀的话，说："我不着急，着什么急呀？打仗本就是出生入死的事，不用你说，我都听见了，去查干湖，我必须跟着，这个毫无商量。"

柳八爷一指索王，说："嘴上说不着急呀，这心里呀都乱成小米粥了吧？"

"我真没乱，老八你……"

柳八爷挡住了索王伸出来的手，说："行了，王爷，我不和你犟，我跟你说吧我的心里都乱了，咱们这些人里，只有哈斯巴根能和小鬼子斗一斗，成龙和秀秀都差点呀！"

索王得意地笑了说："那是呀，我的儿子嘛！"

查力图进来了说："指导员，通过乌京的同志的努力，打听到了，那两千人是要送到乌京西南，那里有一个鬼子的秘密实验基地。"

索王想了想说："那鬼子一定得选水浅水窄的地方上地面，这样的话麻烦能小一点。"

"不是，阿兀，你想过没有，查干湖的水面那么大，我们没有船，鬼子可有快船和汽车，他们不可能选水浅水窄的地方走，不过他们必然得到那样的地方吸引我们一下，然后调头再往水深水宽的地方跑去，那样我们也只能眼睁睁地看他们跑掉了。"田秀秀说。

索王微笑地点了点头。

哈斯巴根勉强睁开了眼睛，天上没有星星，黑如浓墨，风吹过来身上冷飕飕的。他一下子就坐了起来，探照灯不断地扫来扫去。他碰了碰身边的人，那些男人们给他让出了一条道来，他挪动到人群中去。

"大家都坐着别动，也别吱声！"哈斯巴根坐着说，"听我说，鬼子是要拿咱们去做实验，到时候我们都死无葬身之地，警察兄弟们也不例外，你们要放明白点。"

警察之中很多人都认识哈斯巴根，尽管他被打得面目全非，但大家仍都看着他。

"如果想活命就听我的，兄弟们悄悄地换位置，会用弓箭的坐在四周，会开枪的坐在会用弓箭的身后，特别是警察兄弟们，什么都不会的坐在最中间，慢慢地挪动！"哈斯巴根从腰带里拿出手术刀来，手术刀伸向了绑船只的绳子。

船上的人们在慢慢地变换位置。哈斯巴根割断了中间几只船的绳子后挪回绑枪的地方，伸手捞起枪，藏到身上。

"告诉下一个，往下传，不要动，要安静！"说完哈斯巴根躺下伸展了几下胳膊和腿。

男人们都低着头，默默地憋足了劲头。

几道利闪闪过，几声雷声响起，震耳欲聋，雨点子哗哗地落了下来。哈斯巴根心里直激动，身体却直挺挺的。

雷电交加，雨势不减，灯光中的雨滴看得很清楚。

割开绳子的几只船有些摇晃，哈斯巴根坐了起来，挪到摇晃的船只跟前，暗中用力推开船只，露出一块不大的水面来。

旁边的几个人都明白了，悄悄地围坐过来，掩护住了那块水面。

弓箭一张张地从腿下传递给坐在外围的人，一小捆一小捆的长箭递上来，好一会儿才传完。哈斯巴根敲了敲船帮，然后他坐在中心位置，不断地转身看着四周的瞭望塔。

哈斯巴根见每座塔外都有人在往上爬，悄声道："悄悄地准备搭箭拉弓！先射铁丝网外的哨兵！"

最外围的人在脚下悄悄地把长箭放在弓弦上，两只手已经握好。哈斯巴根见爬塔的人已经到了塔楼底下，快要钻进去了，便立马下命令："射！"

在雨水声中，二百多支箭同时射进了四个塔楼，塔楼上站岗的鬼子们纷纷中箭掉下水中，"扑通扑通"地直响。有的鬼子"哇哇"地叫了起来，又被第二批箭射死。

那些水下的人跳进塔楼，挥刀刺死了还在张望的鬼子们。

哈斯巴根站了起来，走到铁丝网门前，掏出短枪对准锁头，几道利光闪过雷声响起，他连开几枪打碎了锁头。

他先钻了出去，然后是拿着弓箭的人。

哈斯巴根不断地比划着，示意那些人搭弓射箭。一支支长箭在大雨中射向了困意浓浓的鬼子们，鬼子们一个个中箭倒下。

人们在哈斯巴根的带领下解决了铁丝网近处的鬼子们，有几个警察还拿到了枪。

哈斯巴根见有几只快船停在长草之中，他示意众人过来。他看了看快船，说："警察兄弟们和拿弓箭的兄弟们分开混合组成五伙，拿弓箭的兄弟们在前，没冲到船上不要开枪，到了船上速战速决，千万不要毁掉船只，分开行动！"

哈斯巴根双手握枪，指挥一伙人奔中村大雄所在的快船就摸了过来。一排排长箭射倒了鬼子，哈斯巴根跳了上去，见人就开枪，鬼子们事先一点知觉都没有。

哈斯巴根听见了近处快船上的枪声，他笑了，杀得更起劲了。警察们开枪、拼架，几个人打一个鬼子的，到处都是。

中村大雄听见了动静，开门一看马上又关上了门，急忙拿起了步话机。

哈斯巴根击毙了近处的几个鬼子站到门前，听见中村大雄在向山本四郎求援，一脚踢开了门，双枪齐响把中村大雄打得全身冒血。

他拿起了步话机，说："山本君，我是哈斯巴根！"放下步话机，哈斯巴根转身出了快船，瞭望塔上的机关枪正在扫射水草中冒出的鬼子，船上有些人被鬼子打中了，也在往下倒。

哈斯巴根见船上的鬼子所剩不多了，喊道："你们过来，朝草丛里射击，也将手雷往里扔！"

一排排子弹打进草丛中，一颗颗手雷扔了进去，草丛中的鬼子很快安静了。

只见不一会儿嘎力根和伊德尔等人把布仁大师抬了过来，他已经奄奄一息。哈斯巴根蹲了下来，轻喊："大师，大师！"

布仁大师缓缓地睁开眼睛说："你，你做得好……"哈斯巴根握住布仁大师的手。布仁大师就这样笑着圆寂了。

"查力图，你快去找秀秀和成龙，让他们在湖边设伏，放过山本四郎，打野泽一个措手不及！"哈斯巴根说道。

查力图点了点头，跳进水里，游向了湖边。

"这里的兄弟们，手里有枪的换上鬼子的衣服，把所有的机关枪集中到一起，上船！没有枪的回到铁丝网中准备好船，待我们消灭了鬼子援军后，你们再上岸钻进地里找机会回家。"

哈斯巴根上了船，走进了驾驶室，看了看操作杆、仪表等，开始捣鼓起来。

这时，井上福康进来了。

06

雨水小了很多，天蒙蒙亮。

山本四郎果然带着鬼子赶来了。到了湖边，他们远远地看见两只快船在湖中慢慢游荡。远处的另三只快船还在冒着黑烟。

哈斯巴根一边开船一边对索王说："阿兀，告诉兄弟们准备杀鬼子。"穿着鬼子军装的索王走到了船头喊："准备，准备！"

哈斯巴根加大马力向山本四郎开去。山本四郎小心地看着船，问道："中村队长呢？"

"中村队长玉碎了，那些原木还在那里，你是哪位？"哈斯巴根变了嗓音问道，透过扩音器传出的嗓音又粗又高。

山本四郎拿着望远镜向湖中心看了看，说："我是山本四郎，带我去湖中心消灭他们！"

两只快船接近了湖边的鬼子，二十多挺机关枪，加上近百支步枪，还有几门迫击炮同时开了火。湖边的鬼子正准备上船，毫无防备。

一排排鬼子中弹倒了下去。山本四郎这才发现上当了，连忙喊："隐蔽，隐蔽！"

湖边的草低，没有树林，又没有较高的地势，无法隐蔽，只有挨打的份儿。

两只快船猛地冲到了湖边，机关枪还在猛烈地扫射，其他人端枪跳到水中，边跑边射击，眨眼就到了岸上。

鬼子开始还击了，几个人倒在了水中。

迫击炮不停地发射，掩护冲到岸上的兄弟们前进，鬼子实在是招架不住了，转身就跑。山本四郎气急败坏地喊："隐蔽！射击！"

眼前的景象足以气晕他，要跑的鬼子成了活靶子，没跑的鬼子被迫击炮压制得抬不起头来。

哈斯巴根出了船，接过一把步枪，一枪击中山本四郎拿军刀的胳膊，山本四郎刚要站起来，一枪又打中了他的腿。他倒在湿乎乎的地上，滚来滚去的，咬着牙掏出手枪就要射击，一颗子弹又打中了他的手腕，手枪掉进了泥坑里。

哈斯巴根几步跑到岸上，逼住了山本四郎，说："山本君，你们认为的死亡之地却是我们的活地，带走！"

这时，哈斯巴根看着湖中心的船出动了，他心里一惊，那些船没往相反的方向划去，而是向靠近城内方向快速划去。

"哈斯巴根，这身鬼子皮脱了吧？"索王实在不愿意穿。柳八爷不知从哪里冒出来说："王爷，还是穿着吧，我苦日子出身，我觉得挺好的。"

哈斯巴根笑了笑说："再穿一会儿，去接应秀秀和成龙他们，快！"

这一队人跑起步来，没跑多远他们就听见了炮声。哈斯巴根听了听说："快，快，这是重炮的声音，快！"

哈斯巴根领着人跑到炮声近处时也听见了密集的枪声。他定睛一看，坏了，鬼子有坦克。

"儿子，想法子呀！"索王也看见了。哈斯巴根想了想，喊道："扔掉头上的帽子，喊杀鬼子！"

哈斯巴根扔了帽子，抱起机关枪率先冲了过去。坦克前后左右的鬼子蒙了，哈斯巴根的机关枪开火了，随后冲上来的兄弟们也在开火。鬼子们确实蒙了，一时无法辨认哪里是自己的人哪里是对方的人，只一愣神的工夫就被打倒不少。

柳成龙开始也一愣，随即他看见了哈斯巴根、索王等人，明白了，喊道："挑戴帽子的杀！"

围着坦克双方厮杀到了一起，坦克的炮没用了，不断打出了没有用途的炮弹，倒是里面的机关枪很有威慑力。

索王看了看，就在看的时候，他被几颗子弹打中胳膊和腿，倒了下去。他咬着牙找到了几颗手榴弹，拉了弦，用力喊道："兄弟们后退！"

等哈斯巴根看见为时已晚了。索王已经将一捆手榴弹扔进了坦克履带里，轰地一声响，他也随着爆炸飞了起来。

再落地时，索王的全身都在流血。哈斯巴根跑过来，看了看，也不知道从哪里开始包扎才好，他的手哆嗦成一团，好像不知道自己是医生一样，脑袋里一片空白。

过了一会儿索王慢慢地睁开了眼睛，却似什么也看不到，伸出两只手想抓到什么。哈斯巴根跪了过去，抓住索王的手，喊着："阿兀，阿兀！"

"儿子，刚那是什么玩意儿，咱们怎么没有啊？"

哈斯巴根吭哧了两声，说："阿兀，那是坦克。"

"我宁愿这么死，我就是不服小鬼子，你不错真不错，是我索纳朋格的儿子，更是成吉思汗的子孙！"索王纂紧了哈斯巴根的手，问："秀秀呢？她也不错，好啊！"说完就咽气了。

哈斯巴根不敢相信，阿兀也升天了。他紧紧地抱着阿兀，把脸紧贴在他像草原一样广阔的胸膛上。突然他止住了眼泪，脱掉了索王身上的鬼子军装，里面露出来的是阿兀最喜欢的一件蒙古衣服。衣服虽然已经有些褪色了，但还能看出草地、马兰花和扬蹄飞奔的快马图案。阿兀深爱生他、养他的草原上的一切，长升天赐给他的力量一直像奔马一样在他的血管里流淌，哈斯巴根仿佛觉得这种力量跑远后突然转了一个弯，又回到了自己的身上。

鬼子没多少了，可还有一辆坦克在左右转，不断打倒周边的人。柳成龙跳上了坦克，可鬼子的坦克不大，没有站立的地方，他只能抱着炮身被甩来甩去的。

柳成龙看见了哈斯巴根，一咬牙，单臂抱住炮身，一手拿出一颗手榴弹，用嘴拉了弦，扔进了炮筒里。在爆炸的一瞬间，柳成龙掉了下来。炮没用了，可坦克还能开，里面的机枪还在扫射，同志们仍然近不了前。

坦克向受伤的柳成龙轧了过来。柳成龙支撑起上身，却已经躲不开了。就在这时，柳八爷扑了过来，推走了柳成龙。

坦克轧了过来，柳八爷一声都没出来。

伊德尔抡着大刀跳上坦克狂砍起来，当当之声不绝于耳，火星子四处飞溅。嘎力根见状不好，扯过几颗手榴弹，拉了弦，狂喊起来："伊德尔，下去！"

嘎力根快跑起来，跳上坦克，推下伊德尔，接连几声爆炸响起，坦克不动了，射击孔被炸开了，机关枪也不扫射了。

嘎力根在爆炸声中如一根草叶被吹到了空中，飘着飘着躯体就不见了，粗布衣服散落了下来，沾满了血肉。地上顷刻间出现了一道道血泥，柳成龙只看了一眼就快疯了，抢过一挺机枪，对刚打开的车门一通狂扫，野泽倒了下来。

囚战 第九章

哈斯巴根放下索王，过来抢下柳成龙手里的机关枪，说："快去看秀秀和珊丹他们！"

田秀秀和珊丹也正在战斗，只是她们身边人数不多。一支支绑着小包炸药的长箭被射了出去，企图逃跑回城的鬼子不断被炸死、炸残。

哈斯巴根这才明白，刚才没冲过来时，是她们在用这种办法截断了野泽的后路。

田秀秀看见哈斯巴根领人过来，急忙跑过来，说："没有多少鬼子跑回去，下一步怎么办？"

"跟在小鬼子后面！"哈斯巴根拿过一把步枪推子弹上膛，说："走！"

到了城门口，城门果然紧闭着。一小堆狼狈不堪的鬼子正在叫门。哈斯巴根一枪一个放倒了三个小鬼子。那些鬼子不要命地叫唤，城墙上的鬼子就是不开门。

"开炮！"柳成龙下达了命令。一溜迫击炮一起开火，向城墙上炸去。

哈斯巴根见城门下只剩下一个鬼子了，索性不开枪了。那个鬼子见开门无望自己捅了自己一刀。

城墙上不断爆炸着，城砖四处乱飞。城墙上的鬼子乱蹿，突然他们身后射过来一支支长箭。街里平时忙着过日子的男人们也抄起随手的家伙杀上了城墙。

哈斯巴根见状喊道："停止射击，快速进城，消灭残余的鬼子！"

柳成龙、伊德尔像疯了一样冲向城门，炸开城门冲进了城内。城墙上的人不断增多，鬼子不断减少。

"铁血队进城占领宪兵队！"查力图边喊边拍马冲进城内，后面的一百多匹快马眨眼就跟了上去。

田秀秀突然想起来了什么说："小罗前几天来过，他说，他说……"

"你怎么吞吞吐吐起来了？"哈斯巴根像不认识了田秀秀一样，他知道可能有大事情发生了。田秀秀努力平静了一下说："团长被鬼子捉住了，上级命令我们往安全的地方撤！"

哈斯巴根好半天没说话，好一会儿幽幽地说："先进城，再想办法！"

傍晚，雨过天晴，西天出现了一道彩虹。哈斯巴根背对窗子低头坐着，一口口浓烟像火车头喷气一样冒出来。田秀秀进来见送来的饭菜都没动，拉出椅子坐在了哈斯巴根的对面，柔柔地说："听从上级的命令，撤吧！"

哈斯巴根透过烟雾看着田秀秀，田秀秀直捂鼻子，她突然见哈斯巴根的眼泪悄无声息地流了下来。

"近10万鬼子、伪军围剿咱们抗联，加上又出了一些可耻的叛徒，抗联采取这样的对策是对的。"田秀秀说话的声音格外柔和，"我认为团长不是被捉了，他……应该是牺牲了。"

哈斯巴根拿过饭菜大口大口地吃了起来。吃完用袖子擦了擦嘴。

哈斯巴根冷静了一下说："先以野泽的名义给关东军发报，就说消灭了铁血队，山本四郎机关长失踪，请他们来接两千原木！"

哈斯巴根说完就走了出去，田秀秀却仍坐在那儿一时没动，她感觉哈斯巴根在感情用事，但似乎又不像，又不好不执行，于是转身去了发报室。

07

查力图来到哈斯巴根身边报告："队长，集合完毕，请指示。"

哈斯巴根看了看查力图，查力图感觉他的目光有些凝重，更有些复杂，自己的心也颤动了一下，铁血队由最初的六人只剩下三个了。

田秀秀、柳成龙和珊丹出来了，珊丹的肚子明显大了一些。哈斯巴根看着她，笑了，珊丹也不好意思地笑了一下。

哈斯巴根拉着田秀秀的手，笑着说："过来，别和他们俩掺和在一些。"

田秀秀打了哈斯巴根一下，严肃道："别扯些没用的，找我们出来干什么？"

"做一下分工，秀秀、成龙和珊丹再找几个精干的兄弟来押山本四郎去乌京，找个鬼子多的地方弄死他。"哈斯巴根说道。柳成龙想了想，说："好，我去准备！"

哈斯巴根率领铁血队出了城，一直向西南方向行走，走至岔路口，柳成龙看了看哈斯巴根说："队长，这就分道吧？"

哈斯巴根点了点头。田秀秀他们七八个人赶着两辆胶皮大车向东南方向行去。田秀秀一直在看着哈斯巴根，哈斯巴根侧着脸不看田秀秀，当马车快跑得没影了，他才转过头来看着田秀秀，田秀秀朝哈斯巴根摆了摆手。

哈斯巴根狠了狠心，打马跑了出去，铁血队两百多匹快马立马跑了起来，很快就没了影子。

第九章 囚战

跑出去很远了，哈斯巴根看了看周围的地势说："就在这里设伏，这里就是接头地点！"

中午天气正热的时候，远处来了四辆汽车。哈斯巴根拿起望远镜看了看，笑了说："这些小鬼子够实在的呀，说这面有护送就来这么几个人，准备！"

那四辆汽车开到近前，被一棵倒下来的大树拦住了。哈斯巴根一枪击中一辆车上的司机，并朝兄弟们喊："不要毁了汽车！"

二百多条枪对准汽车猛烈射击，小鬼子中弹不少，没中弹的则跳下车来与铁血队对射。哈斯巴根他们换了一个隐蔽地点，专找带步话机的鬼子打，打完背步话机的鬼子再打步话机。气得带队的鬼子军官抽出军刀就要冲过来，哈斯巴根接连几枪，打倒了鬼子军官身边的鬼子，把他压制到汽车后面。

查力图一看没几个鬼子，说："冲过去！"

冲到汽车近前时，发现鬼子已死得差不多了。哈斯巴根转到汽车另一侧，只见鬼子军官一刀劈了过来。哈斯巴根侧身躲开，一拳打在他的肚子上，那个鬼子军官仰面摔倒。

鬼子军官刚要站起来，哈斯巴根又给了他一脚，只见鬼子军官摔进了路边的沟里……

天色黑下来的时候，田秀秀等人进了乌京。柳成龙看着坐在车上睡着了的珊丹笑了笑叫醒她："管家婆，到乌京了，醒醒。"

"这就是乌京啊，好大啊！"珊丹睁开眼睛惊叹了起来。

"以前我在沈阳上学时，经常路过乌京，这条道还算熟悉，怎么样，你的男人还行吧？"柳成龙从身上拿出来一个东西，上车掀开棺材盖，看了看里面动弹不得的山本四郎，说："乌京确实是好啊！"

他迅速地扯下山本四郎嘴里的布，把一个东西塞进了山本四郎的嘴里，山本四郎的嘴顿时鼓了起来。

柳成龙笑了笑，把套在山本四郎脖子上的绳子抽出来，堆放在他的脖子周围，一切做好了。

田秀秀和珊丹走到街上四处看了看，田秀秀看见了一个大门口，大门口边站了几个鬼子。

田秀秀拉着珊丹走回车前说："那个大门斜对角有几棵树，就在那里吧！"

柳成龙点了点头说："上车！"

柳成龙在地上走着，手里牵着马缰绳，拐出胡同来到了大街上，直奔树下。田秀秀突然想起来了什么问道："他不能喊出声来吧？"

"那个木蛋很大的，他还能咽下去吗？"柳成龙笑着答道。

车行到树下，柳成龙跳上马车，伸手拉出套着山本四郎脖子的绳子，甩了两下，绳子蹿上树枝耷拉了下来，他又双手拽住耷拉下来的绳子。田秀秀用力推开棺材盖，珊丹跳下马车帮柳成龙拉绳子。马车继续往前走，山本四郎被拉出了棺材。

柳成龙快速地把绳子系在了树干上，系了几个死扣。山本四郎被吊在树上，不断挣扎着，不断地摇晃着。

"孙子，你看！"柳成龙拉珊丹过来，指了指她的肚子，说："我有儿子啦，你看你现在有啥吧？关东军就在你眼前，可你得死啦！"

山本四郎睁大了眼睛，忘记了挣扎。

"快走！"田秀秀喊柳成龙和珊丹。他们二人笑着跑向了还在缓慢行走的马车。他们二人上了车，马车便跑了起来。

这时有行人发现树上吊着一个人，有的围了过来，看了一眼，吓得一声叫就跑开来了。

山本四郎双眼怒睁，喉结不断滚动，突然他一闭眼硬是把木蛋咽了下去，可他的嗓子也出血了。他狂叫了起来："我是山本四郎，有反满抗日分子！有反满抗日分子！有反满抗日分子！"

门口站岗的鬼子听见了，顺着声音看见树下吊着一个狂喊日语的人，端着枪就跑过来了。

就在那几个鬼子跑过来的时候，人群中突然出来一个人，双枪点射，打倒了那几个鬼子后，甩手一枪击中了山本四郎。

柳成龙听到了枪声，说："你们先走，我去看看！"他跳下马车，不顾田秀秀和珊丹的呼喊，向着有枪声的地方跑来。

枪声引来了鬼子集合的哨声，哨声一时在四下里响起。

那人来到树下，看了看睁大眼睛死去的山本四郎，笑了，原来是小罗。小罗看了看四周围过来的鬼子，躲到树后开始射击。

柳成龙在胡同口看了看，看不清鬼子在抓谁，他还是掏出枪来，朝山本四郎开了三枪，转身跑远了。他对自己的枪法还是自信的。

不少子弹打在山本四郎的身上，小罗笑了起来，喊道："来吧，小鬼子！"冲到近处的鬼子被击中几个倒了下去，他边打边朝柳成龙相反的方向撤退。鬼子们跟了过去。

第九章 囚战

后面的鬼子扔过来一颗手雷,手雷在小罗身边爆炸了,小罗慢慢地栽倒在地上,血从他的头上流了下来,流过含笑的嘴角,流到了地上,洇成了一摊。

汽车开到一个外面看起来破破烂烂的红砖房区时,停了下来。哈斯巴根跟在那个鬼子军官后面,只见鬼子军官一声令下:"下车!"

他一摆手,查力图狂拍车厢,铁血队队员们纷纷下车。

军官看了看从车上下来的一百多个穿着百姓衣服的人,对一个前来接洽的小个鬼子说:"分批次送来,这一批二百个,你看看。"

小个鬼子看了看说:"不用看了,押进去!"

查力图看了看哈斯巴根,哈斯巴根笑了笑,说:"今天任务完成,休息放松一下吧!"

查力图见哈斯巴根进一排房子比划了一下,他一挥手领着穿军装的铁血队队员朝那排房子走了过去。

哈斯巴根伸一只手搂住那个军官的肩头,另一只手在裤兜里,手里的短枪捅了捅军官,小声地说:"领我进去!"军官愣了一下,四处看了看。鬼子们忙着押原木们进入实验室,没工夫搭理他。

鬼子军官只好转头走进去,哈斯巴根紧紧地跟在他后面。

走到僻静之处,哈斯巴根见一个小门开着,里面放着一堆杂物,上前狠狠地击了那个鬼子军官的后颈之处,抱住他将其扔进杂物间,用杂物盖住了鬼子,然后关好门,四处看了看,整理了一下军装,又朝里面走去。

哈斯巴根越走越快,眼睛却在墙上四处扫视,突然外面传来了枪声,枪声瞬间就激烈起来。

突然一个门被打开了,一个鬼子问:"怎么回事?"

"可能是周围有可疑分子在活动吧?我们早就被盯上了。"哈斯巴根说着已经走到了那个门口,见里面是一些红灯闪闪的发电设备。

那个鬼子刚要关门,哈斯巴根掏出刀来上去就是一刀,闪身进去,一肘磕倒了另一个鬼子,顺手把门带上。他看了看,拿出三颗手雷拉了环,扔在了发电设备的仪表盘上,又闪身出来了。

哈斯巴根躲在角落里,只听见"轰"的一声巨响,走廊里的灯全灭了。

许多人从各个房间里跑了出来,叫叫嚷嚷的,哈斯巴根想了想也跑了过来,假装问:"怎么回事?注意警戒,注意警戒!"

鬼子不断地往出跑，枪声也越来越激烈，伴随着爆炸声，硝烟已经弥漫了开来。

哈斯巴根掏出手枪来，命令道："不要慌，守住各自岗位！"他边跑边大声地喊，越喊越往里面跑。

哈斯巴根跑到一间房子前停了下来，这间房子的门是关着的，不知道里面有什么，但从门外鬼子慌张乱跑的情况看，这里面一定大有文章。

哈斯巴根踢开邻近的一间房子，里面的鬼子一愣。哈斯巴根看了看，命令道："不要动，不要慌！"说着他却扔出一颗手雷，里面的人想跑已经来不及了，"轰"的一声巨响，里面的纸屑满屋飞起来。哈斯巴根躲在角落里看着门口。

枪声越来越清晰，哈斯巴根知道是查力图他们冲进来了，可邻门仍一点动静都没有。

哈斯巴根想了想，趴在地上，推开门，爬了出去。他趴在门口，敲打那扇没打开的门向里喊道："救救我！救救我……"

哈斯巴根不动了。

查力图和伊德尔一路杀了过来，不断打倒从各个房间冲出来的小鬼子，后面的铁血队队员不断摆放炸药。

查力图一手抱着炸药一手开枪，不知不觉来到了哈斯巴根的近前，借着炸药的火光他看清了是哈斯巴根，便喊："队长，队长！"

哈斯巴根刚要拽查力图隐蔽，只见那扇门上的一个小孔打开了，射出了一连串的子弹，击中了查力图，但查力图尽全力将炸药包扔到了门口。

哈斯巴根借机扔出一颗手雷，手雷恰好在小孔处爆炸，枪虽然不打了，可门依旧没怎么着。

哈斯巴根抱起查力图躲到角落里，喊："查力图，查力图！"查力图哼了一声，说："妈的！"他突然往后看了一眼说："有人！"

哈斯巴根也往后看了一眼，查力图借这个机会猛地扑到门口。就在查力图一扑的瞬间，小孔处又射出几颗子弹，查力图胸部中弹，鲜血直流。

查力图一拉导火索，朝哈斯巴根喊道："队长快走！咱们铁血队都很棒！快走啊！"

哈斯巴根不走又不行，走吧又要扔下一个兄弟，导火索在闪闪冒火。查力图顶住门，里面的鬼子想要出来，只见他努力用最后的力气喊道："快走啊！"

第九章 囚战

哈斯巴根不敢看了，在角落里憋了一股劲，疾速地闪了出去，后面一声巨响，像有人推他一样，就被摔了出去。

哈斯巴根觉得脑袋里"嗡嗡"直响，努力想起来却起不来。那扇门被炸开了，里面不断有鬼子向外射击，近处的几个队员也中枪倒下去了。

伊德尔甩开膀子扔进去了两颗手榴弹，哈斯巴根突然想到了刚才那些戴着面具进进出出的鬼子，他意识到那面可能是病毒。他双手支起上身，双脚蹬地扑向了伊德尔，"快出去，里面有病毒！"

伊德尔背起哈斯巴根就往外跑，近处的几个队员又扔出几颗手榴弹，转身也向外面跑去，只听见身后响起了一连串的爆炸声。

来到外面，哈斯巴根清醒了很多，说："快上车！"

队员们纷纷上车，哈斯巴根见有一个油桶在门口，于是用力推倒了它，见油桶滚向了门口，这才转身上车，发动车开了出去，车上的队员们朝油桶一齐开枪。

油筒"轰"的一声爆了，把房子都炸塌了，盖住了出口。

汽车按原路返回，车后面的实验基地陷入一片火海之中。车上的队员们相互看了看，前后车又看了看，牺牲了几十人。

第二天天亮的时候，哈斯巴根找到了田秀秀、柳成龙、珊丹他们几个人。田秀秀见哈斯巴根脸上黑熏熏的，立马跑过来抱住了他。

哈斯巴根热泪盈眶，轻轻地拍了拍田秀秀。

柳成龙拉着珊丹走过来喊道："指导员，指导员！"田秀秀没理会柳成龙的喊叫，还是抱住哈斯巴根不放。

"指导员，行了，抱一下意思意思就行了，同志们还等着队长发号施令呢！"柳成龙看着哈斯巴根说，哈斯巴根似乎也没有松开的意思。

"队长，你什么意思呀？快撤吧！"柳成龙倒有点急了。

哈斯巴根也把田秀秀抱得更紧了，说："你想往哪儿撤？"

田秀秀松开了哈斯巴根，看着哈斯巴根。

哈斯巴根看了看北方，似乎他看到了美丽的郭尔罗斯，说："我想好了，去找能打鬼子的地方！"

柳成龙立马抱起珊丹，将其放到车上，自己也跳了上去，说："那就别犹豫啦！"

哈斯巴根一手抱住田秀秀的腰一手抱住她的双腿，说："上车！"田秀秀笑了。

车开到蒙古、吉林交界处，哈斯巴根突然听见同志们喊："伊德尔，伊德尔！"

哈斯巴根停住车，看见伊德尔跳下了车，从怀里拿出一张纸来，点着了，直向郭尔罗斯比划，一边比划一边走向郭尔罗斯。

哈斯巴根趴在方向盘上，用额头磕了磕，他知道伊德尔的意思，郭尔罗斯的土地上长眠了他们的许多兄弟，还有他的阿兀、额吉，过年过节得有人给他们上上坟烧烧纸。

田秀秀当然也明白了，她伸出头去，大声喊道："伊德尔，等我们回来！"

远处的伊德尔朝她们摆了摆手，哈斯巴根加大了油门，汽车快速地跑了起来。正像他们回来时一样，郭尔罗斯的草原上到处是青草白羊，还有飘荡在蓝天下的高亢悠远的歌声。